JN078536

わたくしを生きた女性たち

二〇世紀のイギリス女性評伝集

三神 和子
小池 久恵
丸山 協子 編著

加藤 彩雪
佐藤 牧子
中村 麻衣子
林 美里
溝上 優子
吉田 尚子 著

音羽書房鶴見書店

はじめに

イギリスにおいて一九世紀から活発になり始めた女性権利拡大のうねりは、二〇世紀初頭、女性参政権獲得のための激しい示威活動という大きな頂点を迎えたあと、一九一八年にひと区切りをつける。参政権獲得のための示威活動がどこまで影響を与えたのかをいうのは難しいが、第一次大戦後の一九一八年、三〇才以上の戸主の女性に参政権が与えられ、一九二八年に普通選挙権が与えられた。この参政権付与の前提となる既婚女性財産法（既婚女性も自分の財産を管理する権利）の意味は大きい。一八七〇年をはじめに、七四年、八二年など、何回かに分けて既婚財産法は改正を重ね、結婚しても、女性を法的に個人として扱う準備を整え始めていた。二〇世紀初頭、女性たちはもはや法的に夫の保護下にある存在ではなく、また、父親の従属物ではなく、独立した個人として存在できるようになってきた。自分の人生を自分で決め、自分らしく、自分に忠実に生きることができるようになってきた。そして、自分の意見を国政レベルの政治に反映したいと望んできた女性たちは、それができるようになった。

しかしながら、実際には自分らしく生きることは簡単ではない。どの時代にもそして男性にも言えることだが、いくら法的に個人として認められても、世間の偏見や、何よりも自分で自分にかけた呪縛によって、自分が自分の主人になって生きること、自分の声に耳を傾け、その声に忠実に生きることは難しいからだ。だから、長いこと、あるべき姿という型枠をおしつけられ、それに雁字搦めにされてきた当時のイギリス女性たちにとって、自分らしく生きることはことのほか難しかった。ヴィクトリア時代に女性は結婚し子供を産むのが使命であり、独身でいると、「余った女」と言われ、また、結婚してもしなくても、「家庭の天使」という家庭を守る清らかで同情深い女性像を押し付けられてきたイギリスの女性たちにとっては、二〇世紀になっても、たとえ法的には独立した存在として認められ始めても、世間の偏見はもちろん、自分にかけた呪縛から解き放たれるのは容易なことではなかった。ヴァージニア・ウルフ（一八八二―一九四一）が「女性にとっての職業」（一九三一年）のなかで、書評を書いていると、この「家庭の天使」が自分の背後に現れ、いかに自分を悩ましつづけたかを告白しているように、一九三一年になっても「家庭の天使」に呪縛されている女性は多くいた。ウルフはついにこの「家庭の天使」を殺すことに成功する。十九世紀末に現れた〈新しい女〉たちが自分なりの生き方を提案して、結婚を拒んでみたり、母親になることを否定してみても、二〇世紀のイギリス女性たちが自分らしく生きることは容易くはなかった。

そのようななかで、もちろん自分らしく生きた女性たちはいた。名が出ている人のなかから考えてみれば、『ピーターラビット』シリーズの作者ビアトリクス・ポター（一八六六―一九四三）、産児制限運動の草分けであるメアリー・ストープス（一八八〇―一九五八）、女性参政権運動の立役者であるエメリン・パンクハースト（一八五八―一九二八）、娘のシルビア・パンクハースト（一八八二―一九六〇）、ジャーナリストのレベッカ・ウエスト（一八九二―一九八三）がすぐに頭に浮かぶだろう。これらの女性たちのほかにも、自分らしく生き活躍した女性たちはいた。それらの女性たちは、どのような女性なのだろう。彼女たちは何を考え、何に心を傾け、どのような生き方をしたのであろうか。多くの人びとは歴史を織り成す大河のなかに流され、やがて忘れ去られてしまう。名のある人もやがては忘れ去られていくことが多い。もちろん、忘れ去られても、無名のままでも、一人ひとりの人生に価値があり、名の残っている人と尊さは変わらない。しかし、それでもやはり、知ってもらいたい生き様がある。語りたい人生がある。名を心に留めてもらいたい女性がいる。

本書の目的は、二〇世紀初頭のイギリスで活躍した女性のなかから、自分らしく生きた女性としてぜひ知っていただきたい女性の人生を紹介することにある。二〇世紀初頭のイギリスを選んだのは、前述したように、女性がいちおう法的に独立した個人として認められ始めた時代であればこそ、不器用でも自分らしく生きようとした女性が多く現れたのではないかと思えるからだ。一九世紀に生まれても、二〇世紀初頭を中心に、二〇世紀前半に活躍した女性たちの生き方を取り上げた。そして、すでに邦訳の伝記が出版されている女性もいるが、日本でそれほど知名度が高くないと考えられる女性を選んだ。その女性たちの人生は、知名度の高い女性と勝るとも劣らず個性的である。現在はインターネットで調べれば、比較的簡単に昔の人物の情報が手に入るようになった。しかし、その女性の人生の中で、注目し、感心し、称賛する箇所や場面は、人によって様々である。したがって、取り上げる女性の人生のすべてを紹介するのではなく、私たち書き手それぞれが注目し関心を寄せた側面を強調する紹介になっている。

取り上げたい女性は他にもいるが、次の女性たちを取り上げた。第一章、シャーロット・デスパード、参政権運動における彼女の闘い方が中心である。第二章、パトリック・キャンベル、女優という職業を生き甲斐とした彼女の生き様を浮き彫りにした。第三章、ガートルード・ベル、ただの旅人としてではなくイラクに暮らした彼女の真の願いを浮かび上がらせた。第四章、コンスタンス・マルキェヴィッチと今まであまり光のあてられてこなかったエヴァ・ゴア＝ブース姉妹のそれぞれの闘士としての生き方を描いた。第五章、フリーダ・ロレンス、D・H・ロレンスを利用して女性としての自我を確立した姿に焦点をあてた。第六章、ナンシー・ウィッチャー・アスター、イギリスにおける女性初の国会議員となった彼女の活躍を描いた。第七章、ラドクリフ・ホール、自分に正直に生きるために世間と闘った姿を描いた。第八章、ヴィタ・サックヴィル＝ウエスト、先祖代々の館への愛着や同性への愛、そして園芸家として庭に注いだ愛の背景にある情熱を浮き彫りにした。第九章、ドーラ・キャリントン、自分自身であり続けることができた彼女の生き様を画家であったことをとおして、また、リットン・ストレイチーとの関係から描いた。自分の信じるところに向かって一途に突き進んだり、世間の偏見と闘ったり、世間の存在など気にしたこともなく、ただ自分に正直に生きたり、新しい法律によって訪れた機会を利用したり、その生き方は様々である。しかし、どの人生も自分らしく、つまり、「わたくし」を生きた人生であるといえよう。また、彼女たちが生きた時代をよりよく理解していただけるように、コラムを補った。コラムも楽しんでいただければと思う。

これらの女性たちの人生の紹介を興味深いと思っていただき、彼女たちの人生に関心を持っていただければ幸いである。

三神　和子

目次

シャーロット・デスパード（一八四四―一九三九）
――女性参政権運動の非暴力の闘士

三神　和子

シャーロット・デスパード

アイルランド出身の海軍大佐の娘として、イングランドのケントに生まれたシャーロット・デスパード（旧姓フレンチ）は、一八七〇年にビジネスマンのマクシミリアン・カルデン・デスパードと結婚。一八九〇年に夫が亡くなった後、チャリティー活動に専念したが、その後女性参政権運動に身を投ずる。一九〇七年に女性自由連盟を結成し、会長となる。この間、一九〇八年にアイルランドの女性参政権同盟の創設に係わる。第一次大戦中は平和主義者として協定により戦争を終わらせることを目指した女性平和協議会を結成する。女性参政権獲得後の一九一八年総選挙で、バターシー北地区の労働党候補となるが、落選した。その後ダブリンに移り、アイルランド独立運動中はアイルランドの独立を支持。また、一九三〇年には当時のソビエト連邦を旅行したことから感銘を受け、共産党員となる。九五歳でベルファストで亡くなった。

（一）はじめに

二〇世紀初頭のイギリスで世間を騒がせた女性参政権獲得を目指した女性たちの活動は、百年たった今でも語り継ぐに値する。二〇世紀初頭のイギリスには多くの女性参政権団体が結成され、一九一四年に第一次世界大戦が始まるまで活発な示威活動を行なった。彼女たちの思いや活動を考えるとき、歴史に名を残す人物としてもっと光があてられてもよいと思う人物がいる。彼女たちの行動に対して賛否両論はあるにせよ、一八九七年結成の女性参政権協会全国連合を率いたミリセント・フォーセット（一八四七―一九二九）や一九〇三年結成の女性社会政治同盟を率いたエメリン・パンクハースト（一八五八―一九二八）、彼女の娘たちのクリスタベル（一八八〇―一九五八）、シルビア（一八八二―一九六〇）はいちおう現在でも名が残り、歴史的人物としての栄誉が与えられている。レディ・コンスタンス・ブルワー＝リットン（一八六九―一九二三）、エメリン・ペシック＝ロレンス（一八六七―一九五四）エミリー・ディヴィソン（一八七二―一九一三）などについても、少しずつ関心が集まっている。しかしもう一人もっと大きく光をあてたい活動家がいる。

それはシャーロット・デスパード（一八四四―一九三九）である。彼女はミリセント・フォーセットとエメリン・パンクハーストの二つの大きな団体にはさまれながらも、一九〇七年結成の女性自由連盟を率いた人物である。女性自由連盟は戦闘的でありながら、非暴力という戦法をとった。そこには彼女の強い思いが働いていると思われる。彼女は何を願って女性参政権獲得を目指したのであろう。彼女たちの団体は具体的に何をしたのだろう。横との連携を大切にし、示威活動のなかには他の女性参政権団体にも参加してもらったものもあるので、女性自由連盟独自の活動とはいえないものもあるが、彼女たちがどのような活動をしたのかを見ながら、シャーロット・デスパードの人生を振り返ってみる。

デスパードは一九二一年一月アイルランド女性参政権連盟の招きでアイルランドを訪れたさい、モード・ゴーン・マクブライド（一八六六―一九五三）と親しくなり、彼女とともに行う救済活動にやるべき使命を見つけ、半年間の移住準備を経てアイルランドに暮らすようになるが、彼女の前半の、とくにイングランドにおける女性参政権の活動に関わる事柄に的を絞って見てみる。

(二) 貧しき人々とともに

まず、デスパードが女性参政権運動に飛び込んだ動機を考えてみると、彼女がロンドンで貧しき人々、とくに貧しい女性たちの実態を知り、彼女たちを救済しようとした経験にあると思われる。一八九〇年四月夫のマキシミリアンが亡くなった後、四六歳だった彼女はお茶と宝石の売買で儲け上手だった夫の投資から年五〇〇ポンド、婚姻継承財産として年二〇〇〇ポンド、コートランドの屋敷と土地のほかにサセックスとクロイドンに屋敷を所有するひじょうに裕福な未亡人となった。はじめのうちは、世捨て人のように引きこもっていたものの、やがて彼女は以前から行っていたナイン・エルムズに花を届けるボランティアを再開した。この活動はロンドン南西部テムズ川南岸のバターシー地区にあるナイン・エルムズのみすぼらしい家を少しでも彩りよく明るくするために花を届ける慈善活動である。そして、彼女は夫の死の悲しみにくれているとき、一番自分を慰めてくれたのがこの貧しいバターシーの人々であったことを思い出し、彼女たちとの絆を感じる。この絆は彼女たちの家を訪れるたびに深まり、ついに彼女に彼らを救おうという決意をさせ、すぐに実行に移させる。それはあくまでも階級意識が存在する慈善活動ではなく、自分を貧しい人々の同属とみなした仲間意識によるものである。

一八九〇年の末彼女はナイン・エルムズ近くのワンズワース通り九五番地の家を買い、定期的にその家を訪れる看護師を雇い、その家で近所の人たちの治療にあたらせた。生きるのに精一杯で子供の栄養や衛生のことなど考えたこともなく、医者に掛かることなど考えたこともない貧しい人々に、即効の救いの手を差し伸べたのであった。子供を救うことが目的であったが、子供も大人も家の前に列を作るほどの賑わいぶりになった。それで彼女は自分は二階だけを使うことにして、一階を待合室として開放し、子供のためにおもちゃを用意した。子供たちにとって看護師に診てもらいにやってくることは、様々なおもちゃで遊べることを意味し、ますます子供たちがやってくるようになった。デスパードは子供たちの世話をする女性をもう一人雇った。裏庭に体育館に整っているような遊具を据え、身体を動かして遊べるようにした。ここに最初のデスパード・クラブが誕生し活動し始めた。また、彼女は子供たちには新鮮な空気が必要ということから、一八九一年の夏には子供と親たちを大型馬車でコートランドへ日帰りの遠足に連れて行った。彼女は向き合っている問題に対してすぐさま行動する。すべてやさしさと気前の良さが直感と結びついた行動である。

一八九一年彼女はナイン・エルムズのキューリー通り二番地に空き家を見つけ、そこを購入し、ワンズワース通りのときと同じやり方で子供のための診療所を開く。テムズ川南岸にある当時のナイン・エルムズはサウス・ウェールズからの石炭船が着く波止場があり、ロンドンガスライト会社のガスタンクやガス乾留装置がどまんなかにあり、石炭から蝋燭を作る製造所や石鹸製造所などがあるロンドンの貧しい中でも特に貧しい地域で、石炭で空気は汚れ、家々の窓は壊れ、壁の漆喰は汚れて剥がれ落ち、ぼろを着た汚れた子供たちや酒浸りの女たちがいる不潔な場所だった（リンクレイター 六八）。子供たちは食事の乏しさから元気がなく身体が小さかった。日雇いで、すぐにその仕事もなくなる可能性が頻繁にあり、また、出来高払いの仕事を朝から晩までこなして得られる賃金で、餓えをしのいでいた両親たちは子供の栄養や健康などに無関心だった。空腹と栄養失調に苦しんでいる子供たちを目の当たりにして、デスパードは治療よりも食事を出すほうが先決とばかりに、ミルクプディングや野菜スープを提供する。P・B・シェリーに心酔していた彼女は菜食主義者だった（彼は肉食を不自然で、人間の心を暴力的にすると考えていた）。一八九五年には自宅の裏にあるエヴェレット通りの角の店を購入し、余計な壁をぶち抜いて、広い一階の部屋で子供たちが遊べるようにした。第二のデスパード・クラブの誕生である。彼女はその二階に住んだ。

しかしながら彼女は自分のやることに満足していたわけではない。はじめは子供たちに無関心な両親に腹を立てていたが、そのうちに彼女は両親が悪いのではなく、彼らを取り巻く、不雇用、日雇いの乏しい賃金などの社会の仕組みや貧民法の救済制度が間違っていると感ずるようになっていった。しかし一人では何もできない。選挙権がないことには何もできない。

一八九二年四月キングストン貧民救済委員会にエッシャー地区の貧民救済法執行委員に選ばれたが、街中の貧民の困難に関心のあった彼女は一年で辞退し、一八九三年五月ランベス地区でワークハウスの婦人監房を訪問し本を朗読してあげる役につく。一八九四年十二月ランベス地区の貧民救済法執行委員に立候補し、翌年の一月当選する。以後九年間にわたり、一九〇四年までワークハウスの改善に向けて努力することになる。貧民救済法執行委員というのは、ワークハウスが円滑に運営されているかどうかを監督する係りのことで、ワークハウスというのは、貧民救済法に基づいて教区の貧民を収容した救貧院のことである。一七世紀に救貧院ができた頃と違って十九世紀になると、貧乏は個人責任であるという考え方の風潮のもと、貧民者救済を抑制する意味で、収容者に対して懲罰的な姿勢が押し出され、ただ飯を食わすわけにはいかないということで、収容者を忙しく働かせた。男性は石割、薪割り、年寄りは穀物砕き、女性は家事、縫い物、まいはだ作りなど、単純で意味のない仕事に一日何時間も従事させた。ワークハウスは貧者の監獄として、誰もが収容されることを嫌がった。したがって、収容者に対して残酷な扱いをすることが、無きにしも非ずであった。

彼女がワークハウスの執行委員になって、驚いたことが二つあった。一つは、収容者に対する非人間的な扱いである。彼女は収容者を「乞食」と呼ばずに「人（パーソン）」と呼ばせようとした。衣服（制服）や食事に、特に年寄りに出されるパンと水だけの食事に驚き、それを改善しようとした。パンと水だけの食事はワークハウスの所長と嘱託医を敵にまわして闘い、地方行政院の貧民救済担当部に手紙を書いてやっと廃止できた。もう一つは女性の収容の多さについてである。妻は普通法（コモンロー）によって夫の保護下にあるため、職を失ったり老いて稼げなくなったりした夫がワークハウスに収容されれば、妻も子供も収容される。収容されると、二歳以上の子供は母親と離され、母親は子供と会うことはできなかった。また、夫に捨てられて、ワークハウスに収容される女性が多いことも彼女は驚いた。妻に対して責任があるにもかかわらず、妻を捨てる夫が多かったためである。妻を捨てることは離婚よりも安く、夫の負債は妻に負わされることがなかった。だから、夫は簡単に妻を置き去りにして、行方をくらましたのである。夫に先立たれたにせよ、未婚であるにせよ、シングル・マザーもワークハウスを頼らざるをえない女性が多かった。そこで女性たちは女性としての尊厳を失うのである。デスパードは「貧しい人々は社会の犠牲者かもしれないが、その妻と娘たちはその犠牲者の犠牲者である」と感じる（リンクレイター　九〇）。「百人の乞食につき、七二人が女性と子供だった。彼女たちを助けるには、貧民救済委員会の改善だけでは十分ではなく、社会の家父長制と資本主義という制度をすっかり変える必要がある」（リンクレイター　八四）。彼女は社会主義とフェミニズムに傾いていく。

一八九五年貧民救済法の代わりになるものを探していたデスパードは社会民主連合の社会主義に触れ、目を開かれた思いで社会民主連合に入会する。社会民主連合というのは、一八八一年にH・ハインドマン（一八四二―一九二一）によって結成されたマルクス主義の組織で、労働時間の短縮や児童労働の廃止、無料の義務教育の導入、女性との平等、普通選挙制、生産・分配・交換手段の国有化などを目指していた団体で、彼女はその団体で知り合ったカール・マルクスの末娘、エレノア・マルクス（一八五五―九八）や彼女のパートナー、エドワード・エイヴリング（一八四九―九八）との親交を楽しんだりするが、やがて彼女は社会民主連合が女性の選挙権よりも男性の普通選挙を優先していることを知り、また、エドワード・エイヴリングの裏切りを知ったエレノア・マルクスの自殺に衝撃を受けたこともあって、社会民主連合をやめ、一九〇一年ケア・ハーディー（一八五六―一九一五）の独立労働党に入会する。彼女が入会したとき、独立労働党は他のいくつかの社会主義団体と組んで、労働者が議会で活躍できる政党を作ろうと、つまり、一九〇六年の労働党の成立を目指している最中であった。社会自由連合は一九〇七年に労働党を脱退している。そこでも、彼女は後に労働大臣として女性初の内閣入りをするマーガレット・ボンフィールド（一八七三―一九五三）と親交を結ぶが、労働党も女性参政権にはリップサービスばかりで埒が明かない。しかし労働党を脱会することはなく、彼女は労働党に期待をつないではいる。

この頃から彼女は女性参政権団体に所属し活躍し始める。一九〇六年彼女は女性参政権協会全国連合に入会し、その間二回逮捕されホロウェイ監獄に入れられている。しかし、女性参政権協会全国連合は目的に向かってなかなか前進しない。それで同年彼女は女性社会政治同盟に入会する。しかし一九〇七年九月、エメリン・パンクハーストが、一〇月に行われる年次総会の予定を皆と相談するのを拒否し、これからはなんでも自分たち数人で物事を決めると発表したとき、そして、普通選挙を目指している労働党とは分かれると発表したとき、彼女は女性社会政治同盟をやめる決意を固める。エメリン・パンクハーストたちの独裁性に反対であるのはもちろんだが、彼女が気に入らなかったのは、女性社会政治同盟がそのときの男性の選挙資格と同じ資格の、つまり、財産制限のある選挙権を女性に与えることを目指した点であった。彼女にとって選挙権を持ってもらいたいと思っているのは、貧民救済法に苦しんでいる女性たちであって、その貧しい女性たちは財産制限のある選挙では、つまり、普通選挙でなければ、選挙権を持つことはできないからである。

（三）ガンジーとの出会い

一九〇七年十一月シャーロット・デスパードはテレサ・ビリントン＝グレイグ（一八七七―一九六四）、エディス・ハウ＝マーティン（一八七五―一九五四）、アリス・スコフィールド（一八八一―一九七五）、マーガレット・ネヴィンソン（一八五八―一九三二）たち、約七〇人のメンバーと女性社会政治同盟を脱退し、女性自由連盟を結成した。デスパードが一九〇九年から一九一八年まで会長となり、エディス・ハウ＝マーティンが一九一二年まで名誉事務局長および政治戦闘部の部長になった。彼女たちの団体は名前が示すとおり、女性が参政権を獲得することはもちろんだが、それを越えて女性が自由になることを目指していた。「思い切って自由になれ」が彼女たちのスローガンである。具体的には仕事場と家庭における女性の経済的立場に焦点をあて、ストライキやロックアウト中の搾取された産業労働者への支援、家事労働に対する賃金報酬の支持、低賃金の過酷な労働の非難などを行った。一九一〇年デスパードは女性の経済的独立こそが肝心だとして、次のように演説している。

基本的にすべての社会的政治的問題は経済である。［男女］同一賃金ということで男性の労働者は女性の仲間が自分を失職させるかもしれないと、もはや心配することはありません。［中略］そして夫と平等になるためには女性は生きていくうえで経済的自立が必要です。妻や母親の仕事が報われないのは嘆かわしいことです。この［家事という］精力を要する産業形態が無報酬であるということが違法である時代が来ることを望んでいます。（スパルタカス・エジュケイショナル）

仕事場における同一賃金ばかりでなく、家庭内における女性の仕事に報酬を与えよということの発言は時代を先取りした発言である。

女性自由連盟は会員のほとんどが中産階級であったが、労働者階級の女性たちも入会し、貢献した。労働党との連携をつねに保ち、会員の中には労働党やアリス・アクランド（一八四九―一九三五）が一八八三年に創立した女性協同組合ギルドに入会している者もいた。一九〇八年にはイングランド、ウェールズ、スコットランドに五十三の支部を持ち、一九一四年までには四〇〇〇人の会員数を持つ団体にまで成長した。デスパードはこの雑誌に活発に寄稿した。一九〇九年には週刊新聞『投票権』(*The Vote*) を発行し始め、一九一三年のピーク時には一三〇〇〇部の発行部数を記録した。一九一一年の春に編集者が病気で倒れたときにはデスパードが何ヶ月も編集を引き受けた。女性自由連盟は民主的な組織を心がけたが、彼女の影響力は大きかった。

そして肝心の女性参政権であるが、女性自由連盟は参政権獲得のための基本姿勢は、戦闘的である。しかしもちろん女性社会政治同盟の戦闘性と違って、非暴力的な戦闘性である。この基本姿勢はデスパードの生涯を貫く闘い方であり、女性自由連盟において誰もが一致して実践した闘い方であった。非暴力的な戦闘性とは、一八四六年に奴隷制度とメキシコ戦争に反対して人頭税の支払いを拒絶したデヴィッド・ソロー（一八一七―六二）の「市民的不服従」に例を見るもので、自分たちを治めている法が間違っていると思う場合、その法に従わずに破るという闘い方である。一九〇八年の女性自由連盟の年次大会でデスパードは道徳律と人工的に国家が制定した法とを区別して、「法――市民の法――を私たちはやむをえず破ってきました。人間の歴史の中には市民的不服従が同時代の人々に差し出せる最高の義務である時間や時期があったことを昔の多くの人々とともに認めます」と述べている。彼女は法を破る覚悟なしでは、どの様な改革ももたらさないと、そしてその法は道徳律であるとはかぎらないし、ましてや神の法ではないと考えている。また、一九一四年二月一三日発行の『投票権』には「女性自由連盟の戦闘的戦略」と題した記事を書き、その中で「あらゆる国の歴史の中には良心に従っていることを示すために法を破らなければならない瞬間があります。」「したがって、私たちは課税に反抗します。国民保険法を受け入れるのを拒絶します。公共の場で政府の命令に抗議します。」「しかし私たちは暴力を用いない、そしてどんなときにもどの様な方法でも、個人の持ち物を傷つけないし、私たちの仲間である人間に苦しみや損失をあたえません」と宣言している。つまり、その法律を破る方法は女性社会政治同盟のような物質の破壊行動ではなく、「受動的抵抗」の方法をとる。しかし、非暴力の抵抗であるにせよ、法律に従わないことは法律違反に違いなく、彼女や仲間たちに投獄の可能性を与えた。実際、女性自由連盟のなかで九〇人ほどが投獄された経験を持つ。しかし、それももちろん、一九〇九年の『投票権』の中で「たとえ抗議の結果が刑務所の監房になろうとも」と述べているように、デスパードをはじめ、彼女たちの覚悟の上のことであった。法律違反を目指している点において、このデスパードと女性自由連盟の姿勢はミリセント・フォーセットが率いる女性参政権協会全国同盟の合憲的姿勢と真逆の立場を取る。暴力に訴えたパンクハーストたち女性社会政治同盟よりも、抵抗という点では過激である。

一九〇六年と一九〇九年にマハマト・ガンジー（本名モーヘンダース・カラムチャド・ガンジー、マハトマは「尊師」の意味）はロンドンを訪れるが、デスパードは一九〇九年に彼に会っている。彼は一九〇六年トランスバール政府がインド人と中国人の登録を義務づける法令を発布したとき、ヨハネスブルグにおける集団抗議大会で未だ完全には完成していないが、温めていた概念である「サチャグラーハ」すなわち、非暴力の抵抗を初めて呼びかけ、インド人たちにこの法令への抵抗とそれによって受ける処罰に黙って耐えるように促した。彼は初めのうちは「サチャグラーハ」と「消極的抵抗」とを同じように使用していたが、後になって「サチャグラーハ」

を「消極的抵抗」と区別し、「消極的抵抗」は弱き者が仕方なく使用する武器として、暴力が認められるのに対して、「サチャグラーハ」は、心の強き者が使用し、いかなる状況においても暴力の使用は認めない点において、また、首尾一貫して真実に忠実である点において異なると説明している（『手紙』、一九二〇年一月二五日、全集一九巻三五〇頁）。彼が「サチャグラーハ」を採るべき手段と考えているのは、言うまでもない。彼は一九〇六年にロンドンを訪れたとき、エメリン・パンクハーストたち女性社会政治同盟のデモに出くわし、女性たちが逮捕されているのを目の当たりにして、彼女たちの抵抗運動に感動し、見習うべきと褒めているが、一九〇九年に女性社会政治同盟の女性たちがアスキス首相官邸の窓ガラスを割る等などの暴力を働くと、「この行為はサチャグラーハではない」と言って批判する。一方、彼は女性自由連盟の首相官邸前の一万時間に及ぶピケ張りと寝ずの番に感激している。そしてデスパードたちのカクストン・ホールでの集会に何回も参加して、デスパードと会う。ミリー・グラハム・ポラックによれば、彼は「私はロンドンで彼女［デスパード］と長いあいだ語らい、彼女にひどく敬服し、彼女の「精神的抵抗」を大いに評価した」と言ったそうである（ポラック、一二一）。「サチャグラーハ」の思想を熟成させようとしていたガンジーにとって、彼女の暴力を使わない「非暴力の抵抗」は、女性社会政治同盟の抵抗と異なり、大きな共感を呼ぶものであった。彼女の清貧の、しかし反抗者である生き方、簡素な黒い洋服にサンダルを履いた姿も、ガンジーをつよく惹きつけたであろう。菜食主義者であることも、彼女が当時神智学（本書二五頁参照）に傾倒していたことにも、ガンジーは彼女の中に共通項を見出していたに違いない。

では、具体的に、「非暴力の抵抗」として女性自由連盟は何を実践したのであろうか。政治家への請願書の提出や、陳述活動、街頭での演説やデモ活動、それらの伝統的な活動の他に、プロパガンダのためのキャラバン隊の地方廻りをし、デスパードも馬車に乗り、行く先々で演説をした。保守的な地域では女性に参政権をという内容に反感を買い、野次られることが多かった。石を投げつけられ、馬車ごとひっくり返されることもあった。デスパードは投石が額に当たって、流血した。また、アスキス首相に請願書を渡そうと一九〇九年七月から九月にかけて下院の前でピケを張り、寝ずの番もした。このピケは首相が回避し続けたため、このような長い日数に及ぶことになった。最後に警官と揉め、彼女は逮捕された。また、法廷における記録取りを行った。男性の作った法律で、しかも男性ばかりの法廷で女性が不当に裁かれる実態を記録し、それを阻止するための行動である。さらに任意の女性警官の設置、下院の三階のギャラリー席で自分たちの意見を大声で言うとき、力ずくで退出させられないように鉄の格子に自分たちの躰を鎖で縛り付けたなど、活動の成果と実践はさまざまあるが、なんといっても大がかりに行ったのは、一九一一年の国勢調査ボイコットと一九〇七年からの納税拒否である。デスパードは個人として、また、女性自由連盟の会長として率先して実践している。

(四)国勢調査ボイコット

一九〇六年キャンベル・バーナマン首相の時に労働者階級出身者として初めて内閣入りしたジョン・バーンズ(一八五八―一九四三)は、地方行政委員長に就任し、以前から関心を抱いていた乳児死亡率の問題に取りかかる。当時は乳児死亡率がとても高く一九〇〇年の死亡率は一〇〇〇人に一六五人であった。現在に近い二〇一四年では一〇〇〇人に四・四人である。この原因には医療が現在ほど進歩していなかったことなどの他に、労働者階級の不衛生で混み合った住宅環境、母子両方の栄養状態の悪さなどが考えられるが、問題なのは、ジョン・バーンズが主な原因の一つに母親としての義務を果たさない母親の無責任さを挙げたことである（リディングトン 一八）。彼は母親の役割を義務を果たさない母親とは、家庭にいて育児をするのではなく働きに行く母親のことである。彼は母親の役割を重要視し、幸せで健康な子供の根底には、母親が一日中家にいる家庭があると考えた。

当時、乳児死亡率に悩み、その主な原因に同じような考えをもったのは、バーンズ一人ではなかった。政府の中にも自分の経験から、関心を持っている人はいた。それでバーンズは地方行政院の役人たちに乳児死亡率を下げる対策を講じることが必要だと述べ、とにかく統計を取って調べるようにと命じた。初めて国が乳児死亡率について真剣に取り組み始めたのだ。しかし統計調査は役人たちがその技術に熟練していないこともあって、なかなか進まない。この調査が具体的になるのは、一九〇九年に戸籍本署や関係する役所に優秀な人材が配置されてからのことである。つまり、バーナード・マレが戸籍本署の長官になり、医者で公衆衛生に精通するトーマス・スティーブンスが戸籍本署に配属され、医学的統計学者のサー・アーサー・ニュースホルムが地方行政院のチーフ保険責任者となり、国勢調査のリーダーシップを取り始めてからのことである。一九〇九年一〇月二〇日には、これらの人々に加えて、戸籍本署の事務局長アルフレッド・ウォーターズ、国勢調査事務局長のアーチャー・ベリングハムも入って最初の国勢調査委員会が開かれ第二回委員会で国勢調査の日取りが、一九一一年四月二日（日曜日）と決定した（リディングトン 六四―六五）。調査の内容は、出生地、現在住んでいる場所、年齢、職業などの今までの国勢調査の項目に加えて、国籍、現在の結婚の期間、その結婚で生まれた子供の数、生きている子供の数、死亡した子供の数が付け加えられた。つまり、家族のサイズ、減少している出生率、高い子供の死亡率、つまり、誰が子供を持っていて、持っていないか、誰の子供が生存しそうもないかを聞き出すものである（リディングトンとクロフォード　一五）。さらに言えば、どういう女性の生殖能力が高いか、女性が働くとどのくらい生殖力に影響するのか、どの様な仕事に就いている女性の子供の死亡率が高いのかを割り出そうとする調査だと言えよう。

この国勢調査にたいしてデスパードたち女性自由連盟はボイコットする意志を固める。「自分は国政調査表を破り捨てるつもりだ、世帯主の者たちは皆同じようにして欲しい」とデスパードは一九一一年二月九日カクストン・ホールで行われた女性自由連盟の会合で言っている。この調査が女性の雇用を阻み、経済的自立を妨げることへとつながりかねないという懸念からもこの調査に反対であったが、なによりも、彼女は参政権を与えられず、女性の意思や願いがいっさい反映されていない不公平な法で治める政府の要求に耳を傾ける必要はないと考えた。そして彼女にとって、今度の国勢調査は非暴力の戦闘を行う絶好の機会と捉えられた。市民的不服従を実践するつもりであった。この彼女の気持ちは女性自由連盟の気持ちである。

ボイコットまでの彼女たちの動きを簡単にたどれば、一九一〇年六月の執行部委員会で、国勢調査のボイコットが話し合われ、政治戦闘部門長のエディス・ハウ＝マーティンの提案もあって、その時政府が考えていた調停法案が否決されたら、決行しようということになった。調停法案というのは、一九一〇年の総選挙のキャンペーン中にアスキス首相が提案したもので、女性参政権をある程度可能にするつもりのものだった．自由党が勝利し政権を取り戻すと、アスキスはいくつかの政党から女性参政権に好意的な議員を選んで、委員会を結成、その委員会は一〇〇万人ほどの女性に参政権が付与される案を提出した。国会で審議にかけられ、第一読会、第二読会と七月に通過したものの、アスキスは議会の開催を一一月まで延期し、一一月に開始したときには、国会の時間をそれ以上女性参政権のことに費やすのを拒んだ。一一月一八日予算案のことで上院と下院が決裂したことから、彼はもう一度総選挙を行うと宣言し、その国会は一一月二八日で解散になった。

国会の開催を待つあいだ調停法案の通過を期待しながらも、彼女たちは着々とボイコットの準備を調えた。ボイコットを決行するのならば、ボイコット数が大きい方が有効である。七月三〇日女性自由連盟は女性参政権運動の各団体に手紙を書き、内密にとお願いしながら、自分たちが国勢調査に抗議する計画を考慮していることを説明し、この件で九月か一〇月に代表を送ってほしいと述べた。そして一〇月二七日女性自由連盟はカクストン・ホールで歴史的な協議会を開いた。女性参政権協会全国連合、女性協同組合ギルド、女優、画家、作家の参政権協会、女性参政権のための男性連盟など、一二の団体の代表が集まった。女性社会政治同盟は送ってこなかった。パンクハーストたちは調停法案に期待して、休戦中であった。その会でテレサ・ビリントン＝グレイグが女性参政権連盟のボイコット計画を説明し、活発な質疑応答の後、一二月九日に再集合することに賛成して皆は解散した。

しかしながら、一二月一〇日に女性自由連盟が再招集をかけても、ほとんどの団体が代表を送ってこなかった。女性参政権協会全国同盟も女性共同組合ギルドも、代表を送ってこなかったし、女優参政権協会と女性参政権のための男性連盟は個人で全力を尽くすので協会としては代表を送らないと言ってきた。デスパードが重ねて依頼しても、無駄であった。というのは、調停法案が頓挫したせいで、女性参政権協会全国同盟は自由党に失望し、いくら働きかけても意味が無いと判断したらしかった。女性参政権協会全国同盟は合法的戦法を取る団体であり、国家の行う調査をボイコットすることは違法になると思い出したのだろう。他の団体の辞退理由ははっきりしないが、おそらく、調停法案が頓挫した一一月一八日のいわゆる「ブラック・フライデイ」の騒ぎが災いしていると推測される。その日これ以上議会で女性参政権の審議がされないと判ったとき、女性政治参政権同盟を中心にした三〇〇人の女性たちが国会議事堂前でデモを行い、警官隊と衝突、傍観していた男性たちも加わって、六時間に及ぶ大乱闘を繰り広げた。その結果一一五人の女性と四人の男性が逮捕された。このブラック・フライデイの乱闘騒ぎに女性参政権運動を行うことじたいや政府に抗議行動を起こすことに疑問を抱いたのかもしれない。もちろん、これらの団体の不参加はデスパードたちをがっかりさせた。とくに女性参政権協会全国同盟と女性共同組合ギルドは大きな会員数を誇る団体である。会員数の多い団体に辞退されることは、痛手であった。二〇世紀初頭に大小さまざまに存在した女性参政権団体の会員数を正確に知ることは、彼女たちが偽名を使ったり、団体を出たり入ったり、渡りあるいたりするので、ひじょうに難しいが、女性参政権協会全国同盟は一九一四年には男女あわせて約一〇万人の会員数を、女性共同組合ギルドは一九一〇年に二七〇〇〇人の組合員がいると推定される。

それでも、デスパードたちのボイコット決行の意志はひるむことはない。デスパードはボイコットの世間への表明の時期が重要と考え、それを話し合った結果、次の国会の開会日、すなわち一九一一年二月六日に議会開会の際に下院にたいして述べられる勅語に女性参政権が含まれていなければ、直ちに公表するということになった。議会開催の際の勅語というのは、首相、または閣僚が執筆し、政府の新年度の方針、新たな法案について概略を国王が述べるものである。そして勅語には女性参政権は含まれていなかった。デスパードが調査票を破り捨ててやると言ったのは、この三日後のことである。女性自由連盟は素早く行動をとる。二月一一日の『投票権』にはエディス・ハウ＝マーティンの呼びかけで「国勢調査ボイコット」というタイトルの記事が一面を飾った。その中には、女性自由連盟は「今この王国じゅうの全ての女性たちが国勢調査をボイコットすることを公然と要求し、自分たちや世帯の中のすべての情報を与えることを拒む。」「わたしたちは調査を当てにならない不正確なものにするために全力を尽くす。」といった呼びかけがなされている。

この公表のすぐ後、調停法案に期待して休戦していた女性社会政治連合がボイコットに参加すると言ってきた。女性社会政治連合の会員数を割り出すのは難しく、二〇〇〇人から五〇〇〇〇人と幅があり、正確な数は判らないが、大きな団体であることには間違いがなかったし、何よりも勇ましい団体である。この団体の参加はおおいに歓迎された。彼女たちは実行へとまっしぐらに進んでいった。世間へ自分たちの行動を宣伝するため、デスパードとエディス・ハウ＝マーティンの連名で標語「女性に投票権なし——国勢調査なし」が出された。

一九一一年の国勢調査は二〇〇九年一月にインターネットに公開され、世帯主の手書きのまま、一枚一枚そのままの形で見られるようになった。ジル・リディングトンとエリザベス・クローフォードは公開された調査票を丹念に識別し、五七二名を割り出した。リディングトンは二〇一四年刊行の『投票権を求めて雲隠れ』の巻末に、それらを整理して打ち直したものを掲載している。

そして問題の四月二日（日曜日）の真夜中になると、女性自由連盟はトラファルガー・スクウェアーで集会を開き、女性社会政治連盟はオールドウィッチでオールナイトのローラースケート大会を開いた。そしてそれらが終わると、二〇人ぐらいのグループに分かれて会員の家に押しかけて、雑魚寝をしたり、パーティーを開いたり、音楽、朗読、スピーチなどの余興を代わる代わるに披露したり、ヘンリック・イプセン（一八二八―一九〇六）の『幽霊』（一八八一年）を読んで楽しんだ者もいたし、一人で家に帰り、家を暗くして、調査員が来たとき、居留守を使ったり、もっと少ない人数で友人の家に集まったり、また、調査員が来ると、情報を与えず、抗議文を書き付けた調査票を渡した者もいた。

たとえば、エメリン・パンクハーストの調査票によると、彼女は「回避者」となっていて、家に在宅していなかった。登記係によって「［彼女は］オールドウィッチのスケートリンクに居たと思われる。しかし一九一一年四月三日の朝五時この夫人がホテルに戻ってきたのを見かけた」と記入されている。そして確かにオールドウィッチ地区の記録には、オールドウィッチのスケートリンクに「五〇〇人の女性、七〇人の男性、全員名前はわからない」「回避者」がいたことが記入されている。このオールドウィッチのほかにも集団で「回避者」となった具体例は、コヴェントガーデンのガーデニアというレストランで女性二〇〇人、男性三〇人が、マンチェスターのジェシー・ステファンソンが借りた大邸宅、通称「センサス・ロッジ」に女性一五六人、男性五二人が集まったという記録がある。

では、デスパードの調査票はどうなっているだろうか？　彼女はほんとうに破り捨てたのだろうか？　彼女は破り捨てたりはしなかった。彼女の調査票は残っており、次のようになっている。

デスパード、シャーロット夫人［七〇歳ぐらい］

キューリー通り　二
国勢調査の晩：在宅。反抗者
法律上の身分：未亡人
居住空間：一〇部屋
国勢調査員［の記述］：「これ以上の情報提出を拒んだ――サフラジェット」
参政権：ＷＦＬ［女性自由連盟］

彼女は在宅し、調査員に情報を与えなかった。「反抗者」になったのだ。
では、エディス・ハウ＝マーティンはどうかというと、彼女の調査票は次のようになっている。

ハウ＝マーティン、ハーバートと夫人［エディス］［三六歳］
ホガース　ヒル　三八
国勢調査の晩：反抗者／回避者、調査表は登記係によってなされる。
職業：（ハーバート）「科学研究に従事している男性」
他の者：女性六人、全員が反抗者
意見：「代表権のない法律は奴隷制度である。」「女性のための投票権なし――女性からの情報はなし。」「この家の持ち主は人ではなくただの女性である――一九〇八年のスコットランドの大学卒業生の主張にたいする上院の判断を見よ。」

登記係：「この家が国勢調査の晩は誰にでも開放された家であるという情報を得た。」

参政権：WFL［女性自由連盟］

一九〇八年のスコットランドの大学卒業生の主張にたいする上院の判断というのは、スコットランドの大学卒業の女性たちが、一八六八年の国民代表法において女性たちも含めて「人《パーソン》」と表記してあることを根拠に、女性の参政権をめぐっておこした訴訟のこと。彼女たちは一九〇六年民事控訴院（スコットランドで最高の民事裁判所）で却下された後、上院に上訴したが、一九〇八年却下された。ハウ＝マーティンはこの結果をもとに、自分は「人」ではなく「女性」であるので、「人」口調査に入らないと言いたいのだろう。ハウ＝マーティンも夫とともに在宅し、自宅を出入り自由のパーティー会場にし、「回避者」たちを歓待していた。「反抗者」の中には意見の欄にデスパードとハウ＝マーティンの出した標語「女性に投票権なし——国勢調査なし」を記入した者も多かった。

ちなみに、女性参政権協会全国同盟の会長のミリセント・フォーセットは「承諾者」としてきちんと調査票に記入している。エミリー・ディヴィスや、ヴァージニア・スティーヴン［ウルフ］も「承諾者」である。

四月五日ジョン・バーンズは下院でこのたびの国勢調査においてボイコットの数はたいしたことはなく、ぜんぜん響かないという意味の言葉を言ったそうである。デスパードたちのこの試みは、各団体の足並みがそろわず、たしかに大規模に展開することはできなかったが、デスパードたちの国勢調査ボイコットは、女性が政府に対して脅威となる可能性を示した行動であった。その後、彼女たちにたいして政府からのお咎めは何もなく、デスパードたちは七月の戴冠記念行進にむけて準備をすることになる。

（五）納税拒否

デスパードのもうひとつの非暴力戦略は税金の支払い拒否である。税金の支払い拒否はローマ帝国時代から数々あって、枚挙に暇がないが、前述したように、一八四六年ヘンリー・デヴィッド・ソローの納税拒否が有名である。彼は奴隷制度とメキシコ戦争に抗議するために、人頭税の支払いを拒否し、投獄された。この考えは彼の『市民的不服従』（一八四九年）の思想として、後の人々に大きな影響を与えている。彼は、政府が自分の信念と対立している場合、それを黙認してはならず、自分の良心に従って行動しなければならない。その行動の具体的な形は、暴力や血生臭い措置を講ずる必要はなく、税金を支払う必要はないということである。税金を支払うことは政府の不正に協力するということであり、資金を提供することになると言う。

デスパードはもちろん、ソローの納税拒否を知っていたが、彼女に直接影響を与えたのは、ドーラ・モンテフィオレ（一八五一―一九三三）ではないかとヒラリー・フランシスは言っている（六七）。デスパードとモンテフィオレは仲の良い友達だったからだ。モンテフィオレは一九〇四年から二年間にわたって税金の支払いを拒否し、一九〇六年には差し押さえに来た役人を家の中に入れまいと家の前にバリケードを築いて六週間抵抗した。彼女は一九〇六年女性租税抵抗同盟を作ることを提案。この団体は一九〇九年に創立され、女性自由連盟と連合して、一九一八年まで活動した。女性自由連盟のもうひとつの支部となってもよかったのだが、他の女性参政権の団体との連携も大切にしたかったので、独立した団体になった。実際、ほとんどの団体の女性がこの同盟に参加した。とくに女性自由連盟では、デスパードをはじめ、エディス・ハウ＝マーティン、テレサ・ビリングトン＝グレイグ、ケイト・ハーヴェイ、アン・コブデン＝サンダーソンなど、女性自由連盟の女性たちは女性租税抵抗同盟と重ねて入っていることが多かった。

デスパードは女性に参政権を与えない政府に不満を示す非暴力戦術として納税拒否を実践した。他の女性たちの思いも同じである。この思いは女性租税抵抗同盟の標語、「投票権なし、税金なし」に如実に現れている。彼女たちの旗には「金を出せば口も出せる」という言葉が鮮やかな文字で描かれているが、これは「笛吹きに金を払う者は曲を注文する権利がある」という諺で、税金を支払い、お金を出しているのであれば、口も出せる、すなわち、参政権があって当然であるという主張である。デスパードは「女性が支払い、男性が曲を注文する」という同じ諺をもじった記事を一九〇八年一月一六日の『女性参政権』に載せた。そのなかで彼女は女性自由連盟の納税拒否を女性のより大きなジェネラル・ストライキの一部であり、子育てや家政の拒否、そして現在行っている市民としての義務の遂行の拒絶へと広がるものだと定義した（メイホール　六〇）。『女性参政権』は『投票権』が創刊されるまで女性自由連盟が記事を載せてもらっていたジョン・E・フランシスが発行するニュース・レターである。女性自由連盟は一九〇七年一二月「投票権なし、税金なし」を推し進め、税金の支払い拒否を会員に促した。女性社会政治同盟も一九〇七年一一月所得税の支払い拒否を決めている。

フランシスによれば、当時のイギリスでは年ごとに支払う税金には二種類あって、一つは固定資産税、居住家屋税、所得税であり、もうひとつは、犬、馬車、自動車、男性の召使、紋章、銃、獲物に対する税と鑑札（許可証）であった（六九―七二）。女性租税抵抗同盟が調べたところ、二一人が固定資産税の支払い拒否をし、八〇人以上が勤労所得にかけられた所得税を拒否し、一四〇人が住居家屋税の支払いを拒否した。税金を支払わないと、最初の種類の税の場合は、内国税収入委員会から差し押さえを警告する通知が来た。それでも支払いを拒否すると差し押さえの役人が来るわけだが、差し押さえられ押収された物品は公開オークションにかけられることになる。もうひとつの種類の税の場合は、地方判事への出頭命令がきて、罰金を課したり、支払い命令を出したりしたが、その後も拒否が続くと、それ以上の法的手続きなく物品を押収した。税金に見合う物品や不動産がない場合は、納税拒否者を税が支払われるまで収監することもあった。

これらの処置に女性たちはひるむことはなかった。バリケードを築いて差し押さえの役人の侵入を拒んでいるとき、彼女たちはバリケードの上から演説し、自分がなぜ納税拒否をするのかを説明した。差し押さえ物件のオークションが行われるとき、彼女たちは新聞に宣伝を載せ、ビラをその地域に、できる限り多くの女性参政権団体に配り、ブラスバンドを先頭にして会場まで練り歩き、聴衆を集めた。女性参政権に関心のない聴衆に自分たちの趣旨をわかってもらおうとした。販売に出された差し押さえの品物はしばしば他の女性参政権の女性たちによって購入され、本人に戻された。

そして、実際、デスパードと仲のよかったケイト・ハーヴェイ（一八六二―一九四六）は庭師の使用許可証を得るために必要な印紙税を支払わず、差し押さえの役人を侵入させまいとして八週間も家の前にバリケードを築き、一ヶ月間収監された。彼女は二ヶ月の収監を言い渡されたのだが、健康の理由から一ヶ月で出てくることができた。ジャネット・リゲイト・バンテンは犬の鑑札を支払うことを拒否し、一〇日間拘禁され、エマ・スプロソン（一八六七―一九三九）が二度にわたり犬の鑑札を支払わず、合計六週間拘禁され、犬は警官によって撃ち殺された。犬の鑑札の納税拒否は、裕福でも、そうでなくても、多くの女性たちによって頻繁に行われた。デスパードはサリー州コートトランドのアーンショウ・コテッジとナイン・エルムズの自宅に対する納税を何度も拒否し、何度も持ち物を差し押さえられ、押収された品物がオークションにかけられた。押収された彼女のピアノのオークションにおける販売と友人による買戻しは、何度も運び廻されるには、ピアノはあまりにも重たかったので、友人たちのあいだで話題になるほど繰り返された。一九〇六年から一九一八年のあいだに二二〇人以上の女性たち（女医を含めてほとんどが中流階級）が納税拒否を行った（メイホール 六〇）。誰が差し押さえられたか、誰が逮捕されたか、逮捕にたいする抗議文、女性租税抵抗同盟の会議の様子、オークションの日程や品物などは『投票権』に掲載され周知された。

（六）『神智学と女性運動』

これらの活発な参政権運動は、前述したように、デスパードの貧民救済法執行委員の体験から、貧しい女性や子供たちを救うにはぜひとも女性に参政権が必要という確信から生まれているが、デスパードはこの確信を神智学思想で理論的に支えている。

神智学は「神秘的体験や特別な啓示によって、通常の親交や推論では知りえない神の内奥の本質や行為についての知識を持つという哲学的・宗教的思想の総称」（ブリタニカ）で、狭義には、ロシア出身のヘレナ・P・ブラヴァツキー（一八三一―一九一）とアメリカ人ヘンリー・スティール・オルコット（一八三二―一九〇七）が一八七五年にアメリカで創設し、一八八二年にインドに本部をおく『神智学協会』の思想を指す。ブラヴァツキーは「西洋オカルティズムの世界観を基礎に置きつつ、秘密結社、心霊主義、アーリアン学説、輪廻転生論といった雑多な要素を、」そして、進化論を折衷的に積み重ね、「霊性の進化」という一つの体系を打ち立てた。霊性の進化という考え方をしたのは、彼女が初めてではなく、同じような発想を思いついた者は他にもいるが、一つの壮大な体系へとまとめられたのは、彼女の『シークレット・ドクトリン――科学・宗教・哲学の総合』（一八八八年）においてである（大田　二九、三三、三四）。この書の中で彼女は次のように言っている。人間の存在は肉体のほかに「霊体」をもち、「肉体が潰えた後も霊魂が存続し、輪廻転生を繰り返しながら永遠に成長を続けることによって」、その性質を高度なものに進化させることができる（大田　四六、二四二）。しかしながら、人間は霊の進化・向上のラインに従うのではなく、物質のラインに従えば、悪魔や怪物を含む動物的存在に堕ちてゆくことになる（大田　四四）。したがって人間は絶えざる研鑽を積み、霊を進化・向上させなければならない。これが人間の生の目的である（大田　四六）。

夫と共に何度かインドに行き、仏教の魂の転生を信じていたデスパードは、神智学思想を受け入れやすかったのであろう。一八九九年に神智学協会に入会し、一九〇九年の秋にはブラヴァツキー亡き後、彼女のあとを継いで神智学協会の会長となったアニー・ベザント（一八四七―一九三三）の一連の講演を聴きに行っている。神智学は、それまで彼女の中で分離していた社会主義、フェミニズム、そしてカトリック教を彼女の神秘好みも満足させながら、一つのヴィジョンにまとめたのだった（リンクレイター 一五八）。神智学のヴィジョンにおいては、労働者のストライキ、サフラジェット、カトリック教は「宇宙的生命」の精神的力の顕現として捉えられる。今起こっている社会の騒動は物質主義を王座から引きずり降ろし、精神性を尊ぶ世界がやって来る準備なのだ。

デスパードは一九一一年パンフレット「女性と新しい時代」を、そして一九一三年には本といってよい長さの冊子『神智学と女性運動』を刊行する。『神智学と女性運動』の中にはいかに女性解放運動が神智学の観点において正しい運動であるかが述べられているので、簡単にまとめてみる。まず、彼女は、現代の、否、この二世紀に渡り、世の中は不自然で間違っているという。なぜなら世界、「神聖な宇宙の生命」は二つの側面をもつ一つの統一体で、男女もその神聖な存在の二つの側面である。男女は異なっているが、平等で、協力し合う関係になっているのが正しい自然な状態である。しかしながら、産業革命後、世界は男性支配が強すぎて、物質主義の、競争と偏見と物欲の世界になっており、女性に備わっている精神性が発揮されていない。男性は女性を片隅に追いやることで、世界を偏った不自然なものにしているのだ。女性が精神性を発揮すれば、そこでは、誰もが兄弟愛に満ち、人種、心情、性、カースト、皮膚の色などによる区別立てではない（七）。平和な世界が訪れるのだ。

魂も社会も進化する。今の社会はいったん破壊され再建される。女性は直感、愛の本能、生命力を持っているので、破壊の後の社会の再建に大きな役を果たすだろう（四九）。男性の力が全部だめといっているのではない。男性に少し引っ込んでいただいて、女性がもう少し社会に力を発揮できる世界にしたいといっているのだ。男性と女性が同等になり、仲良く力を合わせられる世界にしたいといっているのだ。具体的には、女性と男性は同じ道徳観を持ち、女性は男性と同じ市民権を持ち、経済的に独立する（二七、三七、三九）。女性の側も、独立した判断力を養わないとならない（四一）。自立を通して責任感を得て、「新しい女」へと進化しないとならない（四二）。女性参政権運動は正しい自然な世界に戻るための女性たちの戦いであり、世界の精神性の取戻しである。

当時の女性参政権運動の仲間には、彼女のほかにも、たとえば、アニー・ケニー、ドーラ・モンテフィオレ、エメリン・ペシック＝ロレンス、ケイト・ハーヴェイなど、一八九〇年から一九三〇年の間に人生のなんらかの時点で約一〇パーセントの女性たちが神智学に傾倒していたという（ディクソン　一〇）。

（七）おわりに

世界第一次大戦後の一九一八年、財産をはじめ一定の資格のある三〇歳以上の女性に参政権が付与され、投票権ばかりでなく、議会議員になることも可能になった。デスパードは一九一八年の総選挙にバターシー北地区の労働党候補として立候補するが、戦争中の女性平和十字軍の活動で戦争を終結させるために徴兵を拒否するように全国を説いて廻ったことが影響したせいか、落選した。戦争中も戦後も、戦争反対の意見は不人気だった。

その後アイルランドに移住したデスパードは九五歳で亡くなるまで精力的に救済活動を続けた。現在ロンドンのバターシー地区とアーチウェイには彼女を称えて彼女の名前のついた通りがあり、後者の通りの端にシャーロット・デスパード・パブがある。しかし彼女のことを知る若者はどのくらいいるだろうか。エメリン・パンクハーストと彼女の率いる団体のような派手な破壊活動はしなかったが、女性自由連盟は非暴力の、しかし法律に不服従の勇敢な戦いを行なった。そして、この団体を率い、また、自ら実践したデスパードは勇敢な女性参政権闘士としてもっと注目を浴びてもよいと思える。

引用・参考文献

Banks, Olive. *Becoming a Feminist: The Social Origines of "First Wave" Feminism*. Athens: U of Georgia P, 1986.
"Charlotte Despard." Spartacus Educational.
Despard, Charlotte. *Theosophy and The Women's Movement*. London: Theosophical Publishing Society, 1913.
Dixson, Joy. *Divine Feminine: Theosophy and Feminism in England*. Baltimore: Johns Hopkins UP, 2001.
Eustance, Claire. "Meanings of militancy: the ideas and practice of political resistance in the Women's Freedom League." in *The Suffrage Movement*.
Frances, Hilary. "Pay the piper, call the tune!: the Women's Tax Resistance League." in *The Suffrage Movement*.
Hunt, D. James. *An American look at Gangdhi: essays in Satyagraha, Civil Rights and Peace*. South Asia: Bibliophile, 2005.
Joannou, Maroula and June Purvis. *The Women's Suffrage Movement*. Manchester and New York: Manchester UP, 1998.
Liddington, Jill. *Vanishing for the Vote*. Manchester and New York: Manchester UP, 2014.
Liddington, Jill and Elizabeth Crawford. "Women do not count, neither shall they be counted: Suffrage, Citizenship and the Battle for the 1911 Census," *History Workshop Journal* vol. 71, issued. 1 March 2011. pp. 98–127.
Linklater, Andro. *An Unhusbanded Life, Charlotte Despard: Suffragette, Socialist and Sinn Feiner*. London: Hutchinson & Co., Ltd., 1980.
Mayhall, Laura E. Nym. *The Millitant Suffrage Movement: Citizenship and Resistance in Britain, 1860–1930*. Oxford and New York: Oxford UP, 2003.

Mulvihill, Margaret. *Charlotte Despard*. London: Pandaora Press, 1989.
Polka, Millie. *Mr Gandhi, the Man*. London: Allen & Unwin, 1931.
The Vote. Women's Library Archives
大田俊寛『現代オカルトの根源霊性進化の光と闇』東京、筑摩書房、二〇一三。
「神智学」『ブリタニカ国際百科事典』

Column 1

サフラジェットとヴェジタリアニズム
――レディ・コンスタンス・ブルワー＝リットンの場合

二〇世紀初頭の女性参政権運動活動家の女性のなかにはヴェジタリアンが少なからずいた。彼女たちが肉食を嫌った理由は様々で、動物への哀れみ、人間を動物とみなしてカニバリズムを避けるため、宗教的理由、肉を血で穢れていると考え、血や死体を自分の身体の中に入れることの拒否、女性と動物の同一視から屠殺を女性の虐待と捉える認識、体調や健康上の理由など、細かく言えばきりが無いが、大きく見て、そのいくつかを繋ぎ合わせれば、肉食を男性の物質主義と結びつけて、女性の精神性に対立させる構図、また、肉食を性欲と結びつけて、女性の純潔に対立させる構図、動物と女性を同一視することによって、男性支配と女性解放を対立させる構図や動物虐待を男性による女性虐待と捉える構図が浮かび上がってくる。

例を一人挙げると、レディ・コンスタンス・ジョージアナ・ブルワー＝リットン（一八六九―一九二三）は熱心な女性政治社会連合の活動家で、ヴェジタリアンであった。彼女は時の大蔵大臣ロイド・ジョージの車への投石、窓ガラスの破壊などで四回逮捕され、投獄されているが、彼女のなかで女性参政権運動とヴェジタリアンであることは結びついている。一九〇八年の秋のある日リトルハンプトンで散歩していると、彼女は屠殺場に連れて行かれる途中に逃げ出した一匹の羊を人々が取り囲んで、その羊をやじったり笑ったりし、やっと捕まえた羊の顔を殴りつけたりするのを目撃する。そのとたん、彼女はその侮辱された羊と女性が同じ存在だと気づく。

この羊を見ながら、初めて私は世界中の女性の立場に気づいたように思います。女性たちに責任があるのではなく、女性たちに対する基本的な不公平と形成過程において参加することができなかった文明の誤りのせいで、なんとしばしば女性が人間の尊厳の領域の外に置かれて馬鹿にされ、締め出されたり閉じ込められたり、笑われたり、侮辱されていることかと悟りました―中略―今までそのような〔踏みにじらた〕女性たちに特有の苦しみに、あらゆる階級の、あらゆる人種の、あらゆる国家の女性たちが耐えていた苦しみに私は盲目でした。人間について考えたり教えたりする偉大な人たちのほとんどが、性の平等を説くけれど、現在の世論の形成に役立つ是認された様々な政治上の法や道徳律の中に女性は自分たちを擁護するものを持っていないのです。（『監獄と囚人』一三―一四）

もともとは体調のために肉食を避けていたのだが、このとき、彼女のなかで同じ「踏みにじられたもの」同士として動物と女性は同一視され（『監獄と囚人』一四）、ヴェジタリアンであることに女性解放という新たな意味が付け加えられ、ヴェジタリアンであることは女性の政治参加のための運動と結びついた。以後彼女は女性参政権運動にまい進していく。

　レディ・コンスタンスは四回投獄されたが、最初の二回は心臓が弱かったという健康上の理由と高い身分（彼女はリットン伯爵の娘）のせいで、病棟に収監されたり、すぐに釈放されたりした。これらの入獄中も彼女はヴェジタニアリズムを貫き、食事に出される魚や卵に手をつけず、パン（病棟では白パン）とミルク、バターと野菜だけを食べている。また、卵入りのライスプディングがだされるので、卵なしのライスプディングを頼んだところ許可されたそうである（『監獄と囚人』一〇二）。これを見るかぎり、彼女はラクト・ヴェジタリアンだったようだ。

　しかし困ったのは、強制食を施されたときだった。収監中の女性の扱いに身分によって差があるのではないかと考えたレディ・コンスタンスは、一九一〇年リヴァプールで労働者階級のお針子に変装する。髪も短く切り、安物の長い緑色の洋服を着て、ツイードの帽子を被り、ウールのスカーフにウールの手袋をして、メガネをかけた。名前もジェイン・ワートンと変えた。煮込んだ洋ナシで腹ごしらえをした彼女は、投石活動をし、逮捕され、十四日間の重労働の刑をいい渡され、ウォルトン監獄に収監された。そこで彼女はハンガーストライキをして、医者に心臓の具合を診られることもなく、合計八回強制食を施される。強制食とは、生命維持のためと称して、鼻か口からチューブを通して、無理やり栄養のある液体を注入することだが、レディ・コンスタンスによれば、その栄養剤にはボヴリルという茶色いどろどろした液体、要するにビーフ・ティーという濃い牛肉スープが使用された（『監獄と囚人』二八〇）。彼女はそれに抵抗し、自分にはフルーツジュースまたは梨か林檎の煮出し汁を使うべきだと主張している。しかしもちろん彼女の要求が認められることはなかった。注入された量が多量であったということもあるが、彼女はそのたびに吐き出している。一九一一年一一月彼女はロンドンのホロウェイ監獄に四回目の投獄をされるが、すぐに病棟に送り込まれ、家からの野菜スープ、ビスケット、オレンジのお菓子などを与えられ、だいぶ融通の利いた監獄生活を送っている。

　しかしながら、出所した後、強制食で虚弱だった彼女の身体はさらに悪化し、心臓発作を何回か繰り返し、彼女は一九二三年五四才でその果敢な生涯を閉じている。

Lytton, Constance, Lady. *Prisons & Prisoners: Some Personal Experiences*. London: William Heinman, 1914.

（三神和子）

ミセス・パトリック・キャンベル（一八六五―一九四〇）
――世紀転換期に強烈な個性をはなった伝説的女優

小池　久恵

ミセス・パトリック・キャンベル

強烈な個性と情熱的で知的な役柄の演技で知られるイギリスを代表する女優。一八八八年にプロの女優として舞台に立つ。奔放な振る舞いで周囲を悩ませるが、絶大な魅力と才能を持ち、『二度目のタンカレー夫人』のポーラ役で一躍スターとなる。ジュリエット、マクベス夫人、オフィーリアなどシェイクスピア劇のヒロイン役も名高い。他に『ペレアスとメリザンド』のメリザンド、イプセンのヘッダ・ガブラーなど。一九一四年、ジョージ・バーナード・ショーの『ピグマリオン』で下町娘イライザ・ドゥーリトルを演じて以来、長年にわたりショーと親交があった。最初の夫の名前ミセス・パトリック・キャンベルを芸名とし、ミセス・パットとも呼ばれる。

(一) はじめに

ミセス・パトリック・キャンベルが亡くなったとき、知らせを受けたジョージ・バーナード・ショー(一八五六—一九五〇)はこう書いた。「誰もが大いにホッとした。とりわけ彼女自身が安堵したのではないか。何しろ彼女は世間の人間とはなじまない人だったから。それでもなお彼女はものすごい魅力を持っていて、誰よりもわたしを魅了した」(キルティ 五)。彼女は世紀転換期のイギリスで最も有名かつ悪名高い女優であった。類まれな美貌と人を困惑させるほどの機知、強烈な個性と劇場内外での自由奔放な振る舞い、そして長年にわたるショーとの親密な関係で知られる伝説的な女性である。彼女は最初の夫の名前を芸名として用い、夫の死後もその名前を使い続けた。

一八八六年、経済的困窮から女優の道を選び、地方の劇団でキャリアを積んでいたが、アーサー・ウィング・ピネロ(一八五五—一九三四)の『二度目のタンカレー夫人』(一八九三)での演技が批評家たちから大絶賛され、一夜にしてスターになる。情熱的で知的な人物の表現を得意とし、シェイクスピアのヒロインたち、ショーの『ピグマリオン』(一九一四)のイライザ、イプセンのヘッダ・ガブラーの名演で知られている。

彼女が活躍した時代は、『人形の家』のイギリス初演(一八八九)以降「新しい女」が注目され社会的影響を及ぼしていく時期と重なっている。一九世紀末から二〇世紀前半にかけて、イギリス演劇界で女性がどのように表現され、また女優がどのように演じたかを考えるうえで、キャンベルを取り上げることは興味深い。ショーのミューズとして『ピグマリオン』の創作と上演に彼女が果たした役割は大きく、ヒロインのイライザは社会で生き抜くための強い力を手に入れ自立する「新しい女」の表象となった。

彼女の生涯と演劇人生は、自伝や伝記、舞台の劇評だけでなく、彼女を主人公にした戯曲作品からも探ることができる。伝記文学の発展したイギリスで伝記的演劇を得意とするパム・ジェムズ（一九二五―二〇一一）の『ミセス・パット』（二〇〇六）は、無名時代から世界的スターになるまでを扱い、時代や社会の因習に真っ向から立ち向かった一人の果敢な女性像を描いている。アントン・バージ作『ミセス・パット』（二〇一五）は伝記に忠実であるが、人びとに記憶されるキャンベルのエッセンスのみを抽出した一人芝居であり、ジェローム・キルティの『ディア・ライアー やさしい嘘つき』（一九六〇）は、ショーとの四〇年間にわたる親密かつ複雑な関係を二人の往復書簡とショーの芝居の断片を巧みに編み込んで作られている。これらの作品から、一時代のアイコンとなったミセス・パトリック・キャンベルの人物像と女優としての業績を見ていくことにしよう。

（二）生い立ち〜女優の道へ

ミセス・パトリック・キャンベル（旧姓ベアトリス・ローズ・ステラ・タナー）は六人兄妹の末娘として一八六五年二月九日ロンドンに生まれた。父親はイングランド出身であるが、インドに移住して一財産を築き、イタリア出身の母親とはボンベイで出会う。一家は経済的に豊かになったかと思うとすぐに困窮に陥るなど生活が安定せず、父親は家を留守にしていることが多かった。ステラ（親しい者たちからはミドルネームの「ステラ」と呼ばれていた）は彼女の母親から浅黒い肌の美しい容姿と芸術の才能を受け継いだとされる。私立学校に通っていたがすぐに授業に飽きてしまい、正式な教育は一三歳のときで終えてしまった。その後彼女が身につけたことは、母親や、不在の父親代わりに彼女が懐いていた叔父ヘンリー・タナーとの日常生活から、また叔母の誘いを受けて一五歳のときパリに一年間滞在した経験からきている。パリでは後年フランス語で演じられるほどにフランス語を流暢に話せるようになった。

帰国後、彼女のピアノ演奏を聞いた親戚が授業料の援助を申し出て、週二回ダリッジの家からシティにあるギルドド・ホール・スクール・オブ・ミュージックに通う。教師はステラに稀有な才能を見出し、彼女が音楽家になるものと信じていたが、ステラはそれほど真面目に捉えていず、読書に興味を持ち、ホイットマン、ロングフェロー、ミルトン、キーツ、テニスン、バルザック、ボードレールらを読みあさったり、パーティで出会ったパトリック・キャンベルとの恋愛に夢中になったりしていた。厳しい競争に勝ち三年間ライプツィヒに音楽留学できる奨学金を得たが、結局学校を辞めてしまい、教師をも母親をもがっかりさせてしまう。しかし母親はステラが頑固であり自分が好きなようにしか絶対にしないことをすでによくわかっていた。

ステラは一九歳でパトリックと結婚、そのとき妊娠中であった。シティに勤めていたパトリックは次々と職を変え、二人目の子どもが生まれた後、実質的に家族を捨て南アフリカに移住してしまった。ステラは生計を得るためドラマ・リーディングの経験を活かし、急病の女優の代役としてアマチュア劇団の舞台に出る。その後彼女は役者としてのキャリアを選び、同劇団の芝居に出演し続けた。

一八八八年、キャンベル（以下キャンベルと記す）は初めてプロの劇団と契約し、ドイツ喜劇の翻案『バチェラーズ』でリヴァプールの舞台に立った。これを皮切りに地方へのツアーが始まるが、異なる観客を前にさまざまな役を演じることによって、役者としての演技の技術を学ぶ機会を得る。その後シェイクスピア俳優であり、演出家、興行主として知られるベン・グリート（一八五七―一九三六）のカンパニーで、彼女は『お気に召すまま』のロザリンドや、『十二夜』のオリヴィアを含むシェイクスピア劇のヒロインを演じた。シェイクスピア劇に関する経験がまったく不足していたにもかかわらず、彼女は目覚ましい成功を収める。

一八八九年三月、アデルフィ劇場のジェイムズ・シェリダン・ノウルズ作『ハンチバック』で初めてロンドンの舞台に登場する。センセーショナルなデビューを果たすのだが、それは人が望むような形ではなく、初日の晩、衣装係の不手際から重要なスピーチの最中にスカートがずり落ちてしまうというものだった。このときの観客の中にのちにジャーナリストでノーティ・ナインティーズの風刺家として知られることになるロバート・S・ヒチエンス（一八六四―一九五〇）がいた。彼は「彼女はかなり痩せていて、不思議な美しさを持っていた。そして『不幸な事故』が起こったとき彼女が示したように、完全に冷静であった。彼女が初めて受けた拍手喝采にふさわしい演技であった」（ピーターズ　六三―六四）と記している。翌年にはロバート・ブキャナンとR・シムズの合作メロドラマ『トランペット・コール』でロンドンでのメジャーな成功を収め、順調に女優の道を歩き始める。

（三）『二度目のタンカレー夫人』～スター女優の誕生

ピネロの『二度目のタンカレー夫人』はイギリス近代劇の代表作の一つである。一八九〇年代は、それまで流行していたメロドラマではなく、リアリズムを追求したイプセンの作品に影響を受け、作劇術に革新が試みられた時代であった。この作品は、ヒロインの造形においてもハッピーエンドを拒否する結末においても、きわめて近代的な問題作であった。主人公のポーラは、境遇からさまざまな男性の情婦をしていた過去のある女だが、事情を理解した温厚な紳士タンカレーに求愛され彼の後妻となる。彼女は生まれ変わって社会道徳や家庭の価値観を遵守し、先妻の娘エリーンの愛情をも獲得しようと健気に努力するが、結局は過去を暴かれ挫折し自殺する。

一八九三年の初演の際、ピネロは複雑な性格を持つ主人公を演じられる女優を熱心に探した。最初はイプセンの『人形の家』ロンドン初演でノラを演じたジャネット・アチャーチ（一八六四―一九一六）に白羽の矢を立てたが、彼女が薬物とアルコール中毒とわかり断念、何人か候補が上がっては消え、ヘッダ・ガブラーで神経質な現代的キャラクターを創造したエリザベス・ロビンズ（一八六二―一九五二）に決まりかけたとき、毎晩劇場へ女優探しに出かけていた関係者が、理想的なポーラ役が見つかったとピネロに知らせる。当時キャンベルは一部で知られてはいたが、二児の母の二七歳であり、実力は未知数である。ピネロはキャンベルを面接に呼び、台本の一部を読み上げさせると、彼女が本能的に役を理解したことを感じ、彼女を起用すれば「興味深い実験」になるのではないかと考えた。しかしキャンベルが所属する劇団との契約問題を解消している間に、ロビンズが先に契約をしてしまう。だがピネロは「ロビンズはポーラ・タンカレーを演じることはできるが、ミセス・キャンベルはポーラ・タンカレーになれる」（ピーターズ　七二）と言い切り、キャンベルをポーラ役に抜擢する。

ハッピーエンドでは終わらない芝居に観客は我慢できるだろうか。キャンベルはポーラ役をやり遂げられるだろうか。ピネロの実験は大成功に終わり、初日の幕が降りたとき途方もない拍手喝采が劇場中に響き渡った。キャンベルは一夜にしてスターになったことを知る。キャンベルの母や叔父のハリーにとっては、ステラの成功は奇跡に思えた。挫折した音楽家のキャリア、駆け落ち同然の結婚、激しい気性と利己的行動、彼女が病気の時（プロデビュー前は過酷な地方巡業で体調を崩すことが多かった）に要求された長い間の看護、いまだに彼女の子どもたちを預かり面倒を見ていることなども、これらすべてが今は許され、天才のために支払われた対価として尊いものに思われさえしたのだった。

ヒロインの衝撃的な結末と迫真の演技が評判を呼び、キャンベルのポーラを見ようと連日観客が詰めかけた。『二度目のタンカレー夫人』はキャンベルをスターにしたただけでなく、社交の面でも彼女に新しい世界を切り開いた。彼女は追い求められる存在となり、皇太子からオスカー・ワイルド（一八五四―一九〇〇）までが彼女を崇拝した。美術界ではエドワード・バーン＝ジョーンズ（一八三三―九八）と親交を持ち、彼の息子フィリップ・バーン＝ジョーンズ（一八六一―一九二六）の『吸血鬼』（一八九七）のモデルとなった。オーブリー・ビアズリー（一八七二―九八）や、ジョン・シンガー・サージェント（一八五六―一九二五）の絵にも描かれ、数多くの文学者たちの創作に霊感を与えた。私生活では、この頃、夫のパトリック・キャンベルが破産してロンドンに戻る。しかし彼は、妻の新しい状況に対応できず、間もなく南アフリカに戻り、一九〇〇年にボーア戦争で戦死した。

キャンベルは気鋭作家の戯曲で引っ張りだこになり、一八九五年にはH・チェインバース『ジョン・ア・ドリームズ』やH・A・ジョーンズの『マスカレーダーズ』、ピネロの次作『悪名高きエブスミス夫人』など、ロンドン社交界の人間模様を描く話題作に次々と主演した。『二度目のタンカレー夫人』の過去のある女ポーラや過激な結婚観を持つエブスミス夫人を始めとする、因習にとらわれない物議をかもすような役柄を果敢に演じ、「新しい女」、「宿命の女」、「堕ちた女」を表現できる女優として高い評価を得る。すべての演技が称賛されたわけではないが、フランスの劇作家サルドゥの『フェードラ』(一八九五)の劇評は「この女優の個人的魅力は否定できない。彼女の表現に富む容貌、優雅な出立ち、特徴のある声、注意深く明瞭な発音、重要性を帯びる身振り、これらがすべてにおいて大きく物を言っている」(ピーターズ　一〇八)と、彼女の演技の特徴を詳細に伝えている。

失敗に終わったヘルマン・ズーダーマン(一八五七—一九二八)の『マグダ』(一八九六)の後、イプセンに戻り、『小さなエイヨルフ』(一八九六)に出演する。当時フェミニストであり女性参政権運動家としても知られるエリザベス・ロビンズがロンドンのイプセン劇上演を独占しており、『ヘッダ・ガブラー』、『ロスメルスホルム』、『棟梁ソルネス／マスタービルダー』を制作し演じていた。『小さなエイヨルフ』ではジャネット・アチャーチがリタ・アルマーズを、ロビンズが妹のアスタを演じ、イプセンの死のメッセンジャーでありアルマーズ家に訪れる「ねずみ婆さん(Rat-Wife)」をキャンベルが引き受け、当代の名女優の共演が話題を呼んだ。

(四)『ペレアスとメリザンド』とサラ・ベルナール

一八九八年、キャンベルはドイツとオランダ公演ツアーを成功させ、ドイツ皇帝に拝謁、ロンドンに戻ると、一八九九年『ペレアスとメリザンド』で成功を収める。ベルギーの劇作家モーリス・メーテルリンク(一八六二—一九四九)によるこの幻想的な戯曲は絶大な人気を誇っていた。メリザンドを演じたキャンベルは、「芝居は圧倒的な成功だった。メーテルリンクはベルギーのシェイクスピアとして温かく迎えられた」(ピーターズ　一六八)

と喜び、劇評家たちもキャンベルの演技は芸術の頂点に達したと絶賛した。美しいせりふ回し、場面から場面へと動くときのかすかに夢見るような物腰、精巧な絵画のような容姿、これらすべてが、稀有な肉体的優美さ、卓越性、詩的魅力を作り上げているとタイムズ紙は評し、劇評家アーサー・ビンガム・ウォークリー（一八五五―一九二六）は「わたしたちが夢見るメリザンドよりももっと目と耳に美しいメリザンドを観ている」（ピーターズ一六八）と讃えた。『ピーター・パン』の作者ジェームズ・バリー（一八六〇―一九三七）は「ミセス・キャンベルはこれまでのどの役を演じたときよりもすばらしく、たとえようがない」と語り、キャンベルから大いにインスピレーションを受けたと彼女に手紙を送っている（キャンベル　一三五―三六）。

『ペレアスとメリザンド』初演時にペレアスを男装で演じたサラ・ベルナール（一八四四―一九二三）もこのキャンベルの芝居を観劇していた。二人はすでに親交があったが、ベルナールはキャンベルの美しさに感動して共演の希望を伝えてきた（キャンベル　一三七）。キャンベルはそれを社交辞令と受け取っていたが、一九〇四年、ベルナールが六〇歳のときに二人の『ペレアスとメリザンド』が実現する。それ以来キャンベルはベルナールのいくつかの作品に出演した。

ベルエポックの時代を代表するこの偉大なフランスの悲劇女優とキャンベルには共通点がかなりあった。二人とも息子に強い愛情を持ち（キャンベルは息子を本名ではなく「愛しい者」“Beloved One”を縮めたBeoと呼んでいた）、大の動物好き（キャンベルは小型犬をペットにし片時も離さずそばに置いていた）、二人とも激しい気性の持ち主であり、率直な物言いで知られている。そして何より演劇界で名を成すために必要な人並み外れた果敢さをもっていた。七〇歳を過ぎたベルナールが楽屋で化粧をしているときのこと、彼女は右脚切断手術の後でかろうじて歩ける程度だったが、キャンベルがなぜ指にまでわざわざメイキャップしているのか理由を尋ねると、ベルナールは「観客は気づかなくても自分が気づく。それが大事なの」（キルティ　一〇）と答えたという。キャンベルはベルナールを神聖視し、彼女の演劇との関わり方すべてに畏怖の念さえ覚えていた。キャンベルはベルナールの死の三日前にも彼女を訪れ一緒に過ごしている。

キャンベルの激しい気性と他人の気持ちなど顧みることのない利己的な振る舞いはつとに知られていた。イギリスの演劇界で長いキャリアを築きイギリス人で初めてアカデミー賞を受賞したジョージ・アーリス（一八六六―一九四六）は、キャンベルについてこう語っている。「彼女は頭の回転が早く、鋭すぎるユーモアのセンスを持っているのだろう。当意即妙の言葉が浮かぶとそれを口に出さずにはいられないのだ。そうすることで相手に不快な痛みを与えることになるとしても。しかしながら、痛みを与えたと知ると、彼女はいつも申し訳なく思い、犠牲者に先に謝るか、贅沢な贈り物をする。だが次の日にはまた同じことをしてしまう」（ピーターズ　一八四）。当然、劇作家、演出家、共演者との衝突も多かった。気に入らない台本は投げ出し、演出家の演技上の指示を聞き入れることもしない。彼女は舞台の上で自由奔放に演技し、自分が望むときだけ偉大な女優となったのだ。

（五）アクトレス・マネージャーと財政問題

一八九〇年頃から、実力のある俳優が劇場の経営と演出に携わり主演も務める「アクター・マネージャー」がブームになる。キャンベルもシェイクスピア劇や『ペレアスとメリザンド』で共演したジョンストン・フォーブス＝ロバートソン（一八五三―一九三七）と共同で一八九八年にケンジントンのプリンス・オブ・ウェールズ劇場の経営を行う。翌年フォーブス＝ロバートソンとは決裂したが、一九〇〇年からはロイヤルティ劇場の「アクトレス・マネージャー」となり、伝統的な劇作品に加え、イプセンの影響を受けたヨーロッパの劇作家の作品を意欲的にプロデュースした。ズーダーマン、メーテルリンク、フランスの詩人・劇作家エドモン・ロスタン（一八六八―一九一八）らの、知的で社会的重要性を持つ新しいドラマの上演を手がけ、その精力的な活動は、クリティックス誌からマネージャーとして彼女と同等の働きをしている者はほとんどいないと評価されるほどだった（ピーターズ　二一〇）。

アクトレス・マネージャーとしてのキャンベルの活躍を、エッセイストで風刺画家のマックス・ビアボーム（一八七二―一九五六）は、こう評している。「ロイヤルティ劇場はミセス・キャンベルの手腕によって繁栄した。だが彼女は大衆に彼らが欲しているものを与える努力はしない。彼女のポリシーは大衆に彼女自身が好きなものをただ与えるだけである。彼女はセンチメンタルなコメディ、メロドラマ、ファース、ミュージカル・コメディにはまったく情熱を持っていないので、ほとんどのマネージャーにとってはそれでは客を呼べず破滅を意味することになるのだが、彼女にとってはより困難なもの、すなわち成功をもたらした。彼女が偉大な女優だからというだけでなく、彼女には個性あるいは魅力、それを何と呼ぼうと大衆が抗うことのできない美点が授けられているからだ」（ピーターズ　二一〇―一一）。だが、ビアボームはロイヤルティ劇場の財政を知らなかった。大衆が欲しているものを提供するのではなく、自分が好きな作品を上演するのはキャンベルの性格から理解しやすいところだが、作品の選択で評価を受ける一方、彼女は一般大衆にはあまりに知的な芝居を上演したために、借金苦に陥っていたのだ。返済のため彼女は大衆受けするメロドラマを上演する地方巡業や海外公演に出かけることになる。一九〇一年、キャンベルは初めてアメリカを訪れ、六か月間にわたりズーダーマンの『故郷』などレパートリー作品を公演し、シカゴとニューヨークでたちまち輝かしい成功を収めた。どこにおいても上流社交界に取り上げられ、マスコミに追われ、そして批評家たちに賞賛された。翌年二度目のツアーでアメリカに戻り、アメリカにおいても劇壇での地位を確立させていく。キャンベルはその後一九三三年まで定期的にニューヨークに出演した。

(六) ジョージ・バーナード・ショーと『ピグマリオン』

キャンベルとショーの関係の最大の成果は、一九一四年にショーがキャンベルのために書いた喜劇『ピグマリオン』であった。ショーの最高傑作の一つに挙げられる『ピグマリオン』は、ブロードウェイ・ミュージカルやハリウッド映画の『マイ・フェア・レディ』(一九六四)として生まれ変わり、今日まで高い人気を誇っている。ショーは、黒髪の、気まぐれで、魅惑的なスターであったキャンベルを愛し、自分の作品への出演を熱望していた。『ピグマリオン』は彼女のために創作した彼女への贈り物だったのだ。芝居の読み合わせの際、キャンベルはショーに「あなたの可愛い小娘をわたしが演じられると考えてくれた」ことに感謝を表した(エリス)。主人公のイライザは彼女の実年齢より三〇歳も年下なので、彼女は得意になっていた。

イギリス公演は一九一四年四月に開幕、ハーバート・ビアボーム・ツリー(一八五二—一九一七)が相手役ヒギンズ教授を演じた。彼は古典劇の役者で興行主、王立演劇学校の創立者でもあり、このとき六二歳であった。キャンベルはコックニー訛りの若い下町娘役で驚異的な成功を収め、批評家たちは彼女が「やっちまった」と手放しで称賛した。キャンベルは一九二〇年のリバイバルでもイライザを演じ成功させている。

ショーはリハーサルに熱心に立ち会い、お節介にも役者たちに演技に関するおびただしい量のメモを渡し、また口頭でも意見した。主演で演出も務めたツリーには、彼の演技が「甘く感傷的すぎる」と怒鳴り、怒りの手紙を渡すほどだった。ツリーはメモ帳に「わたしは八ページ以上の手紙を書く人すべてを気狂いだと言うところまではいっていないが、気狂いはすべからく八ページ以上の手紙を書いているという事実は興味深い」と走り書きしている（エリス）。ショーの『ピグマリオン』への熱の入れようは相当なものであり、キャンベルは数回にわたりショーが会場から出ていかないのならリハーサルを中断すると脅し、彼を追い出している。彼女は彼女でショーだけではなく共演者とも衝突を繰り返していた。しかも初日の数日前、ドレス・リハーサルの直前に、キャンベルは密かに姿を消し、ウィンストン・チャーチルの義父であったジョージ・コーンウォリス＝ウェスト（一八七四―一九五一）と再婚する。ショーは既婚者であったが、キャンベルの突然の結婚に大きな衝撃を受けた。

波乱で開幕した『ピグマリオン』は、結末の曖昧さが指摘されたものの、劇評家たちは、そこに至るまでの二人の過程を楽しむ喜劇であるとして作品を評価した。キャンベルのイライザについては、特に、コックニーの正確なアクセント、花売り娘の卑しさの表現、レディへと徐々に進化する過程のデリケートな演技が賞賛され、『ピグマリオン』を見るべきものの多い優れた喜劇であるとしている（テレグラフ・レビュー）。

（七）キャンベルとショーの書簡劇『ディア・ライアー』

キャンベルとショーの交流は、一八九九年にショーが彼女に送った一通の手紙から始まる。小説家、音楽評論家、演劇評論家としてのキャリアに終止符を打ち、劇作家として戯曲を書き始めたショーは、大スターであるキャンベルに自分の作品への出演を依頼した。何年もの間にショーは彼女に一〇〇通を越すラブレターを書き、そのうち何通かは一九二二年にキャンベルが出版したが、ショーは、残りについては彼の妻が生きている間は出版することを禁じていた。キャンベルが亡くなるまでの四〇年間にわたり、二人の間には数百通におよぶ書簡が交わされた。一九五〇年にショーが亡くなった数年後、この往復書簡をもとに、劇作家と女優の関係を描いたのが、ジェローム・キルティの『ディア・ライアー』である。伝記的スケッチと、手紙からの引用、ショーがキャンベルに書いた役柄のせりふといった豊富な素材に、二人が交わす当意即妙の会話や言葉遊びを加えて年代順に記した二人芝居である。

一幕は一八九九年から一九一四年、ショーがキャンベルに出した初めての手紙から『ピグマリオン』の開幕とキャンベルの再婚までが描かれる。劇の冒頭で語られるのは出会った頃の二人の状況である。キャンベルはキャリアの頂点におり、すでに最も有名な役の多くを作り上げていたが、彼女の名声をさらに高めるイライザ・ドゥーリトル誕生はまだ先のことである。一方ショーは、音楽と演劇の批評家をやめて、劇作を始めようとしていた。そして『二度目のタンカレー夫人』のキャンベルの美しさと芸術性に刺激され、自作への彼女の出演を強く希望していた。

ショーは彼自身が言っているように、十分に分別を備えた年齢であったのに、キャンベルに熱烈な恋をし、有頂天になっている。文通が始まった頃、彼女の名声はショーのそれをはるかに凌ぐものであり、ショーの手紙のトーンは、若い劇作家が自分を印象づけ彼女に気に入られようとするロマンティックなもので、官能的でさえある言葉が並べられる。彼は彼女に「お星様のステラ」(Stella Stellarum) と呼びかけ、「輝くばかりの白大理石の貴婦人」(glorious white marble lady)、「天使たちの母なる人」(Mother of Angels) と形容した（キルティ　二四）。一方キャンベルはハーレクインの道化役になぞらえてショーを「ジョーイ」と呼び、彼の情熱的な主張に対し礼儀を崩さず穏やかに面白がるのだった。

ヒギンズ役の男優をめぐる言い争いでショーがキャンベルを「ベテラン」と言い表すと、彼女は、たしかに二八歳の娘はいるが年寄りと言われた気分だと憤慨する（キルティ　一二）。こうした他愛もないやり取りから芝居のラストシーンに関する真剣な口論まで、キャンベルが交通事故に遭い一年間創作が中断された期間を挟み、二人の親密な関係が描かれる。初日が近づき、不安に駆られるキャンベルに、ショーは「きみは戦うことが好きだろう。今は手に剣を持って戦い成功しなければならない。素晴らしいことは、ステラ、きみが成功すると僕が知っているということ。気力と明敏さと不屈の精神できみは成功する」と励ます（キルティ　三〇）。

やっと迎えた初日、芝居は幕ごとに笑いと拍手が大きく熱狂的になり大成功となる。そして終演後、ショーはキャンベルから彼女の再婚を告げられるのだ。（ただしキャンベルの結婚は失敗に終わり、コーンウォリス＝ウェストとは一九一九年以降別居状態となる）。

『ピグマリオン』は大成功するが、第一次世界大戦に突入したため、ロンドンの劇場は閉鎖される。キャンベルはアメリカで『ピグマリオン』を上演することにし、彼女が渡米すると、遠く離れた二人の間を行き来する手紙で、ショーは最近の写真で見たキャンベルを若く美しいと褒め、自分は七〇歳になり、芝居よりも、政治、宗教、哲学に関心が移っていることなどを伝える（キルティ　三三二）。戦後の世界は社会的経済的に一変し、時代はステラを置き去りにし始めた。七三歳のショーと久しぶりに再会したキャンベルは、二人の関係を元にしたとされるショーの風刺喜劇『りんご運搬車』（一九二八）のせりふを読み合うが、彼女は自分がモデルであるオリンシアが、「天はあなたにバラを与えたのに、あなたはキャベツにしがみついている」というようなマグナス王（ショー）の妻を当てこする内容が気に入らず、いつしか素の二人に戻り、昔さながらの言い争いを始める。

その後キャンベルは何度もアメリカへ巡業に出かけたが往復書簡は続けられた。ショーの死亡記事の誤報を巡ってキャンベルが見せる思いやりから映画『ピグマリオン』（一九三八）の大成功に話題は移り、この芝居のリハーサルで言い争った三〇年近く前の舞台に思いを馳せる。彼らはこれまであらゆることについて語り、激しく辛辣な口論を戦わせてきた。ショーはキャンベルに、もしきみが真実を本に書くのなら、本のタイトルは『ああ、わたしは素晴らしい女優なのに、契約したマネージャーたちは誰一人わたしと二度と契約しようとしなかった』になるとからかうと、彼女は、実際はそんなことはなく何度も契約が交わされたと反論し、ショーに「嘘つき、嘘つき、ディア・ライアー」と呼びかけるのだった（キルティ　五三）。

他の多くの恋愛関係同様、ショーとキャンベルの関係も、お互いの賞賛に始まり、誤解や嫉妬をはさみ、苛立ちや不機嫌から罵り合い、ときに憎悪さえぶつけあう。だが、最愛の息子が戦死し悲嘆にくれるキャンベルをショーは心から慰め、貧窮のうちに一人異国で亡くなったキャンベルの葬式代をショーが出すなど、二人の関係は困難を克服し別離や傷心を乗り越え最後まで続いた。

(八)『ヘッダ・ガブラー』・講演ツアー・ハリウッド映画

『ピグマリオン』から八年後の一九二二年、容貌は衰え始めていたが、キャンベルは依然として存在感を示し、ロンドンで『ヘッダ・ガブラー』に主演する。舞台の幕が上がると、キャンベルが暗い部屋でピストルを撃つ練習をしている。狙いを定めてゆっくりと数をかぞえる。一、二、三、四、五、六、七! そこで手を下ろしそれからまた狙いを定める。これまでのオーソドックスな演出とは一変したオープニングでキャンベルがステージを圧倒するのだが、彼女が深みのある美しい声で話し始めると、今しがたの衝撃が劇的に変化する。彼女の演技は、予想がつかないほど大胆きわまりないものであった。ジャーナリストのアイヴァー・ブラウン(一八九一―一九七四)は、「彼女の演技のスケールと情熱が小さな神殿たる劇場をすっかり焼き尽くした」と驚嘆し、著名な評論家ジェイムズ・アゲイト(一八七七―一九四七)は、彼女は「雷雲のような黒いふさふさした髪」をし、彼女の目は「破滅を予示する二つの噴火口」だと形容した。この後数年間、キャンベルはイングランド、スコットランド、アイルランド、ウェールズを巡業する。すでに人気の絶頂は過ぎ、会場はつねに満員というわけではなかった。ヘッダ役の彼女のパフォーマンスは離れ業(tour de force)と言われたが、彼女は「だからわたしはどさ回りを強いられるのよ(forced to tour)」と皮肉で答えたという(ピーターズ 三八九)。

一九二七年一一月、キャンベルはアメリカに向かい、空港到着時、レポーターに「わたしは失業中」と自嘲する。「ロンドンはフラッパーを求めているのに、わたしはフラップができないのだから」（ピーターズ　三九〇）。キャンベルは時代の変化を認識していた。出演した舞台は失敗に終わり、一般の人びとの評価は、今のミセス・パトリック・キャンベルは、四半世紀前にニューヨークを虜にしたまばゆい美しさのカリカチュア、それも重量オーバーの痛ましいカリカチュアであるというものだった。キャンベルは無一文になり、ショーに一〇〇〇ポンドを無心する電報を打ち、イングランドに戻った（ピーターズ　三九二）。

一九二八年、イプセン生誕一〇〇周年を祝う企画として『幽霊』の一回限りのリバイバル公演にキャンベルはアルヴィング夫人役で出演を依頼される。息子オズワルドを演じたのは若きジョン・ギールグッド（一九〇四―二〇〇〇）であり、彼はこの公演の後も、キャンベルの最も親しい友人の一人であり続けた。次に演じたG・B・スターン（一八九〇―一九七三）の小説の舞台化『女家長』（一九二九）のアナスタシア役は好評を博し、彼女が悩まされていた財政的問題を解消しただけでなく、彼女自身をイギリス演劇の偉大な女優の一人に復権させることになる。奇しくも『女家長』が上演された劇場は、彼女が二八年前にアクトレス・マネージャーとして君臨していたロイヤルティ劇場であった。

その後キャンベルは『幽霊』の母親役でしばらく地方を巡業し、各地で喝采を受けたが、一九三〇年以降イギリスでの出演依頼がなかったため、アメリカに講演旅行に出ることに決めた。彼女の栄光の日々は過去のものであっても、彼女のライフストーリーを聞きたがるアメリカ人の需要は大きかったのだ。ハリウッドではスターとして迎えられたが、初めての映画出演作『ダンサーズ』（一九三〇）での配役はひどい内容で、彼女の出演シーンのほとんどがカットされた。そこでまた舞台に復帰し、ロサンジェルスとサンフランシスコで『幽霊』に出演する契約を獲得、さらにシカゴに始まる講演ツアーに取り掛かる。一九三一年六月にはニューヨークに戻り、端役で舞台に出演するが失敗し、翌年一月に四回のマチネ公演でソフォクレスの悲劇のクリュタイムネストラを演じた。イギリスに戻ると、キャンベルはベイヤード・ヴェイラーの『拾三番目の椅子』（一九三二）で短期間地方を回り、その後アメリカに戻り、また講演ツアーを行い、それを早めに切り上げてアイヴァー・ノヴェロ（一八九三―一九五一）作『パーティ』（一九三三）に出演する。正式な劇場での舞台出演はこれが最後であったが、良い評価を得たため、彼女はもう一度ハリウッド攻略に着手した。しかし、一九三四年に映画四作品に出演するも、彼女にふさわしい演技として記録されるのは『罪と罰』（一九三五）の質屋の老婆役のみであった。

（九）晩年〜バージの『ミセス・パット』

一九三八年の秋、キャンベルはアメリカを去り、イギリスではなくフランスに向かい、やがてパリに落ち着く。一九三九年九月に第二次世界大戦が勃発した後ポーに移動したが、ポーはピレネー山脈の麓のリゾート地であり、必要があればより簡単にフランスから逃げることができる場所であった。

「わたしたちは火床の底の冷めた灰ではない。わずかだけれどまだパチパチと爆ぜる火が残っている！」（バージ　三〇）これは、アントン・バージが描く一人芝居『ミセス・パット』の最後のせりふである。「わたしたち」とはキャンベルと愛犬ムーンビームのことであり、彼女がフランスに留まることを決めたのは、イギリス入国のためには動物検疫法により六か月愛犬と離れなければならないからだった。この戯曲のキャンベルは、夜の駅で目的地ポーへ向かう列車を待ちながら自分の人生を振り返る。
疲れた様子でトランクにもたれかかりながら、キャンベルはイギリスだけでなくアメリカでも行った講演ツアー「ミセス・パトリック・キャンベルが演技術と美しい話し方を語る」を回想する。講演は人気を博した役のせりふを聴衆に聞かせることから始まる。まずコックニー訛りのイライザを演じ、マクベス夫人の夢遊病のシーンからジュリエットのせりふの断片、さらにはオフィーリア役で聴衆を圧倒する。最後にキャンベルが一九世紀最高の芝居と称える『二度目のタンカレー夫人』のせりふを披露してレクチャーが完成するのだが、ポーラの名前を口にするだけで大喝采がもたらされる。キャンベルは、この芝居の成功が自分の人生を変え、多くの扉を開いてくれたと振り返り、彼女が演じたポーラはいまだに世間から退場を余儀なくされ続けているのに、何十年も過ぎた今も自分は依然としてポーラを演じている。ポーラとポーラが抱えたジレンマが今もいたるところに存在することを決して忘れないと語る。（バージ　一六）
キャンベルはかつての栄光と比較し、容貌の衰えと現在の困窮した状況に言及する。演壇のカーテンが上がり、今のキャンベルの姿を目にすると、聴衆の記憶と期待が粉々になるのではないかという恐れも隠さない。ハリウッドでスクリーンテストを要求された屈辱を、栄光の女優人生を回想することで克服しようとする。ベルナールの相手役を演じ、イプセンの名声を高め、あのショーに愛されたこと、そして、シェイクスピア、イプセン、ピネロ、サルドゥと数々の名演を作ってきた自負こそが今の彼女を支えているのだ。
話題はキャンベルがつねに苦しめられていたお金に移る。若くお金もないのに結婚した愚かさを嘆き、母親の落胆と傷心の顔を思い出す（バージ　一二）。今のこのモダンな時代にはお金は問題ではないとよく言われるが、自分にとってはお金がいつも重要であったと嘆息する。お金にまつわるエピソードとして、『二度目のタンカレー夫人』の稽古場面が語られる。作者のピネロがポーラ役のキャンベルに、「ここで怒ってピアノの上にある骨董品や写真を払い落とせ」と指示するのだが、キャンベルは怒りの表現が安直すぎると反論すると、その場が沈黙し、相手役のジョージ・アレクサンダー（一八五八—一九一八）が、「ミセス・キャンベル、きみが何を感じるか感じないかは問題じゃない。ピネロの指示通りに演じろ」と諫める。キャンベルはピネロに「わたしがこう言うのもあなたが喜んでくれると思ってのこと。毎晩小道具代を何ポンドも節約することになるんですよ」と言うと、彼は「きみの好きなようにしてくれ」と叫んで出ていってしまった。だから自分の好きなようにしたのだと。アレクサンダーもわたしにそうさせたのだから、彼でさえわたしが正しいとわかっていたのだ。自分の考えをはっきりと言い、それが正しければその通りになるのだとキャンベルは主張する（バージ 一七）。最後の公演の後でアレクサンダーはキャンベルに次のようなメモを渡した。「ミセス・キャンベル、きみは素晴らしい。だが手に負えない！」

こうした自由奔放な振る舞いの裏で、時代や社会の因習により女性だけがいつも犠牲になることもキャンベルは十分に味あわされてきた。彼女は役者人生を振り返り、「この職業に入るには勇気がいり、この職業を理解するには知性がいり、この職業で成功するにはズボンがいる！」と語っている（バージ 二八）。彼女がアクトレス・マネージャーになった理由は、人に扱われる立場ではなく、自分で自分自身をマネージしようと決めたからだ。男性にできるのなら女性にもできるはずである。年を取りしかも高給の女優の扱いを躊躇するマネージャーは、決して男優には同じ扱いをしない。だからこそ自分のカンパニーを持つことにしたのだ。

『幽霊』のリハーサル中、キャンベルは若いキャストが自分を過去の人と思っていることはわかっていた。演出家とせりふのカットを巡り言い争いになり、打ち負かした後に彼女はこう言い放つ。「誰も天才とは言い争えないのよ。イプセンの名前をロンドンの劇場と人びとに知らしめたのがわたしだと言うことを忘れたの。わたしは芸術家を認めてその作品を芸術として解釈した。誰一人その事実を覚えていないとしてもね。もしわたしが男だったら！」しかし人びとはもはや芸術を求めず、そして自分も現代の現象である「働く女性」、しかも払うべき負債を抱えた女性になっていると嘆くのである（バージ　一六八）。

舞台と映画に関わる激動の人生、イギリスとアメリカを行き来する仕事、二人の夫と子どもたち、二つの戦争という素材をもとに、舞台と私生活での成功と失敗、悲痛な喪失や度重なる挫折が回想されるが、キャンベルは自分の状況を哀れんでも、かつてショーが言ったように決して戦うことをやめず、つねに戦いに戻っていく女性である。バージの『ミセス・パット』のラストシーン、ポー行きの列車がやっと到着すると、キャンベルは、目的地にイギリスの芝居を上演する劇場があると聞いているのできっと出演依頼がくるはずと期待し、意気揚々と列車に乗り込んでいく。

（一〇）おわりに～パム・ジェムズの『ミセス・パット』

ミセス・パトリック・キャンベルを主人公にした戯曲がもう一作ある。パム・ジェムズの『ミセス・パット』である。ジェムズは伝記的演劇を得意とし、これまで『ピアフ』『マレーネ』など実在した著名な人物の人生を舞台化してきた。『ミセス・パット』はこの作品群に属する。この芝居は最初にイライザを演じた女性であり、ジェムズと同じく演劇に関わるすべてを愛した女優キャンベルに捧げたものである。偉大な女優として時代の栄光を一身に受けたキャンベルのせりふ「すべての芸術は愛によって作られうるもの。愛だけが唯一真正の通貨であり他はまがい物」（ジェムズ　五七—五八）は、作者ジェムズがこれまで伝記芝居で取り上げてきた対象に共通する信念でもある。

主人公キャンベルを取り巻く大勢の人物が登場するものの、無名時代から成功し世界的なスターとなり、転落から経済的困窮のうちに亡くなるまでが、彼女のほぼ一人芝居のような形で描かれている。全生涯が数時間の出来事に圧縮され、役者としての誇りや情熱、機知に富んだ会話、悪名高い素行、さらにはショーを初めとする演劇人との親交も含めた主要なエピソードが、彼女の意識の中で想起されるまま登場し、彼女の女優人生が立体的に浮かび上がる仕掛けとなっている。

特にここでは彼女の演技論が情熱的に語られる。キャンベルと劇作家や俳優たちとのやり取りでは、彼女の演技哲学や心の中の苦悩が表出される。役者とは、劇作家が書いた脚本にただ従うだけの操り人形ではなく、他のほとんどの職業よりもリアリティのある職業であるというのが彼女の持論である。また若い学生たちに向けた講演では、演技はエネルギー、活力であり、その活力は身体から生じるもの。わたしたちは日常生活において毎日演じているのであり、役者の仕事は演技を通じて自分の感情を正確に伝えること、そして演技とは感情が作られる場所すなわち肝臓で行うものなのである。また役者の最も親密な同僚は観客であり、芸術とは与えることであり、愛すること。すべての芸術は愛によって作られるのだと説く（ジェムズ　五七）。

作品の後半、キャンベルの講演会場に、ジョン・ギールグッドがやってくる。キャンベルは今まで多くの敵を作ってきたが、ギールグッドは数少ない味方であった。彼はこの講演を実際に聴いた一人であり、その様子を、「キャンベルは一時間以上一人壇上で賢明かつ軽妙に演技について語り、彼女が生涯に演じた有名な役からせりふを引用して演じ、彼女を愛する多くの者たちに（自分自身その一人なのだが）美と神秘を見せてくれた」と語っている（ピーターズ　四六五）。

「舞台では、彼女は手の仕草一つ一つで詩を表現し、彼女が場面を演じながら触れるものは、突如重要性を帯び生命を得るかのように思えた」（ピーターズ　四六五―六六）。これはキャンベルの訃報に接しギールグッドがタイムズ紙に寄せた哀悼文の一節である。『幽霊』での共演時、息子役であるギールグッドは母親役のキャンベルに自分が恐ろしい病気にかかっていることを告げる場面の演技に苦心していた。感情的に難しい演技を体得するのをキャンベルが親身に助けて以来、二人は劇壇の仲間として、友人として、近しい関係を築いてきた。ギールグッドは、イギリス演劇史に名を残すミセス・パトリック・キャンベルを、鋭い機知を浴びせ作家やマネージャーを絶望に追いやった伝説的女優としてではなく、寛大で心の温かい創造的な芸術家、鋭い批判をするが、美を情熱的に好み、どんな場合にも美を熱望した伝説的人物として人びとに記憶されてほしい、と結んでいる。

引用・参考文献

Burge, Anton. *Mrs Pat*. Samuel French, 2015.

Campbell, Mrs. Patrick. *My Life and Some Letters*. Athena Press, 2013. Reprint. Originally published: London: Hutchinson, 1922.

Cavendish, Dominic. "Passionate Pam, the Odd Woman Out." *The Telegraph*, 6 Mar. 2006, www.telegraph.co.uk/culture/theatre/3650773/Passionate-Pam-the-odd-woman-out.html.

Ellis, Samantha. "Pygmalion's Opening Night in London." *The Guardian*, 1 Apr. 1914. First published on 11 Feb. 2004, www.theguardian.com/stage/2004/feb/11/theatre.

Gems, Pam. *Mrs Pat*. Oberon Books, 2006.

Kilty, Jerome. *Dear Liar: A Biography in Two Acts*. Samuel French, 1960.

Peters, Margot. *Mrs Pat: The Life of Mrs Patrick Campbell*. Hamish Hamilton, 1985.

Pinero, A.W. *Plays by A. W. Pinero*. Cambridge UP, 1986.

"*Pygmalion*, His Majesty's Theatre, 1914, review." *The Telegraph*, 11 Apr. 2019, www.telegraph.co.uk/culture/theatre/theatre-reviews/10757120/Pygmalion-His-Majestys-Theatre-1914-review.html.

Shaw, George Bernard. *Pygmalion*. Barnes & Noble Classics, 2004.

『二度目のタンカレー夫人』
（1902 年ニューヨーク公演）

ロンドンのケンジントン・スクエアの住居

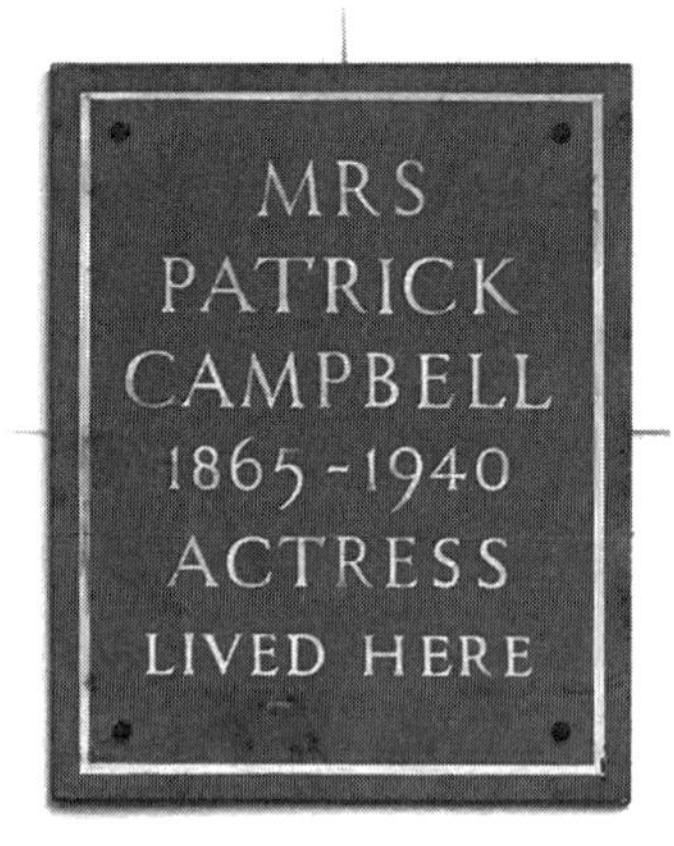
MRS
PATRICK
CAMPBELL
1865 - 1940
ACTRESS
LIVED HERE

住居外壁に掛けられている
ブルー・プラーク

Column 2

娯楽と教育を兼ねた芝居が一役買った
——女性参政権演劇

女性参政権運動の推進には演劇が大きな役割を果たしている。一九世紀後半から二〇世紀初めにかけて、イギリス演劇界では、当時流行していたメロドラマ的演劇ではなく、イプセンのようなリアリズムを追求する演劇が登場し、ニュードラマと呼ばれたこの新しい演劇が、階級による不平等、女性の状況、労働者の権利などの社会問題を積極的に取り上げるようになった。同時に俳優が劇場の経営にも携わるアクター（アクトレス）・マネージャーが現れ、俳優や女優の地位向上にも貢献した。こうした変革期の演劇界において、女性参政権運動を支援する目的で上演された芝居が女性参政権演劇である。

女性参政権演劇は、女性に関わるさまざまな問題を扱い、特に一九〇八年から一九一四年にかけて数多く創作され上演された。それまで家父長制社会の中で女性は男性に対し低い地位に置かれてきたが、参政権獲得によりすべての分野で女性の立場を変えることができると訴え、芝居を通して観客に女性参政権運動への支持と参加を呼びかけたのだ。

この演劇活動の中心的組織が女優参政権同盟（Actresses' Franchise League）である。ＡＦＬは演劇をプロパガンダと捉え、女性参政権運動の教育的手段として芝居を上演した。エレン・テリー（一八四七―一九二八）やリリー・ラングトリー（一八五三―一九二九）のような大女優もこの組織に参加している。ＡＦＬはレパートリーを数多く持ち、あらゆる女性参政権組織の要請に応じて芝居を提供した。地方にも足を伸ばし芝居上演や講演を行っていたが、マチネを利用したロンドン・ウェストエンドの劇場の公演では、正統な演劇の劇場公演には検閲があったため、内容が抵触しそうな作品は劇場以外の集会場などで上演された。

ＡＦＬ及びパイオニア・プレイヤーズ（the Pioneer Players）、女性自由連盟（the Women's Freedom League）といった組織を通じて上演された作品の中から、よく知られた作品を紹介しよう。

『いかにして選挙権が勝ち取られたか』（*How the Vote Was Won*, 一九〇九）

ロンドンのホレースとエセルのコール家の居間が舞台。女性は男性に面倒を見てもらっているのだから参政権を得る必要はないという政府の見解を受けて、サフラジェットの呼びかけにより女性たちがストライキを敢行する。職場や家庭での仕事を放棄し、代わりに近親の男性たちに面倒を見てもらおうというのだ。ホレースの女性の親戚たちが次々と彼の家にやってくるので、彼は何かしなければと、ロンドン中の男性たちと議会に駆け込み、直ちに「女性に参政権を」と要求する。困り果てた男性たちが女性参政権賛成派に変わるという、滑稽かつ説得力のあるドラマであり、女性参政権演劇として人気が高く最も上演された作品の一つである。

『最初の女優』(*The First Actress*, 一九一一)

商業演劇におけるイギリス初の女優マーガレット・ヒューズ(一六四五―一七一九)に敬意を表し書かれた作品。男性中心の演劇界において、女性が自分たちの地位を獲得していった歴史が描かれる。当時の社会における女性の役割や女性参政権運動の議論を、舞台における女性(女優)の歴史と絡めた独創的な劇である。一六六一年のドルリー・レーン劇場を舞台に、それまで少年俳優が演じてきた女性役を初めて女優が演じた『オセロー』のカーテンコールの場面から劇が始まる。デズデモーナ役のヒューズは自分の演技に打ちひしがれ、舞台裏で発作的に眠りに陥る。するとネル・グウィン(一六五〇―一六八七)ら未来の女優たちが登場し、彼女たちが活躍し成功する例を示してヒューズを励ます。

『あるイギリス人女性の家庭』(*An Englishwoman's Home*, 一九一一)

失業中の大工ジョンは妻のマリアの稼ぎに頼っている。それでも彼は家父長的に振る舞い、妻の仕事はあくまで臨時雇いのもので、男性の労働とは違うのだと言い張る。若い女性が訪ねてきて、マリアを女性参政権運動の集会に誘う。マリアは仕事と子どもの世話を夫に任せて出かけるが、気にくわないジョンは女性たちの集会に押しかけて妻を連れ戻そうとする。マリアはそれを見て、自分は囚人で家は監獄だと嘆く。

『夜明け前』(*Before Sunrise*, 一九〇九)

スーエル夫妻が朝食を取りながら、ジョン・スチュアート・ミルの選挙法改正案に不満を述べている。二人とも、女性は一人前ではなく男性に従うべきであると言うのだ。娘のキャロラインは両親が勧める求婚者トムを嫌っている。彼女は、友人で女性参政権論者のメアリーから、一緒にパリへ行きガヴァネスの職に就いて自立しようと誘われている。結局キャロラインは両親の圧力に負けて求婚に応じる。夫妻には息子がいるが、息子にはラグビー校から大学へ進学させ立身出世の準備をさせようと考えている。息子と娘に対する極端な態度の差が描かれ、女性の自立の必要性が訴えられている。女性が平等を得て初めて夜が明けるのだ。

劇が扱う具体的な題材は、女性参政権をめぐる議論はもちろん、女性への差別と偏見、夫の犠牲となる妻、家父長制批判、男女の性役割、道徳のダブルスタンダード、階級問題、労働者の権利、「新しい女」をめぐる騒動など多岐にわたる。ソクラテスとパイドロスの対話から、不思議の国のアリスのティーパーティやピーターパンなども盛り込まれ、劇形式も空想・幻想劇、喜劇、道徳劇、論争劇など多様である。演劇の娯楽性を参政権運動という政治問題に活かし、一種の教育的方法として成果を上げたAFLらの活動は、一九一四年、第一次世界大戦が始まる前まで続いた。その後一九一八年に制限付きで女性に参政権が付与されることになり役目を終える。

(小池久恵)

ガートルード・ベル（一八六八―一九二六）
――砂漠に生きた女王

丸山　協子

Gertrude Bell Archive, Newcastle University Pers_B_004

ガートルード・ベル

　イングランド北東部ダラムの裕福な産業資本家の家に生まれ、オクスフォード大学で近代史を専攻後、社交界に出る。しかし類まれな知性と精神力を持つ彼女は、国内で男性の隣に鎮座するような生き方には向かず、祖国を出て登山や考古学へ関心を高めていく。努力して身につけたアラブ系の語学力を武器に、第一次世界大戦ではカイロに置かれた諜報機関の情報員として政治の世界に足を踏み入れた。一九二一年チャーチル主宰の会議において、アラブ人の手になる仮政府を樹立させ民政に移管させることを提案、フランスによって国外追放されていたファイサルをイラクの国王に据えるよう進言した。彼女は建国の立役者的役割を果したといわれ、「砂漠の女王」の異名をとった。

(一) はじめに

一九三四年、アガサ・クリスティ(一八九〇―一九七六)の小説で有名な「オリエント急行」列車は、ポワロを乗せてコンスタンチノーブル(現在のイスタンブール)を出発してカレーにむかった。その四〇年以上前の一八九二年、すでに同じ列車に乗車し、コンスタンチノーブルからさらに先のペルシア(現在のイラン)に旅した女性がいた。ロンドンからひと月がかりでかの地に着いたその人、ガートルード・ベル(一八六八―一九二六)にとって、これが中東との長いつきあいの始まりであった。

ガートルード・ベルは多くの人名辞典には「旅人」とまず記されている。しかし彼女の生家(イングランド東北の町ニューカースル・アポンタインの南郊ワシントン)に掲げられた古い銘板の文言には次のように記されているという。「ガートルード・ベル/古典学者、歴史学者、考古学者、探検者/詩人、登山家、園芸家、国家への卓越した奉仕者一八六八年七月一四日ここに生まれ/一九二六年七月一二日バグダードに死す」(田隅 二)。さまざまな肩書をもつ、それもすべてにおいて並外れた成果をおさめてきたガートルード・ベルとはいったいどのような女性であったのだろうか。彼女を語るもうひとつの銘板はバグダードの旧イラク博物館で彼女の胸像を支えていた。そこには「永遠の追憶をアラブ人が敬愛の念とともにはぐくむガートルード・ベル」、「一九二三年に当博物館をイラク考古局名誉総裁として〔中略〕創設し」、「王ファイサルとイラク政府はわが国への貢献に感謝の思いをいたした〔後略〕」としるされていたらしい。「らしい」と書くのは九六年には既にその銘板が撤去されており、二〇〇三年湾岸戦争により博物館が甚大な被害を受けた際、胸像の消息も不明となったからである

（田隅　四）。いずれにせよガートルード・ベルは母国イギリスと中東、アラビアを行き来し国家レベルの貢献を果たした人物として知られている。彼女の波乱万丈と言える人生は二〇一七年にニコール・キッドマン主演『アラビアの女王――愛と宿命の日々』というタイトルで映画化もされた。

銘板からはあえて「旅人」の文字は消えていたにしても、ガートルードが当時の「レディ・トラベラー」たちのひとりであったことにまちがいはない。たとえば彼女の前後には、ヘスター・スタノップ（一七七六―一八三九）、ジェーン・ディグビー・アルメズラブ（一八〇七―八一）、レディ・アン・ブラント（一八三七―一九一七）、アリス・グリーン（一八四七―一九二九）、メアリ・キングズリ（一八六二―一九〇〇）、フレイア・スターク（一八九三―一九九三）などがいる。一九世紀から二〇世紀初めにかけて帝国拡張のためとその維持のためにイギリスからは行政官や宣教師、商人ならびにその家族らが続々と植民地に向かい、産業の振興や貿易の促進とともに自分たちの言葉である英語、そして自分たちの価値観や道徳、礼儀作法などを通じて現地社会を啓蒙しようとしていた（井野瀬　一四）。しかし、ガートルードが中東に向けるまなざしは、本国が植民地間に向けるそれとは少々異なっていた。外遊の経験をとおして変貌したのは彼女が出会った中東、アラブの人々ばかりではなく彼女自身であり、しかも旅を経て彼女は中東とそこに暮らす人々をイギリスやヨーロッパ諸国による高圧的で策略にまみれた「文明化」から守ろうという考えすらも持つようになっていった。彼女はこうした新しい中東観を自らに与えてくれた「経験」を多くの人々に語りながら、中東に対するイギリス社会の目線が変化することを期待していたのではないだろうか。戦争（オスマントルコ衰退のあと、虎視眈々と覇権を狙う列強の外交を含む）や恋愛（外交官との三度の実らぬ恋）という自分の力ではどうすることもできない外的要因に翻弄されながらも彼女は自らの英知をある時はさしだし、またある時はその見返りとして権力を借りてしたたかに生き抜いた。この小論では彼女の人生を比較的気ままな外遊時代の前半生と、「イラク建国の母」と呼ばれるにいたる後半生とにわけて追っていく。最後に、彼女の人生をいくつかのキーワードとともに検討してみよう。

(二) レディ・トラベラーの系譜

第一次大戦に先立つ一〇〇年間にヨーロッパ人は世界中に散らばる広大な地域を植民地化するばかりでなく旅と探検にも情熱を注いできた。彼らの旅の目的はさまざまだ。たとえばある時は市場の開拓や政治的、軍事的情報の入手のためであり、またある時には考古学的遺跡や見失われた種族の発見のためであり、未知の土地に行くという全くの刺激を求めてということもあった。「その中でも何世紀にもわたってヨーロッパ人を魅了しそして拒絶してきたのが中東だった」(セアラ・グレアム=ブラウン 二三一)。しかし当時、ヨーロッパの一女性にとってヨーロッパ人男性の同行もなく中東の山谷に踏みこむというのはもちろん普通のことではない。ヴィクトリア朝末期からエドワード七世(在位一九〇一—一〇)の時代にかけての英国の拘束的な社会ではガートルードがこのような旅に乗り出すこと自体からして、驚くべきことであったのだ」(同 二三二)。

一九世紀末から二〇世紀初頭にかけての世紀転換期の空間を女性たちの植民地経験から考察した井野瀬氏(二〇〇四)はこうした探検者の中でも、特に「レディ・トラベラー」をドロシー・ミドルトンに従って次のように定義している。ガートルードの経験は植民地経験ではないが、当時のトラベラーの一人として、この定義は理解の一助となるだろう。

一九世紀後半から二〇世紀初頭にかけてアジアやアフリカなど当時のヨーロッパ人に「野蛮」とイメージされていた地域を、単身（白人男性の同行者なく）、自らの意志と資金で旅し、その記録を残した白人女性（もっぱらイギリス人女性）のことで、ほぼ例外なくミドルクラス（ときにはそれ以上の階層）に属しており「家庭の天使」という理想のもと、礼儀作法やたしなみ、モラル、そしてそれなりの教養を身に着け、しかも健康に不安を抱えた三〇代以上の女性である。（井野瀬　二七―二八）

レディ・トラベラーたちの一人旅はごく最近まで本来あるべき姿から逸脱したエキセントリックな行為ととらえられ、奇異なまなざしが向けられてきた。彼女たちは、現地社会との境界を絶えず意識し見下すような態度をとっていたといわれる植民地行政官、いわゆる外交団の妻たちと表裏一体の関係に理解され、ともに批判の対象とされていたのだ。

近年フェミニズム、ジェンダー研究やカルチュラルスタディーズなどが進展するなか、彼女たちを再考する動きは大きく次のふたつの方向にむかっているという。ひとつは、復刊された彼女たちの旅行記や日記、手紙、回想録の分析である。そこでは同じルートや地域を旅した男性トラベラーたちとの比較で、「女性の語り」や「女性ならではのものの見方、とらえ方、旅の仕方」が強調されることになった。彼女たちの旅は、発見を求める「目的志向型」というより、経験しそれを描写することに意義を認める「観察志向型」であるという分析がなされた。けれど女性だからといって帝国の建設に無知、無害な存在であったわけではないという指摘もある。女性性を最大に利用して相手を油断させ、取り入ることもあったようだ。それゆえジェンダーによる差異をみつけようとして女性（らしい）語りにのみ注目するのではなく彼女たちの旅に、意識／無意識を問わず帝国主義、植民地主義への貢献という共犯関係の痕跡を見出そうとする動きが生まれたのだ。それは一見、無垢にみえる女性たちの観察や描写が現地の風景を支配し搾取する手段であったことに注目するものだ。

もうひとつのレディ・トラベラー再考は、彼女たちに対する否定的なステレオタイプが構築されたそのメカニズムに目をむけようとするものだ。「帝国という『男性空間』に登場した女性たちを排除しようとした作業そのものに注目し、政治・経済・社会的な力関係の中で彼女たちの旅という経験を問い直そうとする」（井野瀬　二九―三〇）。

ふたつを総合するならば、レディ・トラベラーの再考とは、当時重視された女性らしさのモラルと帝国主義との緊張関係に目を向けるということであろうか。レディ・トラベラーたちは自分が誰なのかを示す服装やマナーなどに強い執着を見せるなどして自分がイギリス人女性であることを目に見える形で強調した（同　三九一）。それはつまり一九世紀の家父長主義的なジェンダー関係の枠組みを守りつつ、本国から離れたところで自分のアイデンティティにいかにこだわっていたかを示している。自らの経験を主体的に語るレディ・トラベラーの姿が評価される一方で、彼女たちの語りのもつ無神経さにより活動が少なからず疑問視されたこともあったという。「［白人］女性のアイデンティティ構築のために［中略］現地の女性が利用された」のではないか（同　四七）、「ほんとうに救いたかったのは現地人女性の苦境ではなく、自分たちのアイデンティティではなかったのか」（同　三三）、という批判があがったのである。

ガートルード・ベルのめざした中東は植民地ではなかったが、ヨーロッパ人から見れば未知なる「オリエント」として、また世紀末から二〇世紀初頭にかけてヨーロッパ列強にとって覇権を握るための石油採掘や港湾地域の要諦として、ぜひとも押さえておきたい場所であった。レディ・トラベラー再考におけるふたつの方向を念頭に、その系譜に連なるガートルード・ベルという人物と彼女の旅を見直していくことにする。

（三）ガートルード・ベルの外遊時代――居場所を求めて

一八六八年、帝国を支える工業地帯ダラム州の富裕な産業資本家ヒュー・ベル（一八四四―一九三一）の子として生まれたガートルードは利発できかん気の強い「愛くるしいが扱いにくい娘」（田隅　二二）であった。三歳で生母を亡くし、八歳で継母を迎える。この育ての母フローレンス・ベルからも父同様の愛情を注がれた彼女は、一五歳でロンドンのクイーンズ・カレッジの中等教育を受け、オクスフォード大学レディ・マーガレット・ホールに進学。近代史を専攻して一八八八年、最優等で卒業した。教養の深い継母はガートルードの学問的知的才能を十分に認めてはいたがヴィクトリア時代の上流階層の家庭にふさわしく、文章作法、詩作、音楽、刺しゅう、料理などのたしなみも身につけさせようとした。しかしどれもそれらはあまり功を奏さずに終わった。オクスフォード時代のガートルードを親友のジャネット・ホウガース（考古学者デイヴィッド・ホウガースの妹）は「ガートルードは［中略］最高の学生だった。［中略］はつらつとして身なりにはむしろ無頓着などび色の髪をした一七歳の少女」（同　三三）と述べ水泳、漕艇、テニス、ホッケー、舞台、ダンス、討論会で活躍した姿を回想している。しかしオクスフォード気分にあふれた自由な場所を卒業してしまうと彼女には居場所がなかった。華やかなサロンでの談話、会食、舞踏会で結婚相手を探すというだけの社交界は「ほとばしるような歯に衣着せぬ物言い」（同　四二）をする青踏的で横柄尊大な彼女を置き去りにした。大富豪の長女として贅沢に育ち、当時としては背も高く特別な美貌を持たない彼女に男たちは「怖気づいて」（田隅　四七）声をかけてこなかった。両親を介して、ヘンリー・ジェイムズ（一八四三―一九一六）やハンフリー・ウォード夫人（一八四五―一九二六）などと懇意になったものの彼女の心は満たされないままだったという。そんな頃外交官であった伯父フランク・ラセルズが一八九一年ペルシア公使となりテヘランに転任した。この伯父夫妻が後見人となりガートルードは一八九二年、二四歳で初めてペルシアに足を踏みいれる。旅には継母の姉にあたる伯母メアリーと一六歳の従妹フローレンス、彼女たちの世話をするメイドが同行した。これが彼女にとって終生関心が消えることのない中東との出会いであった。

公使館で彼女は一等書記官ヘンリー・カドガンと運命的な出会いを果たす。ともに一四世紀のペルシア詩人ハーフィズを読み知的好奇心を満足させてくれる、アイルランド系伯爵の孫という血筋の彼を案内役に彼女のテヘランでの日々は牧歌的な喜びに満ちたものとなった。しかし彼のギャンブル好きな素行と直情型という性格に不安を抱いた父に結婚を反対され、彼女は傷心のうちに帰国する。不運な事故により一八九三年にかの地でカドガンが亡くなるとガートルードは九四年『ペルシアの情景』を出版した。

こうして荒蕪の中で高壁に囲まれて秘めやかな謎めいた東方の人生――ヨーロッパ人が入り込めない、その基準、その規範が彼のとは違いすぎるためにそれらが支配するすべての存在が彼にはあいまいで非現実的で不可解でどうにも端倪を許さぬと思われぬような人生――が流れていく。（『ペルシアの情景』二八―二九）

自分をこうしたテント族と同類と想定してみることは徒労に終わる（し）〔中略〕その生活全体があまりに変わっていてあまりに世間離れしている。それは半ば幻覚、半ば悪夢だ。テントの住人の中ではこちらの居場所すらない、〔中略〕自分の町へ帰れ、平らな道と秩序だった生活のある所へ。ここはわが種族のものではない。（同　六六―六七）

カドガンのいないペルシアは彼女に異邦人としての孤独をつきつけた。二六年後の一九一八年の夏にバグダードからペルシアを再訪するまで彼女は二度とこの地を訪れなかった。

ペルシアを去ってからのガートルードの行動力には目をみはるものがある。『ペルシアの情景』を出版後、ハーフィズの詩の翻訳にとりかかる。イスラム神秘主義への沈潜と陶酔の中で抒情詩をうたったこの詩集は、エドワード・ブラウン（ペルシア文学研究の最高峰と言われるケンブリッジ大学教授、一八六二―一九二六）によって「どちらかといえば自由な訳だが私見では最も芸術性が高く、ハーフィズの精神に関する限り、最も忠実に翻訳したものの〔中略〕あらゆるペルシア詩を通じて英語で行われた翻訳のうちたぶん最も美しくそして私的なもの」（田隅　七三）と讃えられている。

また、ガートルードは弟をともなって一八九七年と一九〇二年の二回、世界周遊《グランドツアー》（この周遊で、日本にも寄港したガートルードの一団は初回は上野、浅草、芝、鎌倉、箱根へ、二度目には瀬戸内海を経て京都、大阪、日光、富士吉田へと足を運んでいる）に出かけ、さらにこの旅行と前後してアルプス登山にもチャレンジしている。一八九九年、フランスとイタリア国境近くのラ・メジュに始まり、一九〇一年にはスイスのクライン・エンゲルホーン、一九〇二年にはアイガー、メンヒ、ユングフラウはもちろん、ファインスターアールホーン、ヴェルホーン（これは現在も「ガートルード・ピーク」と彼女の名前で呼ばれている）、一九〇四年マッターホルン登頂へと続く。彼女のアルプス登山は最良のガイドを雇って現地でひと夏を過ごすやり方で、経済面から考えても誰にでもできるものではなかった。しかも女性が、ザイル一本に身を託し文字通り命がけで登りゆくというのは、精神面においても相当タフでなければなしえなかったことであろう。まだ居場所を見つけることのできない彼女が恋人や伯母など親しいものの死を経験し（伯母メアリーは一八九七年に死去）、死と隣り合わせの過酷な登山という現場で未知の土地に挑む心意気がこの経験で磨かれたとみてもよいだろう。一周して必ず元に戻ってくる〝周遊旅行《ツアー》〟よりも、トラブルに見舞われはしても命がけで乗り越える〝旅《トラベル》〟こそが、彼女の後年の中東に献身する人生に役立ったといえるかもしれない。

社交界、結婚、周遊、登山――いずれにチャレンジしてもそこに確たる居場所を見つけられなかったガートルードは次にひたすら語学学習に向かい、ドイツ語、フランス語、イタリア語に加え、新たな言語の習得を目指すことになる。一八九九年、彼女はアラビア語の学習のために初めてエルサレムを訪問した。現地密着型で語学に向き合う彼女は、到着後翌日には早速ネイティブの教師を決め三日後からは個人レッスンを開始、日曜を除いて連日五—六時間を勉強に費やした。速成でものになったペルシア語と違い、セム系の言語はいかに言語能力に恵まれていたガートルードにとってもその獲得には時間がかかったようだ。しかしいったん現地語という武器を手に入れると彼女は半年間のエルサレム滞在中に、コックと荷物運びのラバ追いを連れただけのいでたちでの行動が可能になった。エルサレムを離れた後も「腑に落ちないことは書き留める」、「地方の住民やベドウィンの立ち話、野営のテントを囲む世間話などから彼女が重要な意味のある言葉や表現を聞き取って」おいたことが、このち一九〇九年にウハイディルの大遺跡に出くわすきっかけとなったという(田隅　一二九)。彼女の言語能力はもちろん後半生で「国家への卓越した奉仕者」となるための重要な能力のひとつでもあった。アラブ世界での彼女の活躍はすべてこの時期に胚胎しているとみても過言ではない。一八九九年六月一〇日付に父に出した彼女の手紙は次のように終わっている、「でも、お父様、あまり遠くない先に私はまたここに戻ってきますよ！　東方にここまで深く入り込んでしまったものとしては、もう離れているわけにはいきません」(田隅　一四二)。

この時ガートルードは三五歳、すでにその人生は後半生に向かおうとしていた。いよいよアラブ諸国との付き合いとイラク建国に向けての彼女の残り一八年間の幕が上がるのである。

イラクのバビロンにて

(四) そして砂漠に生きる——愛と戦いをのりこえて

二度の世界周遊ののち、ガートルードはヨーロッパとアラブ・

トルコ世界との往来以外には死ぬまでイギリスを出ていない。二〇世紀の彼女の旅は、『シリア縦断紀行』(一九〇七)にまとめられる一九〇五年のシリアの旅とそれに続く一九〇九年のムラトの旅(一九一一年、『ムラトのあとはムラト』に結実)に始まる。その後『トゥル・アブディンの修道院』(一九一〇)『ウハイディルの宮殿とモスク』(一九一四)と彼女は見聞録を書いている。

ガートルードの著作は「新鮮さと新しい発見への意気込みを感じさせる」もので「強い好奇心と周囲の人々とその生き方に寄せるあくなき関心」を持ち「道路、暑熱砂塵から雨に至るまで苦痛の種の数々を興趣とユーモアをもって描き」、同時代のT・E・ロレンス(一八八八―一九三五)の「とりとめのない自意識過剰の内省」やフィルビーの「隠喩だらけの散漫な文章」、チャールズ・ダウティ＝ワイリー(一八六八―一九一五)の「記念碑趣味」に陥るようなことがなかった(セアラ・グレアム＝ブラウン 二三八)。交わした会話と会った人物についての報告能力は後年の情報活動における公式レポート作成に生かされている、と評されているほどだ。

プロの考古学者としての訓練を受けてはおらず、綿密な研究に身をささげようとしていたわけでもなかったとはいえ、彼女はいくつもの遺跡を訪れており、特に一九〇五年のシリアへの旅を分岐点として、イラク・アラビアの奥地の荒野を踏査しようという決意を持ったようだ。彼女の最大の業績とされる、大戦中一九一三年から一九一四年にかけてのハーイルの旅について、アラブ地域専門の学者で旅行家のハリー・St・J・フィルビーは「(この時の経験が)やがて[中略]カイロを本部とするアラブ局《ビューロー》のバスラ駐在員になったことに直接つながっている」と述べる(セアラ・グレアム＝ブラウン 二四二)。アラブ局とは第一次大戦当時英国の敵となったトルコに対するアラブ人の離反をいかに活用するかについて、外務省と軍事情報当局に助言することを目的に一九一四年――一五年度に設置されたアラブ専門家集団のことである。フィルビーによるとハーイル行きは大戦中に中部アラビアの政治動向を見失わないようにする必要条件ですらあったという。

ガートルードはその生涯最後の一〇年で英国のアラブ政策策定に深くかかわることになった。彼女はシリア、メソポタミア半島アラビア内奥の部族動静の整理と分析、地図の完備に尽力した。それは砂漠を絶えず移動し交錯しながら、広大な地域を支配する無数の部族の知識を持つ彼女ならではの適任の仕事で、遠回りのようでも陸の作戦には必須であった。実はその仕事のかげで彼女は再び悲恋を経験している。相手は新婚まもない「ディック」ことチャールズ・ダウティ＝ワイリー、英軍将校かつ旅行家であった。彼はウィンストン・チャーチル（一八七四―一九六五）の失策と言われた「ガリポリの戦い」で戦死を遂げ、ふたりの遠距離恋愛かつ不倫はあっけなく終止符が打たれた。

一九一六年六月末に「メソポタミア連絡将校」として「明確な公的身分」と「月俸三〇〇ルピー」という少佐待遇を付与されたガートルードは、英帝国唯一の女性軍人となった（ウォラック 一九五、田隅 二八一）。また一九一九年在イラク民政長官パーシー・コックス（一八六四―一九三七）の「オリエンタル・セクレタリー」にも任命されているが「これは当時の英国在外公館に独特な役職で、明確な職務規定に基づくものかどうか」（田隅 二八二）不明の半正式な身分と評されている。しかしこの時バスラでコックスを支える立場に入ったことが、ガートルードが男性中心の組織の中で圧倒的な存在感を発揮してゆく始まりであり、後年実質的にはこの役職を離れても死ぬまでその地位を保ち、その報酬が彼女の生活を支えた（田隅 二八二）。一九一七年、四九歳でバグダッドに初めて「自分だけの部屋」ならぬ自分だけの「家」を持った彼女はついにここに根を下ろす覚悟を決める。

国際連盟の委任の下で、間接統治ができるような「友好的」アラブ人ファイサルをイラク国王に擁立しようとする英国の動きに密接に関与することになるのだ。とはいえ、彼女がどれほど現地事情に詳しくても正式に意見を述べる立場にはない。いくら国家間の力ずくの争闘に身を置き、駆け引きの裏を知ろうとも彼女は達成感を得られなかった。当時の流動的な歴史事情に即した彼女の手紙によれば、一九一八年一一月七日にアラブ地域民を慰撫するために戦後処理の理念と方針をうたった英仏共同宣言では、その両国の目的はトルコの抑圧下にあった民衆の完全な開放と現地民による自発的な政府の樹立にあった。九ヶ月前の一九一八年二月二二日では「〔前略〕彼らには独立したアラブ政府など想像もつきません、白状しますが私にもできません。当地にそのようなものを運営できるものはひとりもいないのです」（田隅　三〇六）と否定的な見方をしていたが、イラクに自立した政府を作りうる機運を感じ取った彼女は翻意する。「彼らが求めているのは英国に自分たちイラクの問題を管理してほしいこと、そのときにはサー・パーシーに高等弁務官を務めてもらいたいことのふたつ」であると見極めると「個人的には私もそれが最上と思います。宮廷を設け政権を維持させるのは大変な仕事です」（一九一八年一一月二八日付父への手紙、『ガートルード・ベル書簡集』一七四）と述べるに至る。彼女は民族政府の樹立、つまり新しいイスラム主権国家を人工的にでも作ることに賛成する立場に方向転換した。新国王ファイサルに即位初年度の一九二一年から二二年にかけて影響を与えたことに対し、あるものは若干の悪意をもって「ガートルードこそは無冠のイラク女王だ」と呼ぶこともあったという（セアラ・グレアム＝ブラウン　二四三）。

ファイサルが国王となっても実際のイラクは未熟であったため、あからさまな英国の支配ができない代わりに英国・イラクの同盟条約という形で国づくりはスタートした。そして結局委任統治の併存という決着となる。ガートルードの当時の仕事は、かつて英国に情報短信を発していた時と同様、施政報告書の作成が主であったが、ファイサル王の話し相手をするいわば王室の「家庭教師、家政婦の役割」（田隅　三八二）であった。しかし、アラブを形づくるそれぞれの部族から、命の源である井戸の位置をじかに聞き取ったことによって彼女が白紙の地図に引いた線は基本的に今もなおイラクとサウジアラビアを分けて走っていると言われ、その影響は決して小さくないのである。

ファイサル国王就任直前に、ガートルードはイラク最初の公共図書館「サラーム・ライブラリー」の館長に就任し、文化保護行政にも携わっている。特に「出土品現地管理」を世界にかけて法制化し、発掘品の現地管理、外国の発掘者への報償としての配分に道筋をつけた。どちらの国益を優先するのかという点で不満も出たが、彼女は少なくとも大英博物館的略奪を容認することはなかった。それゆえイラク博物館の収容物は帝国主義的収奪や戦利品でも資産家の寄付によるものでもない、世界の出自としてあまり例のないものといわれている。

五五歳以降のガートルードは閉鎖的なバグダードの英国人コミュニティの中で敬遠され孤立してゆく。休暇でロンドンに帰ることはあっても（一九二五年の帰国が最後となった）、一九二六年にも考古出土品整理に没頭し、助手を務めたマックス・マロウワン（のちにアガサ・クリスティの再婚相手となる）とともに博物館完成を喜んだ。そしてその一か月後、彼女は睡眠薬の過剰摂取によりその生涯を閉じた。五八歳の誕生日を迎えるまでにあと二日であった。セアラ・グレアム＝ブラウンは「世紀の変わり目のころに、オリエントは彼女にとってひとつの観念、刺激と挑戦の場、英国における上位中産階級の生活のフラストレーションからの逃げ場として始まった。そしてついに安定の伴わないひとつの現実となり、そこで彼女は帝国主義的英国と新興イラクとの間に自分の住まいを作ろうとして心を砕いたのである」(二五八)と述べている。居場所を求めて、さながらベドウィンのごとく砂漠に生きた女王、それがガートルード・ベルであった。

(五)恵まれた「継娘」・フェミニズム・オリエンタリズム

はじめに述べたように、ガートルードは幼少期にはヴィクトリア朝式の子女教育を受け、青春時代の恋愛を実らせることはできなかったが、生涯を通じて自由主義的な考えを持っていた父親のおかげで自由闊達に育った。継母のレディ・ベルは自身もかなりの文学的才能のある人で、いくつかの戯曲と故郷ミドルズブラの労働者階級の生活の記録を残している。異母妹エルサ・リッチモンドの言葉を借りるならば「家庭と両親は姉の人生構造中の石材のようなもの」であったという(セアラ・グレアム＝ブラウン　二三四)。身内から見た当時のガートルードは、細かなことでもいちいちお伺いを立てる依存的な性格で、長じてから冒険と独創に満ちた生涯を送ることになるのは不思議なことであったらしい。とにかく、ガートルードが最良の教育を授けられ、結婚もせずに自由に旅行ができたのは、この実家の財力と理解という協力のおかげであった。

ガートルードは、たとえば、のちにヴァージニア・ウルフ(一八八二―一九四一)が『三ギニー』(一九四一)で嘆くことになるような「土地や財産の相続権がなく、外国人と結婚すれば国籍を奪われイギリス人のアイデンティティを失う運命にあった」(ウルフ　一七〇)女性たちとは違っていた。ゆえに『三ギニー』に描かれるような「国家の継娘」、国家のアウトリイダーとしての不安定性を完全に理解することは不可能であったことだろう。ガートルードの存命中の祖国では一九一九年に性差別廃止法が成立した。ウルフの見通していた、男性の権力欲を支えるためだけの存在に甘んじてきた中産階級の女性の立場や、国家のために健康で優秀な男性を生む「よき母」として期待されてきた女性の立場というものは簡単には変わらないのだという「継娘観」を理解するには、ガートルード自身は物理的にも精神的にもあまりにも恵まれていたといえるからだ。

ガートルードはベル家の「継娘」ではあったが国家の「継娘」ではなかったがゆえに、その不安定性を理解するのは不可能であったろうと先に述べた。むしろそのような不安定性を理解する必要が彼女にはなかった、というほうが正しい。しかし、それでは彼女に全く不安がなかったのかと言えばそうとも言えまい。彼女の能力の高さがあだとなり結婚相手になりそうな男性たちをかえって退かせてしまったように、彼女は恋愛をしても両親も自分をも満足させるような結婚をすることができなかった。逆説的に言うならば、彼女はもしかしたら少しは夢見ていたかもしれない、本当はそうなってみたかった「男性を支える女性」「国家のために戦うような男子を生み育てる母」という当時の女性像から周縁化されてしまったのである。

努力して身につけたいくつもの外国語を駆使して自由に国境を越境できるコスモポリタニズムと男社会の中で自分の能力を発揮するという醍醐味を、彼女は三回の悲恋と引き換えに味わった。恵まれた「継娘」として、母国の普通の女性の生き方からは疎外されてしまったからこそ、遠く離れた中東から抱き続けた祖国とその文化に対して実はなみなみならぬ欲望があったのではないか――と思われるのだ。

具体的に彼女の思考をみるとしよう。たとえば彼女自らは高等教育を享受し、知的刺激を満足させてくれる知己とも男女を問わずその交友を楽しんだ。オクスフォードの同窓生メアリー・タルボット（グラッドストーン首相の姪）や先出のジャネット・ホウガースには終生、心を許していた。しかし家族以外の社交界で知りあう男性は彼女には知識、好奇心、率直さ、大胆さ、経験のどの点からみても物足りず、ヘンリー・カドガン、〝ディック〟・ダウティ＝ワイリー、キナハン・コーンウォリス（一八八三―一九五九）以外に愛情を持てなかった。外交団の妻たちに代表されるような、閉鎖的なコミュニティで群れる、『秘密の花園』（一九一一）のメアリーの母親のような人々を軽蔑してもいた。そのような無知な女性への反感のあらわれのひとつが普通選挙における女性の投票権に反対する女性参政権反対運動への支持と取り組みである。一九〇八年の夏ロンドンで開かれた女性参政権反対連盟の第一回委員会で彼女は組織の事務局長的な仕事をする名誉秘書を引き受ける。「おそろしくひどい仕事」と言いつつも彼女は会の目的を支持していた。伝記を書いたウォラックはその心を次のように推しはかる。

これほど伝統からかけ離れた人生を送ってきた人間が極めて伝統的な立場をとることが奇妙に見えるとしたらそれは誤りである。ガートルードの自立した行動が、彼女のルーツを隠していただけなのである。ガートルードはヴィクトリア時代の産物であり、大英帝国をさらに強大なものにすることしか頭になかった男性たちが支配する世界に生まれ、女性が、英国人という民族を産み育て守るだけの存在としか見られていなかった時代に育ったのである。東方では大胆な行動をしたガートルードも、故国では伝統の境界の範囲内で行動した。そして彼女の伝統とは上流階級の、特権を持ち保護された人間のものであり、貧しく、教育もない労働者階級がそれにいどむことは許されなかった。（一五一）

ガートルードはミドルズブラにある家業の「ベル・ブラザーズ」で働く鉄鋼労働者の妻たちをサポートしながらも、女性には市町村の役場で働く権利はあるが国政レベルでかかわる力はない、という認識を強く持っていた。生活に追われ実年齢よりもずっと老けて見える、読み書きもできない何万もの女性がよりよい家庭生活を送るためにはまず政治よりも教育が必要と考えていた運動家のひとりだった。ガートルードは自分の能力を男性と同等とみなしていたが、大半の女性の能力は自分とはちがって劣っていると信じており、国家レベルの問題に貢献できるほどの知識のある女性であるという自覚がないならば自分の持ち場／役割でおとなしくしているべき、というのが彼女の言いぶんであった。さらにパンクハーストたちのようなサフラジェットや闘志をむき出しにするやり方では、知的な女性の築いたものがかえって台無しになる、と考えてやみくもな女権拡張には彼女は賛成しなかったのである。

それでは異国の地で出会う女性たちに対し、ガートルードはどのような態度をとっていたのであろうか。最初のうちは、彼女の前に現れる地域住民の女性にほとんど関心を払っていないことに驚かされる。「女たちは後ろに隠れていてたまには彼女の用事をつとめることもあるのだが、わざわざそばへ来て話しかけでもしなければ詳しく語られることはない」（セアラ・グレアム＝ブラウン　二三九）。これは英国でも中東でも階級に関係なく自分より劣る、周囲への関心を示さないような女性たちを軽蔑していたのとあまり違いはない。それはひとつには彼女自身は探訪する先々で歓待されてあたりまえであるという役割を担っていたから、と理由づけられるだろう。ガートルードは自分の性を偽装する気も必要もない単身の白人女性として「男性」の賓客として迎えられ、女たちの部屋やテントで時間を過ごすよりは客間やコーヒーの湧く囲炉裏端で男たちと飲食をともにし、語り合うことのほうを選んだ。ペルシア、シリア、エルサレムと単身での旅で訪れた「男女間で役割も家内の居場所の物理的な位置も区別のはっきりしているところがほとんど」（同　二四〇）の場所で、彼女は英国人白人女性としての自らの権力を自覚的に生かして、いささか強引に中東の男社会的砂漠を渡ったと言えるだろう。たとえば、ある部族集団のところから次の集団へと移行するときや、境界線などあるはずもない砂漠や耕地を部族の違う従者を連れて縦横断しなければならないとき、言葉や身なりに気をくばり、そして時には過剰な賄賂ともいえる銃や双眼鏡などを与えた。彼女の持論は、その地の掟としきたりを尊重する――そうすればうまくゆくものだ、ということだった。自らも他人が侵すことのできないしきたりをもつほどの立派な家系の生まれであると知らせることは、相手からの尊重を促す良い契機となるのだ、と。

しかしさしものガートルードも、彼女の信条が通じず屈辱を味わった出来事がひとつある。レディ・トラベラーにつきものの道中の生活における衛生面の問題（例えば戸外での入浴や排せつに関する作法）ではない。それは一九一四年二月一四日ハーイルへの旅でのことだ。中世に交易の中心地だったこの古代の都はアラビア湾からレバント沿岸に乳香を運ぶルートの要地で何百年もの間ペルシア人はメッカ巡礼に赴くときにこの地に逗留してきたという。彼女はその時、部族間内部抗争により緊張状態にあるとも知らずにハーイルを訪れてしまったのだ。彼女は、留守を預かっているというふたりの世話役の女性たち（年老いた寡婦と、暗紫色のヴェールと鮮やかな赤と紫の外衣に真珠の首飾りというでたちの活発そうなトルコ系チュルケス人）に軟禁されてしまう。着飾った女性は数年前にコンスタンチノープルにいるスルタンから「贈呈」された女で、現在は部族内で女スパイの役目も果たしていたらしく、よりにもよってその彼女にガートルードは敵方の大将を訪うためにハーイルを通過しようとしていることを打ち明けてしまったのだ。「郷に入っては郷に従え」のことわざと、高貴な英国白人女性という容貌と振る舞いでどんな困難の扉をもこじ開けてきた彼女にとって、これは初めての挫折であった。ガートルードは、過去八年で三人の首長が裏切りや暗殺で命を落としており、そのたびに「夫や子どもの血で染まった手につかまれて女は勝利者に連れていかれるのだ」（ウォラック　二一四）と聞かされる。これまでの旅では感じたことのない恐怖を覚えたとしても無理はあるまい。「ハーイルでは殺人は牛乳をこぼす程度のことなのです」（『アラビアの女性』二一七）とか「彼らが邪悪な心の中で私のことをどう考えているのか全くわかりません、どのような結末が待っているかは神様だけがご存じです」（『書簡集』二二二―二二三）と書いているように、これまでの彼女のやり方が通用しないことと、隷属状況に置かれた部族の女たちがそれでもしたたかに生き抜いているありさまに衝撃を受けたのだ。覚悟を決めたガートルードは気丈さを取り戻し、女たちの噂話から現在の部族の真の支配者が首長の祖母であることを突き止めて、強引な交渉のすえハーイルを脱出する。アラビアの部族間による政情不安を体験したことはガートルードの中でそれまでほとんど顧みられることのなかった現地女性への関心が生まれた発端と言えるだろう。その証拠に、この旅ののちに彼女は現地の女性に対してふたつのことに尽力している。

ひとつは地元の女性たちとの交流だ。一九一八年大戦終結後（一一月八日英仏宣言後）トルコ支配からは解放されたものの民族自決権を得たアラブが自国を今後どう統治すればよいか決めかねて混乱にあるときに、彼女は「地元の動向を見守るためにできる限りたくさんの人と時間を過ごせるように」と火曜定例の茶会をひらいた（ウォラック　三四一）。

壁にかこまれたガートルードの隠れ家に、女性たちは次々と子どもを従えてやってきた。イスラム教徒がほとんどだが、ユダヤ人も多くいた。顔のベールや黒くて長い外衣を外し、トルコ・シルクや雑誌『ヴォーグ』の型紙で作った洋服に身をつつんだ妻たちは興味津々だった。シルクのロングドレス〔中略〕、フルーツのあしらわれた帽子をかぶったガートルードが庭の奥に凛と立って客を迎えた。ミス・ベルが英国当局の権威の象徴として皆に一目置かれていたのは明らかだった。(ウォラック　三四一―四二)

このような会合は地元の女性だけでなくガートルードにも変化をもたらした。かつてもっていたアラブ女性への軽蔑の心は消え、意識的に無関心を装っていたハーレムについても知識と理解を深めた。

もうひとつの尽力は、教育への寄与である。アラブの少女たちの未来を心配して、英国の教育専門家ハンフリー・バウマンが学校制度の立ち上げにバグダードまで来たとき、彼女は訴えた。一番心配なのはイスラム教徒の少女たちで、「アリアンスという学校で英語、アラビア語、ヘブライ語、フランス語を習っているユダヤ人の若い女性と違いトルコ支配下のイスラム教徒は全く教育を受けておらず〔中略〕読み書きがほとんどできなかった」(ウォラック　三四三)。少女たちに自己表現の場を、家政学、家庭科の授業を教える学校を作りたい。それには教師も女性でなければならない――この熱意にこたえて、バウマンが設立した教育制度は国の統一に貢献し、女性教育という急進的な考えを導入した。「今でもこの制度はアラブで最高水準を誇っている」という(同　三四三)。一九二〇年一月二五日付の手紙には女学校の開校式があったことが誇らしげに書かれている(『書簡集』一八〇)。かつて女性参政権反対運動に加担していた時に、彼女がやみくもで暴力的な権利拡張には反対しても、政治よりもまず女性の教育が大切であるという姿勢を持っていたことを想起されたい。一九一九年一月一〇日付の父あての手紙では、英国から訪れた女医を講師に招き衛生講座のようなものを設け、通訳したことを知らせている。そこにはみんなが熱心に受講したことを喜んでいる、とも書かれている（同　一七五）。

ガートルードは決して頭のかたいアンチ・フェミニストであったわけではない。時間の無駄となる社交界のつきあいには背を向け、暴力的なサフラジストにも反対したが、教育を通じて女性を知的にするためには助力を惜しまなかった。現地の女性たちに目もくれず、旅に明け暮れていた時期もあったが、軟禁経験の中で部族の女たちの現状と自らの弱さを認めざるを得なくなったとき、あらためて現地におけるおのれの役割を自覚したのではないだろうか。英国からはるか離れた中東で、祖国とその文化を欲望する彼女が居場所を見つけられた、と実感した出来事ではなかっただろうか。

さいごに、ガートルードとオリエンタリズムということについても考察しておきたい。二節でも述べたように、レディ・トラベラーの活躍を語るときに見落とせないことは、ふたつの力関係のせめぎあい——女性であることを武器に現地人を排除して搾取する関係を保持していたこと、女性であるにもかかわらず帝国の男性空間に登場して、男性から排除され搾取される関係と戦っていたことであった。サイードはその著書『オリエンタリズム』の中で彼女の次の言葉を引用している、「［アラブ部族民が「戦争状態」を生きているということ］は、なんと大昔から続いていたことか［、と］。［なぜなら、］その状態はアラブの最初の人間にまで遡るものなのに、彼らはそれ以来幾世紀ものあいだ、経験からいかなる叡智をもあがなってこなかったからである」（サイード　二三四）。「アラブの持つ無自覚の原始的単純さは、観察者、つまりこの場合『白人』によって定義されたもので」

（同）、その単純さ、定式さのもとに、あらゆるディテールが従属させられ、オリエントの人間は何よりもまずオリエンタルであり、人間であることは二の次だった、つまり「オリエントに固有の原始性こそがオリエントであった」（二三五）と解説を加えている。本国に居場所をなくしたガートルードが外交団の親戚を頼って初めて中東に出たとき、所属する社会秩序の締めつけから解き放たれ、いかに自由と未知なる刺激と冒険に喜びを見出したかということは、匿名で出版した『ペルシアの情景』、『ハーフィズの訳詩集』、実名で二〇世紀になってから出版した『シリア縦断紀行』にもよくあらわれていた。たとえば見聞したことを素直に記録したと思われている『ペルシア』では「［オリエント人に］そなわった堂々たる、そして平然たる落ち着きぶり」（四四）を称え、自分たちは「遊牧民ごっこをしているにすぎない」（六六）と述べ、野生のタチアオイを見れば「生命！　生命！　慈悲深きものよ、壮麗なるものよ！」（一八）などの感嘆の記述がある。しかし同時に、「こちらには軽侮の一瞥以上のものは与えるまでもない人たちが、列をつくって前を通ってゆくのを見ると、私たちの間にはなんという大きな隔たりがあるのかと実感させられる」（一一）とか「門のところへ来ると主人は、歓待を喜んで受けてもらえて、あなた方の奴隷である自分は面目を施した、と語った」（二八）、結婚の決まったある町の長女については「彼女たちの捕われのありようが、あわれな、まがいものの人生に思われてきた」（七七）などの素朴で傲慢な表現も多い。ガートルードは、自分の文化の強さと影響力あるいはそうと信じている自分たちの文化の基本的な優越性をぬぎすてることはできなかったのだ。

「近代西欧文明が失った価値観や自然の摂理をいつくしむ心を持ち」、滅びゆくものへの共感（中東におびたただしく散らばるビザンチン建築の遺構やペルシア人の礼節感覚、ドルーズ族の生き方）から考古学へと傾倒していったことも確かであろう（『ペルシア』二〇〇）。ただし彼女は西欧を全面的に拒否して中東に逃避したわけではない。何しろ、ラクダや馬に騎乗するときこそ「男鞍」スタイルを通したものの、本国にシーズンごとに衣装を発注し、銀製品を持参してのお茶の準備を旅じたくに入れ、準英国風生活スタイルをそのまま持ち込んだ旅をしていたことでも有名であった。ヴィタ・サックヴィル＝ウェストは『テヘランの旅人』（邦題『悠久の美 ペルシア紀行』）で「[ガートルードは]砂漠の国からやってきたというのに、イブニング・ドレスに食器や食卓用のリネンまで携えていた。放浪の旅に出るときにも必ず持っていく」とつづっていた（六九）。自分の生まれた社会の閉塞感に絶望することはあっても、そこからの恵みもまた享受し、庇護のもとに中東を活躍の場に選んだ、という点で、彼女はサイードが指摘する「帝国代理人たるオリエンタリスト」（二〇二）のひとりであることを免れることはできなかった。

しかしもうひとつ留意しておかなければならないのは、ガートルードもまた中東における男たちのつくる帝国の政治空間の中ではいうなれば「オリエント」とみなされて、どれほど優秀であっても女性であるというだけで劣った存在とみなそうとする視線をはねのけることは難しかったという点である。チャーチルがファイサルをイラクの王に擁立することで自らの立場と大英帝国の財政基盤を揺るがしかねなかったイラク問題に決着をつけたとき、ガートルードはイラクにいた直属の上司コックスとふたりで解決案を練りあげたつもりであったが、実際にはすでに本国ロンドンでT・E・ロレンスがそのアイデアを仕組み、実はガートルードたちのほうが蚊帳の外に置かれていたということもあったし、アラブ局でそりの合わない上司A・E・ウィルソンからパワハラまがいのことを受けたこともあった。ファイサルの話に傾聴する時間や地元の人々との交流を増やせば、年増の色恋沙汰と揶揄され、ガートルードは精神的に相当疲弊したようだ。ガートルード自身の中のオリエンタリストたる部分と、被オリエンタリストたる部分の両方のせめぎあいこそが彼女の複雑で矛盾をはらんだ人物像を形づくったと言えるのではないだろうか。

(六) おわりに

ガートルードが亡くなる数か月前、旧友のヴィタ・サックヴィル＝ウェストがエジプト、インドを経由してバグダードの彼女の自宅にやってきた。ふたりが知り合ったのはコンスタンチノープルであったという。ヴィタはテヘランの在英大使館で参事官を務める夫のハロルド・ニコルソンを訪ねてゆく途中であった。この時の邂逅を書いた『テヘランの旅人』には、すでに体調不良であったらしいガートルードの、それでも親友をもてなそうと痛々しいほどはりきっている姿が描かれている(六九―七四)。

ヴィタもまたガートルードと同じように、外交団の夫人たちとの社交を強いられる生活を拒み、それゆえ夫の赴任先に同行することを断っていた。息子のナイジェル・ニコルソンは「ヴィタにとって最も不快だったのはペルシアに住むヨーロッパ人たちの、この異国に対する無関心だった。彼らは非能率と不便さだけをあげつらって不平を鳴らし、この国の美しさ、人のやさしさ、庭園、文学、芸術などの素晴らしさには目をつむっていた」(サックヴィル＝ウェスト　三四九―五〇)と述べている。久しぶりに会ったふたりはスパニエル犬や仔馬、山鳩、そして幼いアラブの子どもたちが遊ぶ庭を散策し、時間を惜しんで語りあった。「彼女［ガートルード］には、どんな人にでも、にわかに熱意のみなぎるのを感じさせる才能」(同 七〇)があり、それは相手がだれであれ、ヴィタにでもファイサル国王に対してでも、変わることはなかったようだ。「どんな話題も、彼女が触れるや否や、ほっと灯がつくようだった。あらがいようもない生命力だった」(同 七二)。ファイサルとガートルードの会話の様子を、ヴィタは「ふたりのどちらがイラクの真髄を体現しているのか、疑問の余地はなかった」(同 七三)と観察している。イラク人に「ハトゥン」すなわち、国家のために目を光らせ耳をそばだてている宮廷の女官ともよばれたガートルードはまた、王の孤独についても語ったという。自分が信じたものや人に対して誠実を尽くす情熱家、それがヴィタの目に最後に焼きついた彼女の姿であった。

この五か月後、ガートルードはバグダードの自宅で死去した。一九二九年一一月、遺贈されていた六〇〇〇ポンドをもとに建てられた「ガートルード・ベル記念在イラク英国考古学院」(初代院長は前述のマロウワン)を見ることは残念ながらかなわなかった。また、一九三二年イラクの委任統治が終わりを告げ、国際連盟へ正式に加入を認められて完全な独立を手に入れたことも見届けられなかった。しかし、自ら尽力したイラクの立憲君主制が、たった七〇年しか存続しなかったことを知らずにすんだのは幸運であったと言えるかもしれない。一九九三年二月の湾岸戦争、二〇〇三年三月の二〇世紀末から二一世紀初めにかけて米英による対イラク戦争で破壊されたイラク博物館の地下の棚に、ガートルードの胸像は残されていたという。

引用・参考文献

Bell, Gertrude. *Amurath To Amurath*. New York: E.P. Dutton and Company, 1911. London: Forgotten Books, 2018.

——. *A Woman in Arabia: The Writings of the Queen of the Desert*. Ed. Georgina Howell. New York: Penguin Books, 2015.

——. *Complete Letters: The Letters of Gertrude Bell*. USA: Createspace Independent Pub, 2014.

——. *The Desert and the Sown: Travels in Palestine and Syria*. London: Heinemann, 1907. New York: Dover Publications, Inc., 2008.〔『シリア縦断紀行』（全二巻）田隅恒生訳、平凡社・東洋文庫、第一巻　一九九四、第二巻　一九九五〕

——. *Safar Nameh, Persian Pictures. A Book of Travel*. 1894. USA: Createspace Independent Pub, 2014.〔『ペルシアの情景』田隅恒生訳、法政大学出版局、二〇〇〇〕

Sackville-West, Vita. *Passenger to Teheran*. Hogarth Press, 1926. London and New York: Tauris Parke Paperbacks, 2007.〔『悠久の美　ペルシア紀行』田代泰子訳、晶文社、一九九七〕

Said, Edward W. *Orientalism*. New York: George Borchardt Inc., 1978.〔『オリエンタリズム』板垣雄三・杉田英明監修、今沢紀子訳、平凡社、第七版、一九九一〕

Wallach, Janet. *Desert Queen: The Extraordinary Life of Gertrude Bell*. New York: Nan A. Talese, 1996.〔『砂漠の女王——イラク建国の母ガートルード・ベルの生涯』内田優香訳、株式会社ソニー・マガジンズ、二〇〇六〕

Woolf, Virginia. *A Room of One's Own and Three Guineas*. Ed. Morag Shiach. Oxford: Oxford UP, 2000.〔『三ギニー——戦争と女性』出淵敬子訳、みすず書房、二〇〇六〕

井野瀬久美恵『植民地経験のゆくえ——アリス・グリーンのサロンと世紀転換期の大英帝国』人文書院、二〇〇四。

セアラ・グレアム＝ブラウン「解説」『シリア縦断紀行』田隅恒生訳、平凡社・東洋文庫、第一巻、一九九四。

田隅恒生『荒野に立つ貴婦人——ガートルード・ベルの生涯と業績』法政大学出版局、二〇〇五。

Column 3

メアリー・ポピンズは風にのってきた
——P・L・トラヴァース（一八九九—一九九六）

二〇一三年公開の映画『ウォルト・ディズニーとの約束』（原題Saving Mr. Banks）は英児童文学の中でも著名な『メアリー・ポピンズ』の映画誕生秘話をもとにしている。原作に感動したディズニーの娘が父親にその映画化をせがむが、トラヴァースはなかなか交渉に応じない。ようやく製作に乗り出しても、理不尽な要求や条件を出して周りを翻弄するさまは、トラヴァースの頑固さやエキセントリックさを観客に印象づける。しかし、自分をあまり語らなかったトラヴァースの少女時代——特に早世した父との思い出が織り込まれた映画作品は、知られざる彼女の一面を示してくれていた。

トラヴァースはオーストラリアのクイーンズランド州にトラヴァース家の三人姉妹の長女として生まれた。本名はヘレン・リンドン・ゴフといい、父はロンドン生まれで母親はスコットランド人の血を引くオーストラリア人であった。父親はアイルランドに傾倒していたが、オーストラリアに移住し農園の監督などを経て銀行の支店長になった。彼女の作家としての土壌はクイーンズランド州の自然と、子どもよりも大人を中心に回る家族の伝統に育まれたといわれている。あまり両親にかまわれず、ひとりで「巣ごもりごっこ」や「ミニチュア公園づくり」などに熱中していた。読書好きでビアトリクス・ポター、イーディス・ネズビット、ルイス・キャロル、ルイザ・メイ・オルコットはもちろん、父親の影響でイエイツ的な「ケルトの黄昏」に親しんでいた。トラブルで銀行の支店長から降格された父親が失意のうちに逝った時、トラヴァースはまだ八歳であった。一三歳でシドニーの女子寄宿学校に入学し、新聞記者や演劇へのあこがれを持つようになる。しかし長女としての責任感から、大学進学の代わりにタイピストとして働くことを選んだ。

女優への夢を断ち難く、トラヴァースは仕事の傍らダンスを学び一九二〇年に初舞台を踏む。一九二一年に劇団に入団すると父親のクリスチャンネームであったトラヴァースを使い、パメラ・リンドン・トラヴァースと改名した。さらに同時期、詩やエッセイを雑誌に投稿するようになり、一九二三年ニュージーランドの『クライストチャーチ・サン』紙のコラム連載の開始をきっかけに、彼女は演劇をやめて作家の道を歩みだした。

父親譲りのアイルランドへのあこがれはトラヴァースをイギリスに向かわせ、一九二四年に渡英すると翌年には自作の詩を詩人ジョージ・ラッセル（通称AE、一八六七—一九三五）に送った。彼はアイルランド文芸復興の指導者のひとりで、『アイリッシュ・ステイツマン』誌の編集長でもあった。この出会いによって、イエイツ本人にも紹介され、トラヴァースは以後、同誌で研鑽を積むことになる。時の流れの悠久さを感じながら世界を眺めるという神話や妖精物語に親しんできた彼女にとり、楽しい文学修業時代であった。

一九三一年に結核を発症し、ロンドンからサセックスの田園地帯にある「パウンド・コテージ」に移ったトラヴァースは、療養後AEの編集仲間を通じてマダム・ブラヴァツキの神智学の流れをくむグルジェフという宗教家と出会う。以後、彼を精神的な父とみなして彼女は終生慕った。「自伝風スケッチ」（一九五一）の中でトラヴァースは次のように語っている、「病気が回復に向かったとき、『風にのってきたメアリー・ポピンズ』を書き始めた……あの時メアリー・ポピンズは私を喜ばせようとやって来たのだ」（二八七）と。「メアリーには長く家にいてもらったから」本を書くことになったが「一瞬たりとも彼女を創作したなどと思ったことはない。おそらくメアリー・ポピンズのほうが私を創作したのだ」（同）。トラヴァースは一作目の出版された一九三四年から一九八八年までの五四年間、メアリー・ポピンズが自分を訪ね続けてくれ、作品を書かせてくれたことを感慨深く振り返っている。

一九三五年に師であり恋人でもあったAEを亡くし、友人とのトラブルもあって孤独になったトラヴァースは一九三九年養子を迎える。まだ幼い彼を伴い、第二次世界大戦から逃れるためアメリカに疎開した彼女は、戦時情報部の依頼でラジオ放送の仕事にも携わる。イギリス政府の文化広報局と協力して、子ども向けに妖精物語を語り、童謡のレコードをかけ、歌の背景を説明したという。五年後に帰国し、再びロンドンに居を構えた彼女は、親戚の死や養子との関係悪化に傷心することも多かった。しかし、一九六四年にディズニー映画で有名になると全米のさまざまな大学から出張講義を依頼されるようになる。一九七七年に大英帝国勲位を贈られた後も作家活動を続け、一九九六年にロンドンの自宅で亡くなった。彼女は、自身の生涯に関して沈黙をほぼ守ったがそれは物語の中で、メアリーが不思議な世界の友人たちのことを、帰宅後の子どもたちには一切語らなかった姿に重なる。現実の世界に戻ったなら別世界の謎には触れない、という妖精物語の掟を受け継いでいるといってよいかもしれない。

冒頭で紹介した映画に戻ろう。エマ・トンプソン演じるトラヴァースは、メアリー・ポピンズを映画化することは物語の中の父親バンクス氏と自身の父ゴフ氏の両方を救うことになる―と説得され、契約にいたる（原題のタイトルはここからきている）。しかしトラヴァースはなおも、ジュリー・アンドリュース扮するメアリーがタイトルロールでありながら快活な脇役的使用人になってしまっていることに不満を持っていたようだ。確かに、ディズニー映画では仕事人間だったバンクス氏が家族思いの父へ改心するさまが強調されすぎているかもしれない。とはいえ、明るい未来を予感させる映画によって、思い出の中の実父が救われ、ひいてはトラヴァース自身の魂も救われた――という二〇一三年版の映画での（再）解釈に納得した観客は多かったのではないだろうか。

（丸山協子）

Travers, P. L. 'Autobiographical Sketch' in *The Junior Book of Authors*. S. J. Kuniz and H. Haycraft eds., New York: H.W. Wilson, 1951.

コンスタンス・マルキェヴィッチ（一八六八―一九二七）とエヴァ・ゴア＝ブース（一八七〇―一九二六）
――闘うアイルランドの娘たち

中村　麻衣子

コンスタンス・マルキェヴィッチ（写真右）

アイルランド出身の革命家。アングロ・アイリッシュの準男爵家の長女として生まれ、画家を目指す中で社会主義、アイルランド独立運動へ身を投じた。一九一六年の復活祭蜂起で指導的役割を担い、他の指導者たちが処刑される中で女性だという理由で終身刑に処される。イギリス初の女性議員として選出されたが、独立戦争の最中でイギリス議会への宣誓を拒否し、議席を得ることはなかった。過激な活動で繰り返し投獄されるも、民衆からは熱狂的に支持された。

エヴァ・ゴア＝ブース（写真左）

アイルランド出身の詩人で平和主義者、女性参政権活動家。コンスタンス・マルキエヴィッチの妹として生まれる。詩作のかたわら労働者階級の女性たちの地位向上のため、執筆や講演活動を行い、女性参政権運動にも積極的に関与した。神智学にも傾倒し、二〇世紀初頭としては革命的なジェンダー、セクシュアリティ意識が投影された雑誌『ユーレイニア』を刊行した。

（一）はじめに

二〇一八年夏、観光客であふれるロンドンの国会議事堂では「発言権と参政権：国会での女性の立場」という展覧会が開催されていた。国民代表法の制定から一〇〇周年を記念し、女性参政権論者たちがどのような扱いをうけ、現在に至るまでいかにその権利を拡張してきたかがさまざまな資料とともに展示されていた。クライマックスの一つ、女性参政権が認められて初めて行われた一二月の総選挙に関する一角で、来場者は一枚の肖像画と対面する。コンスタンス・マルキェヴィッチ（一八六八―一九二七）、このとき唯一当選を果たした女性である（図1）。淡いタッチで描かれた暗いロングドレスに身を包むその姿の上には、このような言葉が記されていた。「私たちの自由への道のりは平和で無血のものになるだろう、今の私たちはそう望むかもしれません。皆さんにお伝えするまでもなく、これは名誉なことです。しかしそもそも崩壊させようと思っていた権力に対して、私が忠誠を誓うことは決してないのです。」その憂いをおびた表情と対照的な反逆者としての言葉、この落差はマルキェヴィッチ自身のイメージの複雑さを象徴しているようだった。

図1

（二）反逆者コンスタンス・マルキェヴィッチ

コンスタンス・マルキェヴィッチの人となりについては、次のような言葉が残されている。

「彼女はもう何年もの間、ダブリンの猛々しい海燕の一人だった。人々の集まる際にはいつも現れ、凄まじいエネルギーと劈くような声で大演説をし、善意はあるが不安定で、ヒステリックな人物という印象を与えていた。」（『タイムズ』一二）

「彼女にたくさん備わっていたのは肉体的な勇気で、それを衣服のように身に纏っていた。」

（ショーン・オケイシーによる評、マリー　一〇五）

中でもひときわ知られるのは、若い頃にマルキェヴィッチと出会っていたウィリアム・バトラー・イェイツ（一八六五―一九三九）による一連の詩だろう。その詩は武力行為も厭わない反逆者、という彼女のイメージを強化したとともに、詩人の批判的なまなざしも透けて見える。姉妹とイェイツの出会いは一八九四年に遡る。その秋スライゴー近郊にある母方の親族ポレックスフェン家に滞在していたイェイツは、近くのリサデルにあるゴア＝ブース邸に二週間ほど滞在し、マルキェヴィッチとその妹エヴァ・ゴア＝ブース（一八七〇―一九二六）らと交流した。詩人として知名度を高め始めていたイェイツはここで講演を依頼され、民話の収集にも励んだ。当時妹に宛てられた手紙には滞在を楽しんでいる様子が書かれている。「この一家はとても楽しく親切で、すぐに興奮する。

そして新しい考えや新しい物事をすぐに取り入れようとする。」（ウェイド　二四二―二四三）

文芸復興などに積極的に取り組むものの、武装蜂起といった過激な独立運動とは一定の距離を保っていたイェイツだが、蜂起に先んじて戯曲『キャスリーン・ニ・フーリハン』（一九〇二）で一八世紀に実際に起きた武装蜂起をモデルに、戦いに身を投じる若者の姿を描いていた。祖国アイルランドのため命を懸ける主人公の名前は永遠に語り継がれるだろう、という英雄化がここで初めて描かれた。アイルランド独立運動史の中でも大きな転機である一九一六年復活祭蜂起を経て、イェイツはその指導者たちを建国の英雄として昇華した。イェイツの作品で最も有名なものの一つである「復活祭一九一六年」においても、独立という夢のために命の犠牲も厭わない、という自己犠牲の英雄像が実際の指導者たちの横顔とともに描写されている。当初は市民たちからも迷惑だと黙殺されていたこの蜂起だが、勃発から一週間後の四月三〇日に制圧されると、わずか三日後に指導者たちへの死刑判決が出され、翌五月三日と一二日に銃殺刑が執行された。こうした急速な展開と処刑の詳細が報じられると、世論は変化し指導者たちへの同情が集まり、イギリスへの反発感情が喚起された。理想のために命を落とす犠牲者としての英雄像はナショナリズムをかきたて、イェイツはその枠組みに蜂起の指導者たちをはめ込むという詩作を行った。

「蜂起後に他の指導者と一緒に銃殺されることが理想的だったのかもしれない……イェイツも彼女のことを温かな目線で描いたかもしれなかった」（オフェイラン　一七一）と言われたマルキェヴィッチの立場は指導者たちの中でも曖昧なものだったのかもしれない。命を落とした者たちに対しては好意的ともとれる描写がなされる中、マルキェヴィッチと思しき女性の描かれ方は非常に辛辣なものである。

あの女は昼間を
どうしようない慈善をして過ごし
夜には金切り声になるまで
議論に費やした。
かつて彼女が若く、美しく
猟犬とともに馬を馳せていた
あのときの声ほど、美しい声が他にあっただろうか。(ll. 一七—二三)

他の指導者たちは自らの死を通して英雄へと転換される中、彼女に関しては過去と現在が対比され、英雄へと変化することはない。猟犬を従えて野を駆ける姿はイェイツがゴア＝ブース邸に滞在した際に目にした光景だと思われるが、かつて美しく響いた声は政治に関わることでその美しさを失い、手紙に書いていたような好意的な印象は捨象されている。イェイツは復活祭蜂起に関する作品を一九二一年に発表された詩集『マイケル・ロバーツと踊り子』に収録しており、そこにまた別のマルキェヴィッチをモデルとした詩、「ある政治囚によせて」も掲載されている。

この四連詩の冒頭では、マルキェヴィッチと思しき女性囚人が独房でじっと過ごしている。

幼い頃から我慢を知らなかった彼女も

今はすっかり辛抱強くなった
一羽の灰色のかもめは恐れることなく
彼女の独房に舞い降りて
指で触れられてもじっとして
その手から餌を受けて、ついばんだ。

その孤独な羽に触れながら、
彼女は思い返しただろうか
心が辛辣で、観念的になる前の日々を
自らの思想が大衆の敵意に同化して
盲者となり、盲者の指導者となり、
盲者の寝そべる溝で汚水を飲む前の日々を（ll. 一―一二）

ここでは静かに動かない囚人と自由に飛び回るかもめの様子が対照的に描写されているが、かもめのそうした自由な様子は後に続く連で、囚人のかつての姿と重ね合わされる。

遠い昔、彼女が馬に乗り狩場へと

ベン・ブルベン山の麓で馬を馳せるのを見たとき
彼女の住む田園地帯の美しさが
青春の孤独な野性味をかきたてていた。
彼女は清らかに美しく育ち
その姿は岩間に育ち、海を渡る鳥のようだった。

海を渡る鳥、
初めて高い岩場の巣から飛び出して
海を渡り、風の中で平衡を保ち
胸を嵐に叩かれて
高波立つ海の叫びを聴きながら
厚い雲の天蓋を
じっと見つめる鳥のようだった。（II. 一三―二四）

「復活祭 一九一六年」と同じように、地元の自然の中で自由活発に振る舞う姿はもはや消え、現在の彼女は第二連で描かれるように政治思想に染まったことで他のものは何も見えない盲者となってしまっている。そもそもイェイツは女性が意見を持つこと、さらにそれを主張し固執することを強く批判していたが、この詩にもそのような女性に対する嫌悪感が反映されている。さらにここで繰り返される盲者という言葉によって彼女が反イギリス感情を大衆と共有し、その大衆に熱狂的に受け入れたこと、それによりその目は光を失うのみならず、汚水を飲むほどに落ちぶれてしまったと語り手は批判し続ける。

イェイツのこうした否定的な描写はマルキェヴィッチが亡くなった後にも続いた。一九二六年に妹エヴァ、翌年にマルキェヴィッチが亡くなると、二人に「エヴァ・ゴア＝ブースとコン・マルキェヴィッチを偲んで」という哀歌を捧げている。

夕暮れ時のリサデルの館は
大きな窓は南向きに開いている
絹のキモノをきた二人の乙女
美しく、一人はカモシカのようだった。
しかし猛々しい秋の風は
夏の花輪から花をもぎ取ってしまった。
姉は死刑宣告を受け
釈放されたが、無知の者たちとともに
陰謀をたくらみ、わびしい余生を過ごした。
私には妹が何を夢見ていたかは分からない

ぼんやりとした理想郷だろうか、そして彼女は
年を取ると骨ばって痩せこけ
壮絶な政治の化身のように見える。
何度も私は二人のどちらかを見つけて
あの古いジョージ朝の邸宅のことを語り
心の中の絵をいろいろに混ぜ合わせ
あの食卓でのこと、青春の会話を
思い出したいと思う。
絹の着物を着た二人の乙女
美しく、一人はカモシカのようだった。

なつかしい二人の影よ、
あなた達も今は
大衆の持つ正邪の問題で闘うことの
愚かさが分かっているだろう
無垢なる人、美しい人には時のほかに、敵はないのだ。(II. 一―二五)

「復活祭一九一六年」や「ある政治囚によせて」と同じく年を重ねたことと政治に関わったことで、姉妹はその美しさを失ってしまったと回想されている。第二連で亡くなった二人の霊に語り手が批判的に伝えることは、二人がしていたように大衆とともに活動することの愚かさである。さらに女性にとって憂慮すべき問題は時の流れだけだと言い、イェイツのエイジズムや女性に対する保守的な固定観念が露呈している。また、イェイツが一九三二年にBBCラジオに出演した際にもこの詩を朗読し、自らの政治信条と相容れることはなかったと語ったように一貫してマルキェヴィッチに批判的だった（グールド　九五）。その一方で、この詩は二人に捧げられていながらもエヴァは姉の影に隠れているという印象は拭えない。それは他のイェイツの作品によるマルキェヴィッチの強力な人物造形とともに、一九一六年以降、混乱するアイルランド政治の中で彼女が武力行使も厭わない姿勢を貫く闘士、反逆のヒロインとして記憶され続けたからかもしれない。エヴァ・ゴア＝ブースは詩人として知られているものの、そのような強い姉とは対照的な存在と見なされていた。しかし改めて姉妹の生涯をひも解けば、方向性や手法は異なるものの、二人は驚くほど似ている。エヴァ・ゴア＝ブースも革新的な思想をもって自らの力で人生を切り開いており、決してイェイツが言うような「ぼんやりとした理想郷」を生きていたわけではなかった。

（三）貴族令嬢から闘士へ

コンスタンス・ゴア＝ブースは一八六八年二月四日、ロンドンでアングロ・アイリッシュの準男爵、ゴア＝ブ

図2

ース家の長女として、妹エヴァは一八七〇年五月二二日、アイルランド、スライゴー州郊外のリサデルにて五人きょうだいの第三子として生まれた。父のサー・ヘンリー・ゴア＝ブースは寛大な領主として知られ、領地で飢饉が発生した際には小作人たちに食糧の供給を無償で行い、幼いエヴァはその配給を手伝うこともあった。当時のアイルランドでは土地同盟が結成されるなど、小作人の労働条件の見直しを訴える活動が熱を帯びていた。スライゴーでも集会などが開かれると、サー・ヘンリーは進んで地代を下げ、農民に心をくばっていた。こうした環境で育った子供たちは領地の収穫祭にも積極的に参加し、成長すると姉妹は馬を馳せ付近を散策する際にも領地に暮らす人々との交流は惜しまなかった。特にエヴァは弱者に対する共感がとても強く、自らの出自でもあるアングロ・アイリッシュの地主による小作人の搾取や抑圧に心を痛めていた（キャロル　七、ティアナン一三―一六）。とはいえ姉妹は家庭教師に教育を受け、一八八七年にヴィクトリア女王の即位五〇周年の際には宮中に謁見するなど、貴族令嬢としての生活を送ってもいた（図2）。とはいえ社交界で結婚相手に出会うことのなかったコンスタンスは、貴族令嬢が当たり前に求められる継承のための結婚に対して懐疑的だった。

当初彼女は恋人を求めていた。「既婚者でもいい」と。しかしその後は自由を求めていた。彼女は失望することを恐れていたのだ。「あまりに多くの人が最初は大きな希望を持って誓いを立てて、失敗に終わる、そして結局は不幸な家庭になる」そしてようやく彼女は勇気をふりしぼって立ち上がり、「傲慢で視野が狭く因習にとらわれて理不尽な母親」と「穏やかで優しい感傷的な父親」を説得し、スレードに行かせてもらえることになった。（アリントン　三）

貴族令嬢としてのライフスタイルを拒否したコンスタンスは自由恋愛を求め、画家を志してロンドンのスレード・アートスクール、その後二五歳のときにパリのアカデミー・ジュリアンへと進学する。そして一八九九年、ポーランド人の友人に連れられて行ったパーティーで、ウクライナ出身で国立高等美術学校に在学していたポーランド伯爵カシミール・マルキェヴィッチと出会った。友人とダンスをしていたコンスタンスの美しさをカシミールは「ロセッティかバーン＝ジョーンズから出て来たよう」（アリントン　二〇）とのちに回想したが、友人が予言したように二人は急速に惹かれ合い、アーティストたちとボヘミアン的な生活を送った。カシミールには結婚歴に加え息子がおり、さらに父の死により結婚は一九〇〇年まで待たなくてはならなかった。弟ジョスリンはこの結婚を不安視していたが、コンスタンスは「彼が外国人だということをみんなが気にしないと良いのだけれど。でも、とても彼のことが好きなのです。彼はフランス人とは全く違って、むしろ同胞のようです」（引用、アリントン　二三）。と言うなどして説得し、九月にロンドンで結婚した。翌一九〇一年長女メィヴを出産したが、その点においては貴族女性らしく、子育ては乳母によりリサデルでなされた。夫妻と先妻の子スタニスラスはダブリンに暮らし作家や芸術家たちと交流を深める中で、コンスタンスは政治活動にのめり込んでゆく。特にアイルランド土地問題の延長で活発化した自治問題や労働問題へ強い関心を示していった。イギリス議会で着実に力をつけ、民主的に自治を達成しようとしていたチャールズ・スチュワート・パーネルの失脚後、自治問題はより先鋭化していくこととなったが、コンスタンスも一九〇八年にはシン・フェインに入党、翌年にはボーイスカウトを組織し軍事訓練を指導するなど、より攻撃的な活動へとシフトしてゆく。一九一三年には復活祭蜂起の指導者の一人であるジェームズ・コノリーが率いた労働者ストライキでも炊き出しを行うなど、積極的な活動で投獄されることもあったが、そのたびに彼女の言動や行動は過激になり、一九一六年の復活祭蜂起に結実した。

復活祭蜂起は一九一六年四月二四日にコノリーとパトリック・ピアスを中心とした指導者たちがダブリン中央郵便局を占拠し、アイルランド共和国樹立を宣言したことに端を発する。コンスタンスは副参謀として参加し、ゲリラ戦の支援をしていた。後にダブリン市内の人員不足となった地域ではバリケード作りに協力し、かつ副司令官として狙撃手にもなった。とはいえ蜂起は六日後に全面降伏という結果になった。降伏からわずか一週間のうちに指導者のほとんどが処刑されたが、コンスタンスは女性であるがゆえ極刑をまぬがれ、終身刑に処された。彼女が政治活動に関心を持つきっかけとなった人物の一人であるアーサー・グリフィスはアイルランド系移民も多く、自治問題に強い関心を持っていたアメリカ世論に救いを求めようとし、一九一七年一月に新聞王として知られたランドルフ・ハーストにこのような手紙を送っている。

かつてアイルランドで最も美しかったこの女性（コンスタンス）が、イギリスの有罪判決のせいで一年もたたぬうちに白髪頭になり、腰も曲がってしまいました。このアイルランド女性に対し、引き金を引こうとうずうずしていたイギリスでしたが、アメリカからの反応を懸念し銃殺を思いとどまりました。ですが、いま彼女は死よりも残酷な拷問を秘密裏に受けています。昨今こちらではアメリカからの意見を非常に恐れています。アメリカが知らないと思って、マルキェヴィッチ夫人はイギリス当局から連日虐待されています。どうかアメリカ市民にこのことを知らせてください。（引用、クィグリー 一八五）

ハーストがこの手紙にどう応えたかは明らかではないが、六月には蜂起に参加した他の囚人たちとともにコンスタンスも釈放された。世論は指導者たちの処刑後に大きく変化しており、コンスタンスは生き延びた数少ない指導者として大衆に熱狂的に歓迎された。その後も続くアイルランド独立戦争のさなか、共和主義者たちによる独立政府の労働大臣になるが戦況は芳しくなく、一九二一年には休戦し、英愛条約のもとアイルランド自由国が成立した。コンスタンスは条約には反対の立場をとり、内戦が激化するさなかで繰り返し投獄された。一九一八年に続き一九二三年の総選挙でも再び議員に選出されたが、宣誓を拒否する。内戦の終結後は以前に増してスラム街にて労働者や炭鉱夫に対する慈善活動に注力するが、その中で妹エヴァの訃報が届くと急激に意欲を失い、健康状態も悪化した。エヴァの死からわずか一年後にダブリンのスラム街にある市民病院で、ポーランドから駆けつけたカシミールらに看取られながらその生涯を閉じた。

イェイツがその作品で描き、批判し続けたコンスタンスの姿――慈善活動に尽力し、声を枯らしながら議論をして大衆に迎合する姿――は必ずしも間違っていたとは言えない。むしろそうした面がメディアでも大々的に報じられ、その後の歴史を通じ受容されていたことも否めない。しかしその闘士としての仮面の下には父サー・へンリーから受け継いだ、弱者に心を寄せないではいられない繊細な顔が隠れていたのも事実である。

もう一つの性格的な特徴はその利他主義――苦境に追い込まれた人に対して、半ば強迫観念のように惜しみなく優しさを与え、すぐに共感するという点だった。彼女は他者の関心事のために無私無欲になることができた。この性質は、彼女よりも派手さはないものの、家族の中で最も強く愛情と絆を強く感じていた妹、エヴァと共通するものだった。（ヴォリス　二五）

このような性格はエヴァとの往復書簡に顕著に表れている。一九一六年五月、蜂起の直後にエヴァはダブリンの刑務所を訪れ、それ以降二人は頻繁に手紙をやり取りしている。コンスタンスからの手紙にはその激しい姿を連想させる描写はなく、妹を思いやり労わる様子が伝わってくる。二人は幼少期から精神世界への関心が強く、このような状況でもお互いにテレパシーで交流が可能だと信じていた。さらに投獄後は一日のうち一定の時間お互いのことだけを思い合い、コミュニケーションを取る時間を必ず作っていたとされる（ティアナン　二〇一八、一八五）。一度は離れた二人の人生が、復活祭蜂起で再び交わり始めた。

また、こうしたコンスタンスの別の一面を引き出しただけでなく、作品に昇華してくれたのもエヴァだった。蜂起が制圧された直後の五月に、エヴァは自らの詩劇『フィオナヴァーの死』を出版している。これは一九〇五年に発表した劇『メィヴの勝利』の最終三幕部分の抜粋で、アイルランド神話における戦いの女神メィヴとその娘フィオナヴァーの関係を描いている。メィヴとクフーリンによる激しい戦いとその残酷さを目撃し、繊細な心を持つ一六歳の娘フィオナヴァーはショックのあまり亡くなってしまう。その死を悲しんだ母メィヴは、これまで身を投じてきた統治や戦いへの関心を失い、王国を手放すこととなる。この作品は悲嘆にくれながらも自らの生を受け入れようともがくメィヴの姿を通して戦争の悲惨さを伝えている。ここでメィヴとは対照的に平和を願う心優しい娘フィオナヴァーの姿は、闘士コンスタンスと平和主義活動に尽力したエヴァとも重なり合うかもしれない。一九一六年にエヴァはこの劇を改訂し蜂起の追悼版として出版したが、非常に繊細な鉛筆画で描かれた表紙と挿絵をコンスタンスが担当している（図3）。その政治信条により対立した存在かのように見なされていた姉妹であるが、互いの創作である劇と挿絵の共作を通じて再び交わり、それぞれの作品が互いに作用し合うかのごとく影響し合った。結果としてフィクションを媒介としてその対立に融和がもたらされたともいえる。さらに当時二人が置かれた状況から推察すれば、エヴァの心情はフィオナヴァーというよりも、むしろメィヴのそれと重なり合うのかもしれない。フィオナヴァーの死を悲しみ、無力さを嘆きながらも痛みと自らの生を新たに受け入れたメィヴと同じく、エヴァも終身刑を宣告された姉とその仲間の死を悼み、平和への祈りを込めてこの作品を再び発表したに違いない。そして生きながらえた姉のために、エヴァは動かずはいられなかったはずである。またこの年を境に、コンスタンスとは異なるエヴァの新たな闘いが幕を開けた。

図3

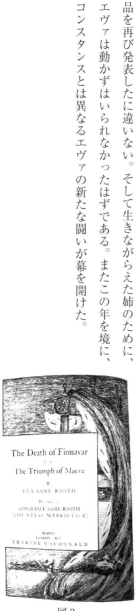

（四）エヴァの闘い

一九一六年五月に発表された『フィオナヴァーの死』は、これまでの闘士としてのイメージに隠されてきた姉と異なる横顔を露わにするだけでなく、蜂起の指導者たちへのエヴァ自身の哀悼の意を示す場ともなった。冒頭には以下のような詩が捧げられている。

詩人たち、夢想家たち、勇者の中の勇者たちよ、
ピアス、マクドナ、プランケット、
コノリー
夢見る者たちは戦士となったが、
墓の中、
その夢のためなら、と喜んで死へと向かった。
そして私の姉、苦しみの激しい日々の中で
凶悪な爆弾が星々をかき消した
あなたの笑顔を再び見られるなんて、思いもしなかった
昨日、鉄窓の向こうでそうするまでは。
あぁ、涙にくれる大地の苦しみと悲しみよ、

理想郷、未来のアイルランドよ、
我慢の時を越えて、あなたの本当の国民は
あなたのために、彼らの悲しみを
崇高なものへと変えるのだ！
夢見る者たちは戦士となったが
墓の中、
勝利するには気高すぎ、戦には勇ましすぎた
メィヴの優しい夢を見ていただろうに
あなたたちに平和と、永遠の愛を。（九）

蜂起がまだ暴徒化した一部の共和主義者たちによる迷惑行為だと目されていた五月の段階では、指導者への共感を隠さないこの詩はかなり踏み込んだものであっただろう。というのもコンスタンスとの姉妹関係があるとはいえ、エヴァは独立問題に関してはイェイツ同様、むしろイェイツ以上に穏健派で、平和主義を貫いていたためである。ここで詩の語り手は指導者たちを名指しし、彼らの自己犠牲を礼賛している。さらには動乱の時代を乗り越えた未来には、アイルランドは彼らを崇高な存在としてみなすと述べ、メディアによる指導者たちの英雄化に先んじた評価をしている。「復活祭一九一六年」で彼らを不滅の存在としたイェイツとは異なり、極めて私的な気持ちの吐露であるとはいえ、ここではコンスタンスも登場する。姉のように武器を持つことはなかったが、エ

ヴァも別の意味で闘っていたのだ。

家庭教育を受けている頃から詩作に励んでいたエヴァは、イェイツが一八九四年リサデルに滞在した際にも互いの作品について語り合ったといわれる。そして十代の頃からコンスタンスが自由恋愛を望んでいたのとは対照的に男性や男性的なものを拒否していた。「彼女の詩は男性性への冷静な拒絶を表明しており、十代の頃から男性に対して独占欲、支配性、機械的——物質主義の鉄の要塞——という要素を結びつけていた。そして女性に対しては直感、自然、恍惚となる平和を結びつけていた」（ルーイス　二四）というその思想は、「女性の権利」という詩にも表れている。

暗く陰鬱な町では
夏の緑は踏みにじられた。
至るところは凍っている、凍らされたのは
思想と祈りの泉だ。

私たちと共に立ち上がり、行こう
生きた水が流れるところへ。

ああ、男たちが何を言おうが

私たちが歩むのは広く開けた道だ。

あぁ、男たちが何を夢見ようが
私たちには青い空と流れる水がある。

男たちは塔や壁をそびえ立たせる、
私たちには崖や滝がある。

あぁ、男たちが何をしようと
私たちには黄金と青空がある。
男たちは尊大で傲慢で
すべての緑の世界は私たちの味方だ。（II. 一一―二六）

ここで男性は無機質にそびえ立つ障壁であり、一方で女性は自然の産物や美と結びつけられる。男性が支配する世界で凍てつく自然は女性の不自由さを象徴し、そこでは自由な祈りも思想もままならない。そうした世界を変えていこう、と語り手は自然の力を味方につけて、女性たちへ連帯を呼びかけている。姉とは非常に強い絆を保っていたエヴァであるが、「『遺伝』という詩で『自分の魂は／母の心からは育まれなかった』と自分と母とが繋がっていないと明言した」（ルーイス　二五）ように、母親とのつながりは希薄なものだった。エヴァにも縁談の話などは特になく、姉と同じく本来なら貴族令嬢に求められる結婚、家族観は持っていなかったと考えられる。一八九四年のイェイツ滞在後、父に連れられて北米と西インド諸島を周遊し、その後は母とバイロイト音楽祭、さらにはイタリアへと旅をした。そして一八九六年にヴェネチアで病に倒れ、ボルディゲーラにある知人の別荘で療養生活を送っていたとき、同じくそこに滞在していたイギリス人女性、エスター・ローパー（一八六八—一九三八）と出会い、運命が動き始めた。

一八六八年、マンチェスター出身のエスター・ローパーはアイルランド移民二世の母と、労働者階級出身ながらのちに牧師としてナイジェリアで伝道活動を行った父の長女として生まれた。両親はナイジェリアに滞在することが多かったため母方の祖父母のもとで育った彼女は、大学在学中から女性の権利拡張を訴え、ニューズレターの発行や学内誌への寄稿などを行い、一八九一年の卒業後は活発なフェミニストとしての地位と名声を少なからず獲得していた。しかし健康を害し、療養のため訪れたイタリアでエヴァと出会う。この出会いをエヴァは「旅人たち（E・G・Rに捧ぐ）」という詩にこのように描いている。

あれは不思議だったたね、穏やかな浜辺で
私たちの人生のざわめきが止んだこと
イタリアでオリーブの木の下で、私たちは平和と
この世界で最も素晴らしい歌を見つけたこと。

不思議だね、平和は翼を持っていたのに、
かつて違う道を行き、
混乱したざわめきの日々を過ごした
その生から死への道すがら、あの素晴らしい歌が響き渡ること。

そんな悲しみの日には歌うことは出来ずに、
人生は沈黙のまま終わってしまう
そして暗闇の中、友は離れて行き、
私たちの愛も無益なものになってしまうのだろうか。

長きにわたる苦役と続く対立の憂鬱を
喜びに変えるあなたの愛の調べは
私たちの人生よりも素晴らしいものではないだろうか
その歌は死を乗り越えて生きのびるのではなかろうか。（II. 一―一六）

療養生活を送っていたある日、庭のオリーブの木陰に立っていたエスターがエヴァに目を止めたことをきっかけとして二人は仲を深めていった。語り手は詩を捧げたE・G・R、つまりエスターに対し、この出会いを反芻して語りかけている。出会った瞬間にまるで運命の鐘が鳴り響いたかのような衝撃で始まった二人の関係は美しい音楽に喩えられ、その音色は関係の紆余曲折に左右されず神聖で永遠なるものであり、その死さえも乗り越えて響き渡る、と二人の愛が強く礼賛される。エスター自身も後に「一八九六年から私たちはほとんど離れたことはなかった」(引用、ティアナン　三〇)と述べているように、二人はとても強い絆で結ばれていた。この出会いの後、一旦は自宅へ戻ったエヴァはエスターの活動に触発されてリサデルで集会を開くこともあった。しかし翌一八九七年、貴族としての人生すべてを捨てて、エスターが暮らすマンチェスターへと転居した。付近には親類が土地を所有し、教区牧師を務めているものもいたが、それらと一切の関わりを断ち、最貧困層のため慈善活動に勤しんだ。新たな生活と環境のせいで体調を崩したことをきっかけに、さらに活発な文筆活動に勤しみながら自らの全財産をエスターに残すという遺言書も作成した。姉と同じような社会的弱者に対する強い共感が彼女を突き動かし、パンフレットの発行や『マンチェスター・ガーディアン』への寄稿を重ねる。特にバーの女給をはじめとする女性たちの労働環境改善を訴え、労働者階級の女性たちが男性に頼らずとも生きていけるよう、その給与引き上げや保険の充実を主張し続け、女性参政権運動にも参加した。

一九〇五年に発表した『メィヴの勝利』などの作品にも明らかなように、エヴァはどの社会運動に参加していても武力闘争には否定的だった。そうした中でトマス・ベイティという弁護士と知り合い、女性が直面するあらゆる差別の撤廃には性差そのものを拒絶すべきだ、という彼の考えに共感し、彼が中心となっていたエスニック・ユニオンにエスターとともに参加する。ベイティは性差を「私たちが着るもの、プレイするゲーム、就く職業、食べるものに飲むものなど、全てにおいて私たちにのしかかる。人々は一つの、もしくはもう一つの不完全な型に自らを嵌め込まなくてなくてはならない」（引用、デラップ　二七九）枷と見なしていた。そして一九一六年になると、そうした彼女の穏健派としての活動に変化が生じる。その契機となったのは復活祭蜂起に加え、蜂起に加担したとして友人のサー・ロジャー・ケイスメントが逮捕され、国家反逆罪で有罪になったことである。エヴァは友人の逮捕に大きな衝撃を受け、裁判の傍聴のみならず国会議員をはじめ様々な知人や媒体に減刑の嘆願をしたが、その甲斐もなく八月に絞首刑に処されてしまう。姉の逮捕と投獄だけでなく、身近な友人が夢や理想のために犠牲を払う姿を目の当たりにして、エヴァも自らの大義をかたちにすべく行動を起こし始めた。

エヴァによる闘いの第一歩は、一九一六年に『ユーレイニア』という雑誌の刊行を始めたことだった。十代から心に抱いていた男性性の拒絶、そしてエスターとの暮らしやエスニック・ユニオンの思想など、当時の社会規範を個人のレベルで逸脱するのではなく、『ユーレイニア』を通じて発信し始めたのだ。それは当時のフェミニズムと照らし合わせても斬新なものだった。『ユーレイニア』という名前はエヴァが以前から傾倒していた黄金の夜明け団のテンプルであるイシス・ウラニアからとったとされるが、古代ギリシャの神ウーラノスに依拠してエドワード・カーペンターが「ウラヌス的愛」や「アーニング」などと定義した同性愛のことも連想させる。エヴァとエスターが暮らすハムステッドの自宅を拠点にし、私家版であったとはいえおよそ二五〇部が流通し、一九四〇年までの二四年間で合計八二部が刊行された。[1] 毎号の巻頭もしくは巻末には以下のような教義が宣言されている。

ユーレイニアはその全ての表現において、人間にまつわる二元論の拒絶を宣言する。この二元論は二つの歪みと不完全な人間を形成することになった。さらにこの状態を脱するためにはどのような「解放」も「平等」も不十分である。というのも、これらの手段はそもそもこの二元論を認知し許容することを完全に否定していないためである。もしも世界が個人の中に自立と魅力の融合を見出そうとするならば、二元論を認めてはならない。というのもそれを基にして、個々の中に型にはまった歪みが必然的に持ち出されてしまうからである。

ユーレイニアには男も女もない。(『ユーレイニア』一九一九年三―四月号、一)

また、同号の巻頭にはエヴァによる詩や『メサイア』の「彼らの枷をぶち壊そう。彼らの束縛を投げ飛ばそう」(一)と言う一節が記されており、性差やそれに伴う異性愛規範への反発と逸脱を明言している。さらに彼女たちは「強制的異性愛とそれを元にした結婚は性差を強調するもので、女性の人間としての成長や精神性を邪魔するものだと考えており、両性のカテゴリーそのものを取り払うべきだと考えていた。」(オーラム 二一七、二二四)と指摘されるように、こうした思想とスローガンのもと、『ユーレイニア』には世界各地の新聞、雑誌記事の抜粋が掲載された。外務省の法律顧問として一九一六年からベイティが日本に滞在していた影響か、日本の女子教育や女性参政権運動など、アジアの女性に対する関心の高さも見受けられる。その他には独身女性の擁護、ベジタリアニズムの推進、死刑廃止論や女子スポーツ、エドワード・カーペンターについてなど、エヴァやエスターの関心やライフスタイルが反映されていた。また一九二四年一二月号を皮切りとして「性とは予期せぬもの」という記事が繰り返し掲載され、性転換をする鳩や水生昆虫を例示しながら、性差そのものを取り払うという『ユーレイニア』の信条が反復される。「人間にも両性の特質を持ち、男性でも女性でもない人がいる。どちらでもないが、まぎれもなく中間に位置する人々である。第三の性に属するそれらの人たちを男性だ、女性だとレッテルを貼るのは間違っている。」（七）と締めくくられたこの記事以降、鶏の性転換や男性になりたい少女のエピソードなど、単なる性差のカテゴリーの否定から、より一歩踏み込んだテーマが扱われはじめる。その間もエヴァは詩作や関心を深めていた神智学協会での活動に勤しむが、一九二五年一一月での演説を最後に表舞台から消えてしまう。翌年初頭から体調が悪化したことを受け、かつてマンチェスターで二人と同居していたエスターの弟レジナルドがハムステッドに移り住み、エスターとともに看病に当たるが、六月三〇日に自宅でエスターに見守られながら、「あの美しい笑顔、愛する人を目にしたときの明るい笑顔を見せると、目を閉じて」（ティアナン　二〇一二、二五二）、息を引き取った。コンスタンスはその知らせに「たった一つ残っていた本当の繋がりが突如として消えてしまった。」（アーリントン　二五三）と動揺し抑鬱状態となった。そして七月三日にハムステッドで執り行われた葬儀には参列できず、ゴア＝ブース家からは弟と妹が参列した。

（五）エヴァの遺したもの

その死後発行された『ユーレイニア』一九二六年五―八月号の巻頭にはエヴァの追悼記事が掲載された。そこには彼女の出自の紹介とともに、その平和主義的姿勢が強調されている。

スライゴーの保守的な家庭の娘がどうしてこのようにはっきりと慣習に反旗を翻すことになったかはわからない。しかし我々の仲間でもあるマルキエヴィッチ伯爵夫人とは異なり、彼女の戦いは暴力的だったり、政党政治に関わることはなかった。……活発で高潔な彼女にとってはどのような暴力も憎むべきものだった。抑圧は憎むべきものであり、聖ペテロの剣よりもキリストの穏やかさの方を好んだ。……自由こそが彼女の息吹だった。(一)

同じ号にはフィンランドでの男女平等、日本での女子教育や就職、トルコ人女性が政治の場で活躍する様子、女性参政権などに関する記事が掲載されているが、中でも目を引くのは中国での女性の同性婚についての記事である。これによると当事者たちはごく自然に暮らし、誰にも何も隠すことなく地域に受け入れられて添い遂げたとされている(七)。この記事によってエヴァとエスターの暮らしが暗に示され、二人が添い遂げたことが連想される。その後の『ユーレイニア』はますますラディカルさを増してゆく。一九三三年五―八月号には『現代のサッフォー』が掲載されるが、これはエヴァが生前から語っていたことと類似しており、ギリシャの女性詩人サッフォーを二〇世紀に再評価した最初の例だと言われる(ティアナン 二〇一二、二三〇)。さらに一九三六年には巻頭から大々的に人間の性転換手術を特集し、三八年にはノンフィクションと称した女性同士の恋愛小説が掲載される。これは一九三五年に出されたバイセクシュアルこそが恋愛の規範になる、という考えと響き合うものであり、一九四〇年の最終号でも同様の主張がなされるなど、『ユーレイニア』はエヴァの抱いた思想が極めて具体的に結実している。そしてエヴァの亡き後、その遺作やコンスタンスの書簡集をまとめていたエスターは一一年後の一九三七年に心疾患でこの世を去り、ハムステッドのエヴァと同じ墓に埋葬された。
二人の伝記を著したギフォード・ルイスは「二人は同居をしていたが、別々に眠り、看病の時にしか互いの寝室に足を踏み入れたことがなかった」（八）と、二人の同性愛を否定するとともに、あくまで友情による同居であったことを強調する。さらには「二人があまりに親密であったために、フェミニズムの歴史からその名が隠されてしまった」（三）とまで論じているが、エヴァの詩には明らかに彼女の愛の主張が示されていた。「三つの愛のかたち」では理想の愛について、「愛は人生、光であり／それは遠く数多の／夜の鏡にも光りかがやく／太陽の愛は星へ。」（II. 九―一二）として、愛と光を同一視して定義づけている。これに加えて「人生を讃えて」では、そのように重要視していた光と愛にサッフォーという要素が追加されている。「サッフォーは正しかった／人生において、愛が神であり、思慮深い慈悲の心は／決して死なない／人生も、愛も、光も。」（II. 三四―三七）サッフォーから連想されるレズビアニズムは語り手にとって神聖な愛そのものであり、不滅のものである。そして最期の作品である「嵐の後に」では、愛によって世界が一つになり、光あふれる様子が描かれる。

突然に、いたるところで
　雲と波が一つになった
嵐で空は晴れ
　海が太陽と青空を抱きしめた
上も、下もない

すべてが光、すべてが愛
あなたが亡くなるときは、このようになるのだろうか（II. 一―七）

最終行で突如として死のイメージが挿入されるが、どちらかを亡くす悲しみよりも、苦しみや嵐を乗り越えて世界は光に包まれ、語り手は二人の愛の象徴である光の美しさを礼賛している。これは二人の運命的な出会いを描いた「旅人たち（E・G・Rに捧ぐ）」での死後も二人の愛の調べは残る、という主張と重なり合う。イタリアでの運命的な出会いから三〇年あまりの時を経て、二人の絆は死をも分かつことができないと描いている。

こうした二人の関係は、コンスタンスも分かっていただろう。エヴァの訃報を受けて行き来した手紙からはそれが察せられ、思いやりに溢れたやりとりが続いた。訃報を受けた直後には抑鬱状態に陥りながらも、エヴァとエスターの二人を思い浮かべたと述べている。

彼女のような人はいませんでした。彼女は素晴らしく美しく、とても真面目で自分のことなどちっとも考えていませんでした。私にとってどれだけ大切な存在だったか、きっと想像もしていなかったでしょう。私はとてもぼんやりと愚か者になってしまったような気がしていて、自分の気持ちをうまく表現できないままでいます。でも彼女の優しさが私の残忍な行為を押さえてくれたこともあったんです。ある日人を撃とうとしたけれど、彼女のおかげで踏みとどまれました。私が落ち込んだとき、いつも彼女はいつもそこにいてくれました。エヴァとあなたが。」（ノートン　二〇一八、一三一）

その後の手紙からはコンスタンスの心が少しずつ癒され、エヴァのことをそばに感じるなど、心境が変化していく過程が描かれている。

でも最近エヴァがそばにいると感じたり、彼女を見かけたりするようになってきました。絵を描いていると雲の合間から私の方を見て、手助けをしてくれるのです。突然目が醒めると、彼女がそばにいたような気がすることもあります。先週日曜のミサでは、彼女のことは全く考えていなかったのに、突然司祭の後ろから私に向かって微笑んできたんです。あれは本当で、本物のエヴァで、いつもすぐそばの何処かにいてくれます。（ノートン　二〇一八、二三二）

この手紙ではエヴァの死は認めながらも葬いのときは過ぎ、その姿を身近に感じ始める様子が語られる。コンスタンスからの最後の手紙では、姉妹は二人の魂が一つになれると感じていたことが伺える。

もう前のように淋しく感じることはなくなりました。あなたももう少ししたらそうなるはずです。あなたならきっと。私よりも彼女の肉体のそばにいたあなたなら。彼女の存在はとても美しく素晴らしかったけれど、エヴァの精神は彼女のいたるところにあり、その肉体は人間という入れ物で、それを通って輝いていたのだから。（ノートン　二〇一八、二三四）

エヴァが死後に魂が一つになり世界に光が溢れると描いたように、コンスタンスもエヴァと心を寄せ合い一つになれると信じていた。そしてコンスタンスはエスターとエヴァの深い絆を思い起こしながら、その心にも平穏が訪れることを願っている。この手紙を最後にコンスタンスも病に倒れ、五九年の生涯を終えた。生前から断っていたため国葬はされなかったが、多くの市民が建国のヒロインの葬列に駆けつけたといわれる。

(六) おわりに

イェイツが描いたような、苛烈な闘士コンスタンスとおとなしい妹エヴァ、というイメージの強さは否定しようがないが、アイルランドにとって大きな転機であった一九一六年から一〇〇年を経て、二人の人物造形はより豊かなものへと変化している。特にフィクションにおいて女性の語り手が二人を見るとき、どちらの人物もとても穏やかで、それでいながら力強く、他者の心を動かす存在として描かれている。ポーラ・タリーによる短編小説「伯爵夫人との出会い」(二〇一七)において、アイルランド出身の主人公デヴラは蜂起後のアイルランドを離れ、イギリス人の恋人とロンドンで生きていこうと決意していたが、知人の伝手でコンスタンスと国会議事堂を訪れる機会を得ている。ここで描かれるコンスタンスの様子は、反逆者のそれではなく、むしろ優しさをたたえたものである。

国会議事堂の複雑なゴシック建築の構造を見上げていると、年老いた女性の低い声が肩の上に落ちて来た。

「この上なく美しいものも傲慢さと残忍さには負けてしまいますね」
その一言が、絶え間ないロンドンの喧騒を沈黙させた気がした。デヴラが振り返ると、そこにはマルキェヴィッチ伯爵夫人がいた。近頃の過酷な状況のせいで顔色は青白く、長いウールのコートとデイドレスは長身で痩せた体にゆるくかかっていた。しかしデヴラはその質素なつば広の帽子の下に、グレーの瞳が隠れた水晶のように輝いているのが見えた。また、その口元は笑顔を浮かべようとしたのだろうが、苦笑いになっていた（一二二）

……

「いま私が二人で見たいのは、単なる名札なんかじゃありません。これは私たちの未来そのものの象徴で、私たちの命がけの闘いのれっきとした証明になるものです。どのような犠牲を払おうとも、アイルランド独立のために戦う、という私の運命に向かって、さらに力を与えてくれるのです。」（一二三）

強い印象を残しながらも穏やかに語り合った後、主人公は集会所でエヴァの演説を聞く。穏やかな姉と熱気を帯びて語る妹という逆転されたイメージで描かれた姉妹の影響によって、デヴラの眠っていた愛国心は激しく呼び覚まされてしまう。同じようにエヴァによって主人公の心がかきたてられる様子が戯曲『伯爵夫人とレズビアン』（キャロリン・ゲージ　二〇〇七）でも描かれている。蜂起の直後にエヴァとエスターがコンスタンスに会いに行く場面を劇にして上演する、という設定のこの作品は、コンスタンスを演じる劇作家とエヴァを演じる女優の恋人、さらにエスターを演じ、二人の恋愛関係に横槍を入れようとする女優の三人の間で展開される会話劇である。ここで劇中劇に登場するエヴァは、その台詞と語りで主人公たちの心を動かし、彼女たちの争いをなだめ、なおかつ自らの愛の強さを伝えている。エスターを演じる女優はその役の台詞で「私の言葉では彼女との友情の美しさを表現しきれない。でも『愛はいつまでも消えない』と言える……彼女は私たち二人の人生を美しいものにしてくれた」（六七六／七〇五）と語り、作品と同じくエスターとエヴァの恋愛が示される。そしてこの劇はエヴァによる以下のような演説で締めくくられる。

今このときも（イギリスから）兵士が大挙して押し寄せ、アイルランドを制圧しにやってきます。その様子を半ば情熱を込めながら、シニカルに、悲劇的でも非常に軽蔑した様子で眺めるアイルランドのことは決して征服できないでしょう。その様子は、苦しみを乗り越えて、どこか不思議な強さを秘めた人間の魂が見せる笑顔に似ています。（七〇五／七〇五）

エヴァはナショナリズムの文脈ではあまり語られてこなかったが、これらの作品では若い女性の愛国心をかきたて、さらに彼女自身にも愛国心を吐露させることで、コンスタンスと同じく改めてアイルランドの地場に位置づけられている。ラディカルで闘っていたのは、姉だけではなかった。愛国者でありレズビアンで、弱者を守り連帯し、穏健派ながらも社会の規範をはっきりと拒絶する、ハイブリッドな闘うヒロインとしてエヴァの姿が喚起される。かつてエヴァは『フィオナヴァーの死』において、未来のアイルランドは復活祭蜂起の指導者たちを自らの英雄として受け入れる、と語った。二人の人生の転機から一〇〇年が過ぎ、現代の私たちはそう語ったエヴァを姉の影に隠れて「ぼんやりとした理想郷」を描いた詩人としてではなく、多様な自分らしさや生き方を求めた女性のパイオニアとして、再評価できるのではないだろうか。

註

1 『ユーレイニア』は私家版であったことと、エヴァの死後エスターが多くの資料を焼却してしまったため、正確な読書層は残されていないが、当時はケンブリッジのニューナム・コレッジやガートン・コレッジ、アメリカのウェルズリー・コレッジでも購読されていたといわれる。

引用文献

Arrington, Lauren. *Revolutionary Lives: Constance and Casimir Markievicz*. Princeton UP, 2016.

"The Countess Markievicz." *The Times*. 1 May 1916, p. 12. Microfilm.

Carroll, Ann. *Countess Markievicz: An Adventurous Life*. Poolbeg P, 2016.

Delup, Lucy. *The Feminisit Avang-Garde: Transatlantic Encounters of the Early Twentieth Century*. Cambridge UP, 2009.

"Eva Gore-Booth." *Urania*. May-August, 1916. pp.1–2.

Gage, Carolyn. *The Countess and the Lesbians. Kindle*, Amazon Service International, 2012.

Gore-Booth, Eva. *Eva Gore-Booth: Collected Poems.* Edited by Sonja Tiernan. Arlen House, 2018.

——. *The Death of Fionavar, from the Triumph of Maeve*. Hardpress Publishing, 2012.

Gould, Warwick. "W. B. Yeats's 'Poems about Women: a Broadcast.'" *Yeats and Women*, edited by Deirdre Toomey. Macmillan, 1997. pp. 384–402.

Lewis, Gifford. *Eva Gore-Booth and Esther Roper: A Biography*. Pnadora P, 1988.

Murray, Jenni. *Votes for Women! The Pioneers and Heroines of Female Suffrage*. One World, 2018.

Naughton, Lindie. *Markievicz: A Most Outrageous Rebel*. Merrion P, 2016.

——, editor. *Markievicz: Prison Letters and Rebel Writings*. Merrion P, 2018.

O'Faolain, Sean. *Constance Markievicz*. Sphere, 1934.

Oram, Alison. "'Sex is an Accident: Feninisim, Science and the Radical Sexuality of Urania, 1915–49.' *Sexology in Culture: Labelling Bodies and Desires*. Edited by Lucy Bland and Laura Doan. U of Chicago P, 1998, pp. 214–230.

Quigley, Patrick. *Sisters Against The Empire: Countess Constance Markievicz and Eva Gore-Booth, 1916–17*. Liffey P, 2016.

"Sex an Accident." *Urania*. September-December, 1924, p. 7.

Tiernan, Sonja. *Eva Gore-Booth: An Image of Such Politics*. Manchester UP, 2012.

——, editor. *The Political Writings of Eva Gore-Booth*. Manchester UP, 2015.

Tully, Paula. "Meeting Countess Markievicz." *Meeting Countess Markievicz and Other Irish Short Stories*. Orchid P, 2017, pp. 115–120.

Voris, Jacqueline Van. *Constance de Markievicz: In the Cause of Ireland*. U of Massachusetts P, 1967.

Wade, Allan. *The Letters of W. B. Yeats*. Rupert Hart-Davis, 1954.

"Woman Marries Woman" *Urania*. May-August, 1926, p. 10.

Yeats, W. B. *Yeats's Poems*. Edited by A. Norman Jeffares and Warwick Gould. Macmillan, 1989.

Column 4

一六人目の英雄
――復活祭蜂起とロジャー・ケイスメント

「彼らは永遠に記憶される、彼らは永遠に生きる、彼らは永遠に語る、人々は永遠に彼らの声を聞くだろう。」イェイツがそう描いたのは祖国のために身を捧げようと反乱へ参加した市井の若者たちの姿だった。その舞台となったのは一七九八年、アイルランド共和主義の父と評されるウルフ・トーンが指揮をとったユナイテッド・アイリッシュメンの反乱である。一九〇二年に発表された劇『キャスリーン・ニ・フーリハン』に大きく心を動かされて武装蜂起へと向かい、主人公たちと同じような運命を辿ったのが一九一六年復活祭蜂起の指導者たちだった。

一八〇〇年の合同法成立と翌年の連合王国への併合以来、議会主義者たちと武闘派たちは微妙な均衡のもとで対立しながら共にアイルランド自治を求めていた。しかし紆余曲折を経て一九一一年に成立した自治法は一九一四年の第一次世界大戦勃発により頓挫してしまう。大戦下のイギリス軍に協力が求められる中、アイルランド世論は二分していた。そして運命の一九一六年年四月二四日、パトリック・ピアス、ジェームズ・コノリーを中心とした蜂起の指導者たちはダブリン市内の中央郵便局を占拠し、アイルランド共和国の樹立を宣言した。四つに分かれた義勇軍部隊は市内の制圧に成功するが、予定よりも参加人数が集まらず、わずか一週間でイギリス軍により制圧されてしまう。当初は少数の共和主義者による迷惑行為と見なされ、蜂起のせいで自治の達成がさらに遠ざかってしまう、と批判的な報道もなされたが、彼らが逮捕後すぐに銃殺刑に処されると市民感情は一変する。中でも逮捕時に歩くこともままならないほどに負傷していたジェームズ・コノリーが椅子に縛り付けられてまで処刑されたことなどが詳細に報じられると彼らへの同情が集まり、結果として反イギリス感情とナショナリズムが強く掻き立てられた。続く独立戦争と英愛条約の締結によるアイルランド自由国設立、さらにその翌年からの内戦という動乱と大きな傷を残した時期に、イェイツは「復活祭一九一六年」や「一六人の死者」などの作品で蜂起を昇華し、彼らを建国の英雄と位置付けた。

そうした英雄のひとりに数えられながらも、その評価が歴史のうねりの中で二転三転せざるを得なかった人物にロジャー・ケイスメントが挙げられる。二〇一六年の蜂起一〇〇周年記念事業において、ピアスやコノリーを上回るほどさまざまな場で取り上げられていたのもケイスメントだった。

アングロ・アイリッシュのプロテスタントとして生まれたケイスメントは大英帝国の役人としてコンゴやペルーに勤め、横行していたゴム採取場での原住民に対する搾取と虐待をを告発し名声を得た。その後は独立運動へ積極的に参画し、役人の職を辞すると大戦時の敵国ドイツへ協力を仰ぐも失敗し、蜂起の直前に帰国したところを逮捕された。すぐさま処刑された蜂起の指導者たちとは異なり、ケイスメントはイギリスで裁判を受けた。人権擁護者としての知名度の高さから減刑の嘆願が出されるも、八月三日にロンドンで絞首刑に処された。裁判中にイギリス政府は逮捕時に押収された日記を回覧していたといわれる。そこには同性愛の表現があったことで後に『黒い日記』と呼ばれたが、これはあくまでイギリス側による捏造だという陰謀論が死後多く取り沙汰された。しかし一九六五年に国葬された際にも、日記についての議論は封印されたままだった。一九九三年まで同性愛が刑法上違法であったアイルランドでは、独立の英雄が同性愛者であってはならなかったし、イギリスの謀略により命を落とした犠牲者でいつづける方が都合がよかったのかもしれない。

伝記をはじめとして、その後の歴史の中では不当に同性愛の疑惑を持たれて命を落としたアイルランドの殉教者としてのケイスメント像が反イギリス感情を引き起こすようにして量産された。その結果、二〇〇二年に筆跡鑑定が行われるまで議論は日記とその中身が捏造されたのか否かという問題のみに収斂されてしまった。ようやく行われた鑑定によって捏造は否定されたが、長きに渡り多くの対立を招きながら続いた論争は「ケイスメント・カルト」とまで呼ばれたほどだった。

しかし二一世紀を迎え、そのセクシュアリティにまつわる問題が公になってからの変化は現在に至るまでアイルランドが歩んできた変化の道のりと奇妙にも重なり合う。彼の同性愛をも受け入れられる、という時代と社会の変化とともに、彼の名は常に縛りつけられてきた私的な日記からようやく解放された。蜂起一〇〇周年には回顧展がヒュー・レイン・ダブリン市立美術館、アイルランド国立博物館などで大々的に開催されるなど、その多岐にわたる活動へ多くの関心が集まっている。このことは長きにわたる武力闘争を経て結ばれた一九九八年の和平合意を境に、アイルランドがイギリスの旧植民地という枠組みを乗り越え、EUのアイルランドとしての地位を確固たるものとし、さらに世界で初めて同性婚を国民投票で合法化するなど、そのイメージを刷新し変貌したことと響き合う。そうしたアイルランドを地場として死後一〇〇年ののち、ケイスメントはその多様な顔とともに、かつてイェイツが詠ったように人々に記憶され続けている。

（中村麻衣子）

フリーダ・ロレンス（一八七九―一九五六）

――恋愛を手段とした自己形成

加藤　彩雪

フリーダ・ロレンス

ドイツのメッツに生まれる。父親は普仏戦争を戦った旧家の貴族出身で、旧姓はフリーダ・フォン・リヒトホーフェンという。英国ノッティンガム大学の言語学の教授であったアーネスト・ウィークリーと結婚後、三人の子供を設けるものの新鋭作家D・H・ロレンスと出会い、再婚。第一次世界大戦後は、ロレンスと共にオーストラリアやアメリカを始めとする非西洋諸国を旅した。ロレンス死後は、イタリア人の将校と三度目の結婚をしラヴァリ夫人として七七年の生涯を終えた。

（一）はじめに

イギリス人作家、D・H・ロレンス（一八八五―一九三〇）の小説は、その短い生涯の中で、変わりゆく政治情勢や異国の影響を受けながら大きく変遷を遂げた。中でも、妻フリーダ・ロレンス（一八七九―一九五六）はロレンスの文学的なミューズであった。マーティン・グリーンも指摘するように、それはロレンスが頭の中でのみ描くことができた思想や理想をフリーダが実人生で体現していたからである（八）。一般的にはこのように、このカップルの関係は、いかにロレンスがフリーダを必要とし、そして文学的な恩恵をフリーダから得たのかという観点から考察されることが多い。しかし、「女性としての空間」を拡大するために、フリーダの方も、ロレンスを積極的に必要としたのではなかったか。フリーダは、ロレンスとの恋愛を通して、自身の生き様を彼の筆に乗せて形にすることで、家父長制やジェンダーのタブーに反抗し、女性としてのアイデンティティを確立したと思われてならない。

そこで、フリーダにとって、恋愛が一体どのような点において、彼女の女性としての自己形成に結びついたのか考察したいと思う。そのことによって、国籍も階級も異なるロレンスとの交流が、男性中心社会や既存の社会常識から解放されるためにとった、彼女の特異な手段であったことが明らかになるだろう。それは、今日までロレンスの妻としてのみ広く認知されてきたドイツ人女性フリーダを、「新しい女性」として読み直す営為である。まずは、フリーダにとって一体「愛」とはどういうものだったのだろうか考えてみたい。D・H・ロレンスが小説の中で描く恋愛が、身体的な接触を伴うことは周知の通りである。同様にフリーダの恋愛もまた、身体的で情動的な要素を含んでいた。精神的な信頼による繋がりに加えて、自身の女性性や肉体の魅力、そして官能性が生かされるような動的ダイナミズムが生まれる場こそが、彼女が恋愛と呼ぶ空間であった。そしてそれは、ロレンスとの関係にみられるように、不倫という形で実現された。さらに、フリーダにとっての恋愛は、不倫という言葉が示唆するように、非日常・非現実的な状態でないと燃え上がらないことが多々あった。家庭や常識、そして日常の外側でならば起こりうる一般的にタブーとされるような関係が、フリーダの求めた恋愛の場であった。経験することをためらうが故に、多くの人々の空想の中のみに存在するような恋愛、それに身を晒したのがフリーダであり、このような恋愛を実現させたのが、常識の外側、つまり文学界の異端児ロレンスとの交流であったのである。そして二人の交流は大きな情熱のうねりとなり、フリーダが女性としての自己を形成する上で大きな貢献を果たすことになる。その経過と成果をこれから時系列に従って考察していこう。

(二) リヒトホーフェン姉妹

時は一九世紀のドイツ。それは、ビスマルク(一八一五―九八)の時代であった。一八四八年のドイツ統一後、軍国主義によって国を統一したビスマルク政権では、「夫と父親が主人である家族」(グリーン 四)が模範とされた。そんな男性中心の父権的社会の中に生を受けたのが、フリーダであった。フォン・リヒトホーフェンという姓から想像できるように、父親はプロイセンのユンカーの旧家出身だ。彼は普仏戦争を戦い、規律と権力を重んじる軍隊での経験は、父権制という秩序と親和性を持っていた。

ここで、ドイツの家庭生活や父権制の特徴の一つとして、情動的な恋愛の不在を指摘したい。一九世紀のドイツにおいて、家族という集団の基盤は、現実世界における夫の社会的地位にあった。それは、情動的な恋愛が夫婦生活を彩るのではなく、あくまでも、家庭の支柱は男性であり、その社会的な役割を通して、家族全員が生かされているという考え方である。このような社会通念のもと、性愛的な恋愛は家庭の外側にのみ存在していた。ドイツのキャノンであるワーグナーの悲劇が示唆するように、男女の情愛はあくまでも家庭の外側で、倫理観や社会の軋轢の中で、極めて感傷的に存在していたのだ。フリーダの理想とする恋愛、つまり情動的で身体的な意味合いを帯びる恋愛は、理性的で官僚的な家庭の実生活に入り込む余地はなかったと言える。

ここで、リヒトホーフェン一家の若い女性二人、リヒトホーフェン姉妹に登場してもらおう。この姉妹は、「既存の社会への反抗」という共通の目的に向かって歩み、知識人や政治家を始めとする社会の主流に君臨する男性に従うことを拒んだ。男性が牛耳る社会のメインストリームへの反抗の中に、リヒトホーフェン姉妹各々の個性を見ることができるというわけだ。しかしながら、その反抗の手段は、正反対であった。エルゼは学問の世界で、フリーダは男女の関係の中で自己形成を図った。

では、姉のエルゼから考察していこう。彼女は、当時は男性の世界と見做されていた学問の世界に、果敢にも侵入した。大学での研究に邁進し、男性との対等な議論によって彼らとの新しい関係を築こうと試みたのである。ここで当時のドイツの教育事情を俯瞰してみよう。ドイツでは、一八八七年まで男女の教育を訴える動きが下火であった。その後は、この年の年末にプロイセン議会に提出された請願書により、女子教育制度が見直され、女子の中等教育が推奨されるようになった（佐藤　一五五）。しかしながら、大学は依然として男性の領域であり続けた。ドイツの女性が大学で教育を受けるにはスイスの大学に留学せざるを得ず、結局は「家庭という限定された圏域において活動する存在」であることを強いられたのであった。

このような社会の風潮の中でエルゼは、ハイデルベルク大学から教育の機会を与えられるという稀有な機会を勝ち取った。そして、マックス・ウェーバー（一八六四―一九二〇）やオットー・グロス（一八七七―一九二〇）を始めとする、ドイツを代表する頭脳との交流を果たし、知的活動の結実として、ハイデルベルク大学初の女性の博士号を手にした。しかし、彼女の人生は幸せとは言い難かった。これが、本章が注目する女性フリーダとの大きな違いである。エルゼは、学問の世界ではある程度の成功を修め、その後政治活動に身を投じるようになるが、晩年になると研究から身を引き、不幸な結婚生活を受け入れ、九九歳で人生を終えた。彼女は十分に男性社会で戦ったが、晩年は男世界から身を引く決心をしたのだ。ここに読み取れるのは、民主化が遅れ、普仏戦争を彩った軍国主義が色濃く残る一九世紀ドイツには、女性が男性と対等に社会を渡っていける土壌が極めて脆弱であったという事実である。

一方で、フリーダは男性の領域とされる分野には無関心だった。男性の支配する世界を犯したエルゼに対しフリーダは、「学問や政治などの実社会は男性の世界であるから私は不干渉」という割り切った態度を終始みせたのだ。もともと、勉強嫌いであったこともあるが、彼女はどんな時も（ノッティンガム大学の教授との結婚生活や、二番目の夫ロレンスが社会主義に傾倒した時でさえも）、学問や政治は男性のものであると、それらをさっぱりと男性に譲り渡しているように思われるのである。しかしながら、そのあっけらかんとした姿勢の背後に、フリーダのある特異な性質を見て取れることを指摘したい。ここで留意すべきは、「恋愛」という視座である。

リヒトホーフェン姉妹の伝記を書いたグリーンは、若き日のフリーダの「喜び」について次のように述べている。

フリーダの子供時代の幸せな思い出といえば、家の煩わしさから逃げ出して、軍隊の訓練場でホームシックになった若い徴収兵たちが集まって唄ったりしゃべったりしているところへ駆けていったことだった。彼女は一人一人の男の故郷の民謡を覚えて、テーブルの上や階段の上で歌い、二十人もの若い男たちの拍手喝采を浴びたのだった。この経験もまた彼女のその後の成長につながっている。フリーダはある意味で、いつでも男たちの喝采を待っていた。(二七)

この一節は傾聴に値する。なぜならば、その後のフリーダの人生観の基盤をこの若き日の思い出に見つけることができるからである。彼女は規律のもと営まれる軍隊という男性社会に接近するものの、その目的はエルゼとは異なり、男性と同じ土壌で戦うことではないのは明らかである。その代わりにフリーダは、自身の女性としての身体的な魅力で男性を煽情することで、女性としてのアイデンティティを確立していったのであった。特にグリーンによると、一種の身体表現である「ダンス」を彼らの前で踊ることで、自身の肉感的な魅力を最大限に披露したという(一四)。男性の注目を集め、他者を魅惑する「女主人」となる恋愛の喜びは、家庭内で「君主」として君臨する父親への反抗と解釈することも可能であろう。そう考えると、フリーダにとって、既存の価値体系への反抗は、自身の身体の表象するセクシュアリティの発揮抜きには実現しないことが分かる。肉体や情動といったキーワードが、フリーダの恋愛の支柱となっていたのである。

（三）宇宙論サークルと越境する愛のかたち

さてここで、世紀末ドイツの歴史的・思想的な背景を振り返ることで、フリーダの恋愛の根底には人間の身体の躍動があったことを確認していこう。ここでは、「宇宙論サークル（Die Kosmikerkreis）」と呼ばれる集団の思想が鍵となる。この集団は、ドイツのシュヴァービングにて、世紀末の一八九六年に隆興し、「何かに関するもの、反父権的権威、反工業化、反軍国主義の運動」（グリーン 一〇五）を繰り広げた。主要メンバーは、アルフレート・シューラー（一八六五―一九二三）、ルートヴィヒ・クラーゲス（一八七二―一九五六）、そしてシュテファン・ゲオルゲ（一八六八―一九三三）といったドイツの異端児である。ユダヤ人や同性愛者といった社会の周縁に存在する彼らの目的は、西洋の既存の価値体系に背を向け、西洋的な理性や官僚主義に反抗することにあった。

その代わりに彼らの唱えたスローガンとは、「生命的価値、エロス主義、神話や原始の持つ価値」である。特に、「エロス運動」という言葉で知られる彼らの性愛の賛美が、西洋的理知や科学ではなく、母なる大地に根差して生を追求しようという自然崇拝と繋がっていたことは注目すべきである。なぜなら、人間が原子によって定義され実体化される科学的な存在ではなく、「生命」を動的な有機的運動として認識し、その動的なプロセスの一部に男女の性愛を位置づけたことは、画期的でほとんど危険な思想であったからだ。言うまでもなくそれは、家父長制のもとの「静的で受動的」な女性性とは対照的な、「ダイナミックで生き生きとした」生命の輝きとしての性を提示したのだった。この思想は、D・H・ロレンスに影響を与えることになるが、性を人間存在の支柱として、道徳的に承認する宇宙論サークルの思想は、同様に若き日のフリーダと彼女の恋愛観をも大いに刺激したのは想像に難くない。確かに、宇宙論サークルのメンバーは、従来の社会の在り方から、女性を完全に解放することまでは活動の射程に入れていなかったため、フリーダが宇宙論サークルの活動を自分にとって良いように解釈していた側面は否めない。しかし、宇宙論サークルの性の価値観が激しくフリーダを捉え、恋愛によって自己形成する人生の扉を開けたのは、紛れもない事実である。

ここで時を一九一二年、ロレンスとの愛の始まりの時まで進めよう。この時すでにフリーダは、英国ノッティンガム大学の言語学者アーネスト・ウィークリー（一八六五—一九五四）と結婚し、三人の子供をもうけ、経済的にも社会的にも恵まれた生活を送っていた。しかし、フリーダは不満だった。なぜならこの結婚は、プロイセンの伝統的価値観が推奨する結婚であったからだ。つまり、この結婚を成り立たせていたのは、夫婦間の情動的な交わりではなく、ウィークリー教授の社会的地位であったのだ。唯一フリーダの女性としての自尊心を満たしたものといえば、おそらく子供を三人もうけたことだろう。自身の身体から誕生した命は、フリーダの女性性の機能や役割を大いに肯定したのではないだろうか。換言すると、男性が担うことのできない出産を経験したことは、彼女の家庭内での女性としての自負を高めた。このように、子供の存在はフリーダの女性としての自己存在意識を刺激したものの、裏を返すとそれは、子供の存在とウィークリーの大学教授という社会的価値を通してでしか、夫婦間の関係が保てなかったということである。自身のセクシュアリティが発揮されるような愛のかたちを、この結婚では成就することができなかったのだ。

そんな結婚生活の中現れたのが、のちに再婚することになる新鋭作家、二七歳のＤ・Ｈ・ロレンスである。この二人の恋愛は、社会的タブーである不倫から始まったことはよく知られている。社会的に安定した生活を送り、三人の子供がいたにも関わらず、フリーダはロレンスと結婚することを選択し、二人でドーバー海峡を渡りイギリスを離れた。このセンセーショナルな行為は、今日までフリーダに、不道徳という汚名を着せてきた。しかしながら一方で、女性の自由・解放という観点から、この事実を考察した時、フリーダ独特の恋愛に対する意識が浮かび上がる。それは、彼女の恋愛が「混沌」「無秩序」という土壌の上に堂々と存在しているという事実である。精神的な清々しい恋愛ではなく、ホーソンの『緋文字』で描かれるように、世の中の中心や常識の彼岸に身を晒すことが、フリーダの恋愛の必要条件だったのである。ロレンスといえば、炭鉱町に生まれた型破りな小説家だ。性の問題に真摯に向き合うという英国社会のタブーを犯したために彼は、社会の周縁に押しやられていた。さらに、身体的に虚弱であったということも、戦時中のイギリスの理想から一層彼を引き離した。そんな異分子ロレンスとの交わりは、不倫という混沌、無秩序の上に成り立ったが、むしろフリーダはそのような空間を積極的に必要としたのではないだろうか。大串尚代氏が、著書『ハイブリッドロマンス』の中で、「混乱状態、無法地帯こそ女性の自己形成にもっとも相応しい場所と言える」（三五）と述べているように、男性社会や、それが築き上げた社会的な倫理の彼岸こそが、フリーダが必要とした舞台であったのだ。

では、「内部の秩序がないところ」（大串　四二）での恋愛に、女性の自己形成の鍵があるという論をさらに広げてみよう。ここで浮かび上がるのは、常識の周縁、つまり混沌への「越境」という新たなキーワードだ。不倫という行為も、常識からの「越境」であり、労働者階級出身の啓蒙者ロレンスそのものも、越境という理念を体現する人物であったといえる。そう考えると、フリーダの恋愛は、このような煩雑で無統制な空間へと越境することで成立していたと言えるのではないだろうか。ここで、姉エルゼが、男性社会の内部に入り、彼らと同じ舞台で自己確立を目指したことを思い出してみよう。このような姉の生き方と比較した時、恋愛を通して男性中心社会の周縁にある無秩序の空間をどんどん押し広げることで自己形成を図ったフリーダの特異性が、より鮮明に浮き彫りになるだろう。

さらに、フリーダの女性としての凄みは、社会倫理や日常を越境する行為、すなわち不倫から始まった恋愛を非現実的なもので終わらせるのではなく、結婚という社会的に認知される現実の世界へと結実させたところにあるだろう。前述したように恋愛とは、特にドイツでは、家庭の外側に細々と存在する非現実的な夢想空間であり、情動的な男女の関係を家庭に持ち込むことは、プロイセン的なドイツの家庭倫理への反抗を意味していた。しかし、異端児集団である宇宙論サークルが推奨するような男女関係、換言すると、後に『チャタレイ夫人の恋人』で描かれるようなロレンスとのダイナミックな交わりは、結婚という形で現実を侵食した。これはフリーダにとって、父権制への決別と勝利、そして女性の自己形成という大きな達成を意味したのではなかったか。そう考えるとフリーダにとって、身体を介した恋愛の結婚への帰結は、男性への依存ではなく、女性としての自由を広げ、アイデンティティを構築しようとする彼女の意思の勝利を意味しよう。

ロレンスはフリーダと出会う以前に、中編小説『侵入者』（一九一二）で不倫という社会的な禁忌を犯す男女を描いた。この小説のタイトルには様々な邦題が与えられているが、日本ロレンス協会が二〇〇三年に論文集『ロレンス研究――『越境者』――』を出版するにあたり、原題 *The Trespasser* の邦題を『越境者』と統一することで意見がまとまったこと、さらには、男女の不倫という越境行為が、成就せずに悲劇で終わっていることに注目しよう。これは、川端僑氏が指摘するように、一九一二年の時点でロレンスが、「われわれは本当に人を愛せないのではないか」(五〇)と考え、男女の恋愛を信じ切れていない様子を示している。愛の破綻で幕を閉じるこの小説からは、実社会の鉄の常識に対して反抗するものの、それに最後は屈さざるを得ないと考えていた若き日のロレンスの様子が読み取れるのだ。しかし、越境に懐疑的なロレンスはその後、大胆にもフリーダとドーバー海峡を越境し、結婚に至った。非現実的な夢想の中にしか存在し得なかった情愛は、フリーダとの出会いによって始めて現実を犯すことに成功したのだ。その原動力となったのが、フリーダとロレンスの情動的な恋愛であり、その背景には、無秩序と混沌を利用して、女性としての自由の空間の拡大を図る、したたかなフリーダの姿が見え隠れする。

このように、フリーダにとってロレンスとの関係とは、女性の自己形成という大きな意味を持っていた。このことは、マイケル・スクワイアによって、次のように指摘されている。

人生全体を通して、フリーダ・ロレンスは、女性としての自己存在の確立のために、自らの存在を何度も覚醒させた。彼女の才能とは、言うまでもなく、女性としての確固とした自意識を確立させることにあった。そして、もっともわたしたち読者を驚かせるのは、彼女のロマンティックな一連の選択にあったといえる。(三四)

フリーダにとって、最もロマンティックな相手がロレンスであったのは言うまでもない。ここで付け加えたいのが、ロレンスの小説に対するフリーダ自身の影響力である。ロレンスは多々、フリーダをモデルとしてチャタレイ夫人を始めとする登場人物を描いた。おそらくフリーダは、ミューズとしての自身の役割を認識していたのだろう。さらには、このロレンスの描く男女の物語は、既存の価値体系に対するフリーダ自身の反抗をも反映しているのではないだろうか。ここで次に指摘したいのが、ロレンスの描く「女性らしい男性像」には、フリーダの影響がみられるということだ。そこで、フリーダは何故、女性的な美徳のある男性を書くことをロレンスに求めたのか、その理由を探ってみたい。ここでキーワードとなるのは、やはりフリーダの父権社会への反抗というテーマである。

(四) やさしさと男性

ロレンスの小説で展開される恋愛には、情熱的で身体的に頑強な男性が多く登場する。一方で、『チャタレイ夫人の恋人』のオリバー・メラーズに見られるように、男性的な性質を持ちながらも、傷ついた繊細な男性をロレンスは多く描いた。このことは、先行研究でもよく指摘される点である。特に、『チャタレイ夫人の恋人』のやさしさは、「接触」という視点と結びつけられ研究されてきた。奥西晃氏は、「クリフォードが下半身不臨で魂の永遠を信じ、知性と秩序と形式を愛するのに対し、メラーズは柔軟で生命の永遠を信じ、本能と生命の弱さとやさしさを大切にする。一方は頭脳の対話を、他方は肉の「触れ合あい」を求める」（一三）と主張する。続けて、次のように身体とやさしさを関連付けて考察する——「コニイは、個性という自己を失う恐怖に打ち勝ち、自己を客観視して恥じたり、笑ったりする意識を捨てて、忘我のうちに触れ合って再生と平安の力を得る。個性という仮面を捨てた時、人間の裸の生命は弱い。そこに傷つきやすい生命に対する本能的な「やさしさ」が生まれることになる」（二〇）。

繊細な傷ついた生命を癒す男性の本能が、ロレンスの言わんとするやさしさであり、そのやさしやの発揮には、男女間の身体的な接触が伴うというわけだ。また、「忘我」という言葉が示唆するように、その男性のやさしさを通して男女の自我の境界が曖昧になることが、ここで主張されている。忘我とは、コニーの過去の自我からの払拭を意味し、男性の本能的ないたわりの気持ち、すなわち、やさしさを介した忘我の境地こそが、『チャタレイ夫人の恋人』で描かれる男女関係である。さらに、やさしさは「男根的意識」とも結びつけられ、女性性を回復させる役割を果たしていると分析されてきた（シェール　三八八）。

このように、男性性の「やさしさ」というテーマは、ロレンスの小説には欠かせない要素となっている。ここで注目したいのが、このテーマを扱うようになった時期が、フリーダとの出会いと重なるという事実である。ロレンスの最初の小説『白孔雀』（一九一一）は、男女の恋愛を描くものの、「強く惹かれあいながらもその愛を成就できない人生の不条理」への悲しみや嘆きが描かれている。このテーマは、先に述べた物語『越境者』に通じており、フリーダと出会う前のロレンスを特徴づける作風の一つとなっている。また、短編「菊の香り」では、リアリズムの手法から故郷イーストウッドの炭鉱町が描かれ、他者を支配しようとする女性性が菊のシンボルを伴って非難されている。

その後、一九一四年付近を境として、ロレンスの描く恋愛の中に「やさしい」男たちが登場するようになる。もちろんこれは、ロレンス自身が自らの人生の中で体得したテーマであることは否定できない。しかし、彼の作風の変遷を、時系列に沿って眺めてみると、「やさしさ」というテーマを積極的に描くようになった背後には、フリーダからの教示、影響、そして後押しがあったと考えることが可能である。フリーダがロレンスに教えたといわれているエディプスコンプレックスが、『息子と恋人』に反映されているように、「やさしさ」と男性を結びつけるという発想の一助となったのが、フリーダなのではないかということである。

フリーダはロレンスの死後、ロレンスの伝記『わたしではなく風が』（一九三四）を執筆している。ロレンスが文学を通して社会に反抗したように、フリーダがこの回想録を出版することには何か思惑があったのではなかったかと考えるのは妥当であろう。では、この著作を特徴づけているものは何だろうか。それは、病気になりながらも力強く生きた男らしいロレンス像だけではなく、むしろそれ以上に傷つきやすく、それ故に人間の心理に敏感なロレンスの姿、そして自然の動植物の生命に対して「やさしい」ロレンスの様子である。さらに、奇しくもフリーダは、「やさしい」という言葉を使って、感情に敏感に反応するロレンスの様子を回想している。次の一節は、ロレンスとの出会いが回顧される場面の一部である。

私たちは小川の辺までやってきた。小さな石橋がその岸辺に横たわっており、ロレンスは私の子供にいくつかの紙のボートを作り小川の水流に沿ってそれらを流した。そして彼は雛菊を小川に流したが、ひっくり返ってしまった。小川に這いつくばり、私の子供たちと戯れながら私のことにはお構いなしだった。にもかかわらず突然、私は彼を愛していることを知ったのだった。彼は、私の中にある、新しいやさしさに触れたのだった。そして、私たちの関係は素晴らしい進展を遂げていったのだった。（三四）

これは、ロレンスとフリーダの子供たちが、小川で共に過ごした場面の回想である。子供たちと無邪気に時間を忘れて戯れるロレンスを見てフリーダが、突然「やさしい」という言葉を用いながら、ロレンスを愛していることを悟り、その後結婚へとこの愛が帰着することを示唆する場面である。ロレンスの物語に多くみられる「やさしさ」という言葉が、ここで繰り返し、フリーダによって使われていることは、注目に値する。なぜなら、それは「やさしさ」が、ロレンスとの関係を成り立たせる要素であることを、フリーダ自身も認識していたことを示しているからである。では、もっと詳しく、「(ロレンスが)私の中にある新しいやさしさに触れた」という一文を考察してみよう。

ここで注目すべきは、「私の中にある」という部分である(強調筆者)。「やさしさ」というテーマに関する従来のロレンス研究は、前述したとおり、男性の側のみに「やさしさ」という人間性を付与しているように思われる。しかし、フリーダはここで、「やさしさ」が、彼女という女性の中に存在していることを明記している。言い換えると、「やさしさ」とは、そもそも女性の属性であるということだ。フリーダによると、やさしさとはそもそも男性のものではなく、女性の中にある、女性固有の性質なのである。

では、やさしさというテーマをロレンスに教示し、またはそのテーマで恋愛を描くことを後押ししたのがフリーダだと仮定すると、その背後にはどのような意図があったのだろうか。彼女のミューズとしての思惑はどこにあったのだろう。それは、女性性に属する「やさしさ」を、「男らしさの系譜」の中に組み込もうとする意図であったのではないだろうか。ケイト・ミレットらフェミニストたちが、ロレンスの描く男女関係は、男根崇拝や女性蔑視であるとし、彼の作品の肉感的で男らしい登場人物たちを、厳しく非難しているのは有名だ。しかし、フリーダの意図はミレットとは全く別のところにある。ロレンスの描く男らしい人物に、女性的な特性である「やさしさ」を付与することによって、英国社会が理想的と考える男らしさの伝統にメスを入れたのだ。ロレンス夫妻の恋愛の舞台となった二〇世紀前半は、第一次世界大戦が猛威を振るった。帝国主義や二〇世紀初頭において、男らしいと見做されたのは、健康な身体がある者たちであった（坂田　八七）。また、『チャタレイ夫人の恋人』のチャタレイ卿や、フリーダの元夫アーネストのような、西洋理性を体現する人物も、模範的な紳士として一目置かれる存在であった。一方で、フリーダが回想録の中で主張するように、やさしさは女性の美徳として母性と結びつけられ、戦場へ向かう兵士を癒す存在として、戦時中のプロパガンダとして利用された（林田　一〇）。

このように男らしさの伝統を概観した時、さらに、やさしさとは女性の性質だということを考えた時、ロレンスの筆を借りて、理想の男性像の系譜にやさしさを組み入れ、男らしさの理想を書き換えようとしたフリーダのミューズとしての働きは、非常に挑戦的だということが分かる。また同時に、次のような解釈も可能だ。既存の男らしさからはかけ離れた女性らしさを、男性から引き出すのがフリーダのミューズとしての役割だったのだ。女らしさという新しい要素を男性に呼び起させ、一人の人間の中で男らしさと合体させることで、男性という「人間の中」へと影響力を拡大していったのだ。言い換えるとフリーダは、父権社会の威厳ある厳格な男らしさと、か弱い女らしさの二項対立を曖昧にしたと言える。これは、女性性による男性の領域への侵略、つまり、女性の空間の拡大を意味しているのではないだろうか。このように考えると、女性の特性を男性らしさと合体させ、男性を複合的な存在にすること、つまり女性らしさで男性性を犯すことでフリーダは、社会的に制約された女性性の在り方や、男性優位の男女間の在り方を問い正しているように思わるのである。

最後に、フリーダとロレンスの海外生活を恋愛という視点から概観してみたい。イギリスからすでに独立を果たしたアメリカ、異人種が混沌と共生するアメリカは、ロマンスという文学のサブジャンルも深く根付いており、フリーダにとって非常に親和性の高い土地だったと想像できる。アメリカにはハイブリッドで索漠とした空間があり、そこは女性としての自立や自己形成を行うにはうってつけの場であったからだ。特にニューメキシコ州にあるタオスを愛し、そこでロレンスと現地の作家や、先住民たちと交流したことは有名である。イギリスから周縁に位置するアメリカにて、インディアンやロレンスとの語らいを通してフリーダは、ヨーロッパでの生活では得られなかった充溢感を得たように思われる。

（五）おわりに

フリーダの愛のかたちは実に特異だ。時代の異端児ロレンスとの関係は、社会の既存の外側で不倫という形で始まり、混沌を作り出した。そして、混沌な無法地帯こそが女性の空間であるかのように、フリーダはロレンスとの恋愛を通して自己形成を図った。さらに、社会的なタブーを、結婚という現実に結実させることで、女性の自由を拡大させた。これは、特に父権性の強いドイツの家庭像に反抗する英断であったと言える。その後、フリーダの主張する女性の空間は、ロレンスの筆を借りてさらに拡張した。作家にインスピレーションを与えるミューズとしての才覚は、ロレンスとの関係の中で初めて自覚した、フリーダにとって予期せぬ発見であったかもしれない。しかしともかく、彼女はその才能を十分に利用した。そして、女性の特性を男性の理想像の伝統に組み込むことで、男性の空間を侵食し女性の空間を広げた。それが「やさしさ」という特性であったことは、既に考察した通りである。

さて、現代の日本において、フリーダはどのように一般的に認識されうるだろうか。おそらく彼女の存在は、多くの女性にとって奇異に思われるかもしれない。女性の社会進出が進み、男性と同じように教育の機会が与えられた現在では、フリーダは、男性に依存し媚びているという印象を与え得るからだ。また、彼女の奔放さは、周囲との調和を欠いているといった印象を与えるかもしれない。しかし、本章で考察した彼女の功績を考えた時、父権制や既存の男女の役割に異議を唱え、女性の空間を押し広げた「新しい女性」として、フリーダは現代の私たちの前に立ち現れる。自分の強みを生かし、恋愛という舞台に迷わずに飛び込む潔さだけではなく、自分の才能を信じそれを全うする強さとある種の陽気さを持っていたフリーダ。その姿勢と魅力は、若き日から晩年まで変わることはなかった。ロレンスが一九三〇年に亡くなった後も、イタリア人の将校と三度目の結婚をし、ロレンス夫人ではなくラヴァリ夫人として七七年の生涯を閉じた。それは、恋愛を通して女性としての自由を得、自己形成を達成した、幸せな人生の幕引きだったと想像されるのである。

引用文献

Lawrence, Frieda. *Not I, but the Wind.* New York: The Viking, 1934.
Scherr, Barry Jeffrey. *D. H. Lawrence Today: Literature, Culture, Politics.* Oxford: Peter Lang, 2004.
Squires, Michal. *D. H. Lawrence and Frieda: A Portrait of Love and Loyalty.* London: Andre Deutsch, 2008.
大串尚代『ハイブリッド・ロマンス――アメリカ文学に見る捕囚と混沌の伝統』松柏社、二〇〇二年。
奥西晃「ロレンス小説の終局：『チャタレイ夫人の恋人』考」（『女子大文学』第三三号、一九八一年、一―二三頁。）
川端僑「D・H・ロレンス論――侵入者のロマンスについて」（『帯広畜産大学学術研究報告』第四号、一九六九年、三〇―五六頁。）
坂田薫子『怪物のトリセツ――ドラキュラのロンドン、ハリーポッターのイギリス』音羽書房鶴見書店、二〇一九年。
佐藤公「19世紀ドイツ第二帝政期における女子中等教育制度改革(2)：改革運動後期（1880~1902）」（『武蔵野大学教養教育リサーチセンター紀要』第四号、二〇一四年、一五五―七〇頁。）
林田敏子『戦う女、戦えない女――第一次世界大戦期のジェンダーとセクシュアリティ』人文書院、二〇一三年。
マーティン・グリーン『リヒトホーフェン姉妹』塚本明子訳、みすず書房、二〇〇三年。

ナンシー・ウィッチャー・アスター（一八七九—一九六四）

——夫と共に歩んだ議員への道——

吉田　尚子

ナンシー・ウィッチャー・アスター

アメリカ生まれで、最初の結婚に失敗した後、息子を連れてイギリスに渡り、そこでアメリカ人の富豪と結婚した。才色兼備の彼女は社交界で花形となり、瀟洒な邸宅でレディとして優雅な生活を送ったが、その一方で強い個性の持ち主で、淑女らしからぬところがあり、気が強く、歯に衣着せぬ言い方もした。下院議員だった夫が父親の爵位を継いで上院に移った為に彼の選挙区を受け継ぎ、イギリス初の女性国会議員となった。彼女に反感を持つ男性議員たちを物ともせず、未成年者へのアルコール販売規制法案を成立させた。政治家として夫と二人三脚で、第一次世界大戦と第二次世界大戦の激動の時代を乗り越えた。

（一）はじめに

ナンシー・ウィッチャー・アスター（一八七九—一九六四）はアメリカ人でありながら、イギリス初の女性議員として政治活動をしたというだけでも注目すべきことである。しかし、それに加えて、夫のウォルドーフ・アスター（一八七九—一九五二）もアメリカ人で、二人が共に協力し合い、イギリスの国会議員として第一次世界大戦と第二次世界大戦という二つの大きな戦争をくぐり抜けて、国会議員の職務を全うするのに難局を切り抜けてきたことは更に大きな意味を持つ。女性で初めてイギリスの国会議員になったナンシーは、それまでに女性が経験してこなかった難しい場面に数えきれない程、何度も出会ったが、夫と二人三脚で、女性の目線に立った改革を見事に達成してきたのだ。二人の出会い、国会議員としての仕事など彼らの歩みをたどりながら、その成し遂げた功績を考えたい。

（二）ウォルドーフ・アスターと結婚するまで

ナンシーの父のチズウェル・ダブニー・ラングホーン（一八四三—一九一九）はアメリカのヴァージニア州のたばこ農園主の家に生まれたが、南北戦争で家が没落した。チズウェルは南北戦争に従軍している時にヴァージニアのダンヴィル出身のナンシー・ウィッチャー・キーン（一八四八—一九〇三）と結婚したが、荒廃した南部での生活は苦しく、夜警やピアノのセールスマン、たばこや馬の競売人などをして不安定な生活をしていた。

ナンシー・ウィッチャー・アスター（旧姓：ラングホーン）は一一人きょうだいの七番目の子で、一八七九年にダンヴィルで生まれたが、父は南北戦争中に知り合った将軍に雇われ、鉄道建設をしている黒人労働者の監督の仕事をした後、自分で工事を請け負うようになってから経済的に恵まれて大金持ちになった。一家はヴァージニアの州都リッチモンドに移り、ナンシーが一三歳になるまで、そこで育った。学校に行くようになって、本を読むことが好きになり、美術や歴史、英文学に魅せられていくようになって、シェイクスピア、スコットなどの作品を好んだが、父は女子には学問は必要ないと言って、それ以上勉強させてもらえなかった。しかし、おばのリズ・ルイスは教育があり、進取の気性に富んだ女性で、ヴァージニアに黒人の為の学校を初めて創設した。又、彼女は早くから女性参政権を擁護していたことから、その影響を受けてナンシーもその精神が培われた。その後、一八九二年にラングホーン一家はブルーリッジ山脈のふもとの近くにミラドルという広大な屋敷を買って引っ越した。そして彼女は一七歳の時にニューヨークの花嫁学校に行ったが、彼女には合わなくて、まもなく学校をやめてミラドルの生活に戻った。しかし、それも長く続かず、しばらくすると田舎にいるよりも文化の中心地のニューヨークが恋しくなり、有名な画家であるチャールズ・ダナ・ギブソン（一八六七―一九四四）と結婚した姉のアイリーンがニューヨークの自分たちの家に来るように誘ってくれたので一八九七年に姉の所に行った。有名なギブソン・ガールの挿絵はダナがアイリーンからヒントを得て描いたものである。ナンシーは美しい五人姉妹の一人で美貌に恵まれ、機知に富んでいた。ニューヨークではパーティやダンスに行ったりして沢山の友達が出来たが、そこで義兄のダナを通してボストンの名家出身のロバート・グールド・ショー二世と知り合い、お互いに心惹かれて三ヶ月の婚約期間を経て、一八九七年にロバートは二五歳、ナンシーは一八歳の時に結婚した。

しかし、彼は大酒飲みで、しかも暴力を振るう乱暴者だとわかり、息子のロバート・グールド・ショー三世（ボビー）の誕生後、ついに離婚する決心をした。

父親が気分転換の為にアメリカを出て、イギリスやヨーロッパなどを旅行したら良いと勧めてくれたので離婚の手続きをしながら息子を連れてイギリスやフランスに何回か旅行した。夫と別居している時に何人かの男性に恋を打ち明けられることもあったが、結婚まで発展することはなかった。そして一九〇五年にアメリカからイギリスへ行く船でウォルドーフ・アスターと出会ったのである。

ウォルドーフも船に乗った時は、それまでの積み重なってきたストレスが薄れてきた時で、健康的な問題でオックスフォード大学時代にしていたスポーツをやめなければならず、つらい思いをした後だった。船に乗るのを待っている時に彼女が友達と話して笑っているのを見た瞬間、彼の感情に火花が散ったように思った。クリスマスの日に彼女に手紙を書いてイギリスの父親のカントリー・ハウスのあるクリヴデンに来てくれるように頼み、更に彼女のことが頭から離れないとまで書いた。ナンシーは彼を見た時にハンサムで背が高く、低い声で静かに話し、控えめな物腰だが、内には意志の強さを秘めているようだと感じた。又、彼はお金持ちで頭がよさそうで羨むべきものを沢山持っていた。不思議なことに二人が生まれたのは同じ日の一八七九年五月一九日だった。それを考えると彼らは赤い糸で結ばれていたのかもしれない。彼はナンシーを見た瞬間、自分が望んでいるのは、この人なんだと本能的に悟ったと父親に言っていたようで、会ってまもなく彼女と結婚することを心に決めていたらしい。彼はナンシーに細かい心配りをして、息子のボビーにも気を遣っていた。彼は静かで内気な性格だが、彼女はその反対で熱気的な激しいところがあって、うまく合わないように思えるが、正反対の性格の為に、却って惹きつけあったのかもしれない。

ウォルドーフの先祖は十八世紀の終わり頃、ドイツからイギリスに移住し、それからアメリカに渡り、最初は毛皮商人として働き、その後、ニューヨーク周辺の土地を買うことで富を築いた。その何世代か後に彼の父親ウィリアム・ウォルドーフ・アスター（一八四八―一九一九）が全財産を引き継ぐと、イギリスに移住することにして、ロンドン近郊にあるクリヴデンの屋敷とロンドンに家を買った。父親は福祉的貢献をしたというので、ロイド・ジョージ首相（一八六三―一九四五）から子爵の称号を与えられた貴族だった。ナンシーはウォルドーフから結婚を申し込む手紙を受け取ったが、その手紙は冷静で彼女を納得させるもので、これまで持っていた疑いや心配が消え、更にボビーの後押しもあり、結婚する決意をした。しかし、彼の父親が賛成してくれるかどうかの問題は残っていた。息子がイギリスの貴族の女性でなく、アメリカ人で、しかも離婚して息子がいる女性を結婚相手に選んだことに父親が反対するのでないかと心配していた。しかし、父親に二人のことを話すと、その心配は瞬く間に消えて、父親はナンシーを一目見ると気に入り、クリヴデンの屋敷とお金を二人にプレゼントしてくれた。

次の年の一九〇六年に二人は結婚し、父親が住んでいたクリヴデンの屋敷に住むことになり、ナンシーはロンドン郊外にあるクリヴデンで執事や多くの召使を使い、レディ・アスターとして優雅な生活を送った。二人の間には四人の息子と一人の娘が生まれ、それに前の夫との間にできた息子のボビーがいた。ウォルドーフは美しい妻を愛し、誇りに思っていたし、子供に対しても立派な父親だった。ただ、ナンシーはいわゆる上流階級の女性に見られる淑女ではなく、自分の考えをはっきり主張する個性の強い女性であり、淑女らしからぬ言動を発することが度々あったようだ。

（三）夫の選挙運動での活動

ウォルドーフは心臓の病気を抱えていたが、才能もあり大望を抱く青年だった。少し前までは、立派なキャリアに就くことを望んでいたが、病の為にそのような仕事は諦めなければならず、病弱なカントリー・ジェントルマンとして、おとなしい人生を送るのでないかという不安な気持ちになっていた。しかし、ナンシーは、おとなしい人生が好きではなかった。夫は、これからの人生に健康上のハンディキャップがあっても、それに打ち勝つことが出来ると考え、何か社会的に立派な仕事を成し遂げられるようにしたいと心の中で決心した。そこで彼女は自分の情熱的な決意を容赦なく、又、脅しさえするように攻撃的に彼の心に吹き込んだ。夫の野望は妻と同じくらい強いもので、断固とした意志を持っていたが、道理にかなった結果を求めようとした。しかし、彼女は不合理とも言えるような片意地な欲望を持っていて、道理にかなっていようといまいと、とにかく満足いく結果を求めた。定められている運命に人を挑ませるような直観的な知恵が彼女にはあり、夫は進んでそれに従った。二人は将来のことを話し合ったが、彼女は前から政治に関心を持っていて、その考えを彼に伝えたりしているうちに重要な結論に達した。つまり健康的な問題があるにしても、とにかく彼は下院議員として政治活動をすることを目指すべきだと考え、彼女が率先して友人たちに相談した。ウォルドーフは心底は自由党寄りだったが、保守党のプログラムが好きだった。彼は国会議員に立候補したいと保守党に申し出ると、すぐに当選確実な保守党の議席を提示されたが、断った。政治の経験がないので、まず政治について勉強した上で、当選することが確実でない議席で戦いたかったのである。その後、プリマスで保守党が議員として立候補する人を探していると聞いたので、彼はプリマスを視察した後、そこの議席の為に立候補する決心をした。ナンシーも、そこを訪れた時、自分の故郷に帰ってきたみたいに感じ、不思議な気がしたらしい。およそ三〇〇年前に信仰の自由を求めてプリマスからメイフラワー号に乗ってアメリカに出発し、北米に上陸してプリマス植民地を建設したピルグリム・ファーザーズのことが頭に浮かんだようだ。イギリスのプリマスに因んで名付けられたプリマス植民地はヴァージニアに次いで古いアメリカの開拓地で、彼女は自分の故郷ヴァージニアとプリマスとの繋がりに気が付いて親近感を抱いたに違いない。

一九〇八年にプリマスの保守党がウォルドーフを候補者として認めた。プリマスは保守党の力が弱く、リベラル派に傾いていたが、ナンシーとウォルドーフは概して保守派の政策に賛成なので保守党から立候補して選挙活動をすることにした。彼女は前の夫が大酒飲みだったことで苦い経験をしたので飲酒には反対していたが、夫もその影響を受けていた。プリマスはジンの生産地であり、お酒とは繋がりのある場所だったが、彼は飲酒反対を唱え、社会問題に対して、かなり、リベラルなスタンスを示していた。それにもかかわらず、彼の品の良さ、物静かで確固たる信念、信頼できる言葉などが人々の共感を得て、幸いにして候補者として歓迎された。夫妻は候補者として公約したことを実現する為に一九〇九年にプリマスに家を買った。選挙区民たちの歓心を買う実際的な方法について、はっきりした考えはなかったが、ナンシーは彼が取った道に対しては、疑いを持っていなかったし、自分の目の前に新しい興奮と活動の場が広がるのを感じた。選挙区民たちを惹き付けるための闘い、活動の場になる新しい家、選挙で勝利する為に越えなければならない障害、勝利という最後に得られる目的物、それらが彼女の頭の中に刻み込まれた。以前にアメリカとイギリスを行き来する船の中で涼みに甲板に出てきた人たちと色々な話をした時に政治のことも話題になった。その時、ナンシーは自分には人の士気を高めて説得する才能とコツがあることに突然気付いて、若い時から自分が直面する問題について人に影響を与え、改革したいという抑えられない願望があったのだと思った。それは、おそらくヴァージニア時代に出会った宣教師フレデリック・ニーヴが語った社会の不平等とか人間の苦しみについてのお説教から影響を受けたからだと思った。自分はそのバイタリティーのはけ口を見つけ、夫を助けて選挙区民たちの為に身を投じる覚悟をした。選挙に勝つ為には彼と影響力のある政治家との繋がりを強化することによって政治的な展望を築けると考えた。

そこで彼女はまず、選挙運動の基礎作業をした。プリマスの通りで人を恐れずに、明快な主張をやさしい口調で訴えたので、彼女の予想外の行動が人々に深い印象を与えて大きな共感を得た。選挙運動が始まると「私はウォルドーフ・アスターの妻です。夫が議員に立候補しています。彼に投票してくれませんか?」（フォート 一一八）と言って、ハイスピードで家を回って歩いて、戸口から聞こえる敵意ある返事にもひるまなかった。ウォルドーフは一九一〇年一月の選挙に出て、その時は負けてしまったが、同じ年の一二月に自由統一党所属で出馬した時には勝利した。

（四）第一次世界大戦とナンシーの選挙運動

ウォルドーフはリベラルな性質で保守党の中でも左派に属し、保守党の議員たちよりも見聞が広かった。一九一一年にできた国家保険制度の案が下院に出された時にウォルドーフは党の方針に逆らって賛成した。彼は病気などで貧しい者が荒廃してしまうことを心配したからである。その彼の思いはナンシーと通じるところがあるのかもしれない。ナンシーは小さい時に家が貧乏になったり、裕福になったり、上下の変動が大きかったが、最終的には裕福な家庭で育った。しかし、貧しい時の記憶は消えず、生涯を通して、公私共に、そのことが彼女の行動に影響を与えた。議員になってから貧しい人たちの苦難の軽減の為に積極的な行動を取った。特に未亡人、子供たちに対して慈善行為を施し、時には無分別とも言える程、気前の良いところを見せた。あるとき、ナンシーはクリヴデンの近くの道路をとぼとぼと歩いている浮浪者のような老婆と出会い、長々と話した後、家に来て休むように言った。そして何かアドバイスしたら、結局そのお婆さんは敷地にある小屋に落ち着いて、死ぬまでそこに住んだという。

選挙後、ウォルドーフは下院議員になったのでロンドンにも家を持つことが必要になり、一九一一年にセントジェイムズ・スクエアにある家を買った。他にも住む所はあったが、彼らの生活の主軸はクリヴデン、ロンドン、プリマスになり、それらの家の世話をするのにおよそ一五〇人のスタッフがいた。ウォルドーフは議会に入って活動し始めると、マナーが洗練されていて頭もよく、まれにみる理想的な人物だと評されて注目されるようになった。一方、ナンシーは、自分は中心から外されていて、小さな役割しか果たせないように思えて面白くないので、おとなしい夫に対して少し身勝手な態度を見せるようになり、その怒りを彼に向けるようになってしまった。

ヨーロッパでは列強が政治的経済的対立をするようになっていた時に、ボスニアのサライェヴォでオーストリア皇太子夫妻が暗殺された事件が引き金になって、第一次世界大戦が勃発して、イギリス・フランス・ロシアなどの連合国陣営とドイツ・オーストリアなどの同盟国陣営が戦った。一九一四年に大戦が始まると、ウォルドーフとナンシーは、すぐにプリマスに行き、運ばれてきた負傷した兵士たちの為に病院の手筈を整えたり、避難所づくりに携わった。彼は心臓病の為に戦争に参加できなかったが、政府にクリヴデンの屋敷を提供することを申し出るとカナダの赤十字社がその敷地に病院を建てることになった。ナンシーは困難な事態に陥った時にエネルギーとコミュニケーションの力によって、くたくたになっていた多くの人たちの士気を高めた。その為に、彼女の存在は計り知れない程、大きなものになり、赤十字と共に果たした仕事や多くのカナダの軍人たちに勇気を与えたことが、後になって二つの国の絆を築くことになった。その意味で戦争はナンシーの性格の最もよい側面を引き出したと言える。その頃、彼女は五番目の子供を産んだが、そんな時でも病院にいる負傷者たちを慰め、元気づけた。戦争になってくると、クリヴデンでは、男性の召使は戦場に行き、女性たちがその後に残って仕事をしていたが、かつて、そこにいた人たちは多く亡くなった。まもなく、どの家のベッドも部屋も空になり、愛と笑いが消え、通りには負傷した人たちがいた。その光景を見て、昔、アメリカの南北戦争で生き残った負傷者たちが通りにいたことを思い出し、又、戦争が起こるのではないかという嫌悪感が、後の彼女の政治運動に影響を与えた。クリヴデンの屋敷は、戦争が長引くにつれてアメリカ人とイギリス人が会う場所になったが、ナンシーの示唆もあってアスター夫妻はアメリカとイギリスの指導者たちとの議論の主人役を務めた。一九一七年、ドイツが無制限潜水艦作戦を始めると、中立を守っていたアメリカも参戦し、最後は連合国側が勝利した。一九一九年にパリ講和会議が開かれて、ヴェルサイユ条約が結ばれ、第一次世界大戦は終結した。

ウォルドーフの父が一九一九年に亡くなったが、彼は子爵の称号を持っていたので、ウォルドーフは父の爵位を受け継ぐことになった。爵位を持つと下院議員でいられないので、上院に移らなければならなかった。しかし、爵位や名誉というのは階級の差別を作るものであり、彼はそれには反対の考えで、知性、能力、性格、功績が大事だと思っていた。その為に、プリマスで改革を続ける為には上院に移るよりも、下院に留まりたいと思っていたが、ウォルドーフの後の空席をナンシーが受け継ぐ案が出てきた。というのは法律の改正で、三〇歳以上の一部の女性にも選挙権及び被選挙権を与える国民代表法が一九一八年に成立したので、その時までにナンシーも下院から立候補できるようになっていたからだった。

しかし、女性の候補者は議席を失うリスクが多く、その上、ナンシーの能力と適正について疑問視する意見があった。夫の選挙運動の時には良い仕事をし、人気があったが、地元の党の人たちには、彼女には社会主義的傾向があると思われていたし、浮ついたアメリカ人的な態度、冷静さの欠如などは逆効果になると言う人もいた。しかし、間近に迫る選挙の為にプリマスの保守党は意見の違いを超えて、ナンシーの長所が短所を上回ると判断して、一九一九年一〇月にプリマスの党の委員会は彼女に選挙に立候補するようにという要請をした。初めは躊躇していたが、彼女は出馬する決心をした。というのは政治に関心を持っていた彼女にとって絶好のチャンスになると思ったからだった。もし、失敗したら、自分にとって不名誉になるだけでなく、女性の政治的大義が逆行してしまうので、勇気を奮い起さねばならないと思った。彼女の前には驚くような未来が待ち受けているような感じがして、階級や特別な利害を超えて国の再建がかなえられることを願った。そこで彼女は党の間の違いは、あまり重要ではなく、一番必要なことは女性に長く閉ざされていた扉を押し開けることで、今、その時が到来したと述べ、「私の望みは女性が議会に入る道を開くことである」(フォート　一六四)と訴えた。

ナンシーは女性の問題について多くの主張をし、女性参政権のことにも言及したが、不思議なことに女性参政権運動家のグループとは行動を共にしなかった。一部の女性運動家とは接触したことがあったけれど、その運動のグループとは一線を画していた感がある。ナンシーは上流階級に属する人であり、運動家とのグループとは、あまり緊密に接触しようとしないのだと言う人もいた。しかし、一方で、それは恐らく彼女の信念からも来ているもので、党の違いを超えて連帯する事が大事だと思っていたので、一つのグループに入る事はしなかったのかもしれない。彼女にとっては女性の票を獲得することが目標であり、天候が悪い日でも毎日、投票日まで動き回り、女性だけの集会を開く手筈も整えた。プリマスは、戦争で負傷した人々が送られ、又、失業者も多かったので人々の苦境にも耳を傾けた。彼女は党利党略で政治を動かす時代は終わったと考え、自由党は党を、労働党は階級を、しかし、ナンシーは国民を代表しているのだと訴えた。人々には彼女の訴えは建設的に聞こえ、労働党や自由党のキャンペーンは、あら探しや階級闘争をしているようで否定的に思えた。毎日、集会所や波止場で人々に訴えたが、洗練された身のこなし、通りでのスピーチ、当意即妙の受け答えなどが評判になって彼女の演説する会場は色々な人が来て一杯になった。そして一九一九年にナンシーは勝利を収めて、女性初の下院議員になった。

（五）ナンシーの議員としての活動と第二次世界大戦

ナンシーはスリムな体つきで姿も良く、服装には格別に気を付けていた。彼女が議会に初登庁した時の姿は女らしくチャーミングで落ち着いた黒っぽい地味なテイラードスーツ、白いサテンのブラウスを身にまとい、ベルベットの花形帽章のついた三角帽と白い手袋を身に着けていた。議会の初日、ナンシーが首相のロイド・ジョージと前首相で枢密院議長だったアーサー・ジェイムズ・バルフォア（一八四八―一九三〇）にエスコートされてお辞儀をしてゆっくりと歩いて入って来た。この日から彼女の議員生活が始まったが、下院での最初の五年間は地獄だったと後で語っている。保守党の中には、最悪なことは女性が議会に入ってきたことだと思っていた者もいたし、わざと嫌な態度を見せて、早く女性を議会から追い出そうと思っていた者もいたらしい。しかし、そんなことにも彼女はたじろがないで、自分を議会に送り込んでくれた女性たちの為の改革を推進することが役目だと心に誓い、続いて女性議員が入ってこられるように我慢し続けた。しかし、選挙運動をしている時にはいつもウォルドーフがそばにいてくれて、記者会見の時に何か難しい、あるいはリスクのありそうな質問が投げかけられたら、彼は機転を利かせてうまくかわすように導いてくれた。

女性参政権運動のグループと深く関わったレイ・ストレイチー（一八八七―一九四〇）はナンシーが議員になった最初の半年間、秘書を務めた。一九二〇年二月二四日、ナンシーは、あまり好意的でない五〇〇人ぐらいの男性議員を前にして最初の国会でのスピーチで一番述べたいアルコール販売の規制に関する問題を取り上げた。飲酒と住宅の貧しさは国の繁栄を妨げ、子供や女性に苦難を与えるので、まず飲酒を制限すれば、モラルを保つことが出来ると強調した。彼女のスピーチは三〇分ほど続いたが、声は澄んでいて雄弁ではっきりと話をした。アルコール販売の規制を支持する者の大多数は女性で、男性よりも女性が多ければ男性の意に反してアルコール販売を規制する法律が導入されることになるので、トーリー党の指導者は大多数の女性が投票する事を望んでいなかった。第一次世界大戦後、戦争の為に男性の人口が減ったが、選挙権を持つ女性を増やす為には男性と完全に平等である普通選挙権を女性が獲得しなければならない。従って、それが達成出来るまでは女性参政権の問題は彼女の重要な運動の一つになると思った。

この後、二年間は女性議員は入ってこなかったので、その間、敵意に満ちた雰囲気に直面して彼女の孤独は募るばかりだった。その後、二人目の女性議員マーガレット・ウィントリンガム（一八七九―一九五五）は自由党であり、ナンシーとは全く違うタイプの女性だったが、お互いに惹かれ合うところがあって、良好な関係を築くことが出来た。彼女が登場してからは、協力し合って、意欲的に家庭や女性の問題を取り上げ、党よりも自分たちの主義や原理を優先させて改革を推し進めることが出来た。その後、議会に女性議員の数が増えてきて、次第に彼女の政治の仕事が形を取り始めた。一九二〇年代にナンシーと下院にいた女性議員たちが一緒になって委員会や内閣で議論し、これまでに欠落していた分野の法案を通すようにした。一九一八年の国民代表法で初めて三〇歳以上の一部の女性の投票も認められた為、それ以降は女性や子供の為の福祉の法案が多く通り、女性の年金、離婚、女性の労働時間の短縮、未成年者後見法など次から次へ多くの法案が通った。女性も投票が出来るようになり、女性の有権者が何を望んでいるのか男性たちも分かったようである。ナンシーは子どもの福祉と家は密接な繋がりがあると確信し、貧しい子供たちには快適な住居が必要だと訴えた。貧しい家庭の小さい子には保育学校や保育学校の教員養成の学校を作る計画を立てた。ナンシーとウォルドーフはプリマスの貧しい子供たちの為に小ぎれいなモデルハウスを作る計画を立て、二人でお金を出し合った。

彼女の仕事は次第に増えていき、沢山の要求を扱うのに忙しく、複雑な政治的社会的組織などの助けを必要とした。しかし、彼女には有能な人たちを惹きつけて仕事をさせる力があり、更にその場その場で最適なものを見つけ出す直感があった。何人かの専門家や秘書が付いていて、色々な案を順序立てて組織することが出来たので、議会で、その効果を発信することが出来た。他に、もっと有能な女性が多くいたことは彼女も認めていたが、実際に議会への扉を開けたのは彼女だった。政府の諮問機関に人々の主張を集めて持っていき、作戦を調整して指示する役割を担っていて、その協力関係はうまくいった。彼女の地位と個性を通して女性のリーダーたちに彼女たちの様々な考えを全て溶け込ませ、一つの流れにすることによって法律を変えたり、少なくとも現状を改善したりすることが出来ると思っていた。

ナンシーは一九二二年、最初の選挙後、初めて夫とアメリカに行き、熱烈な歓迎を受けた。ラジオや新聞社などの対応に追われ、ウォルドーフは彼女の秘書のような役割で、てんやわんやだった。彼女の行動は素早く、また気が変わりやすく、スピーチする時のメモの取り方もよく変わるので、彼はスピーチの意味が明確になるように、前もってそのメモをタイプして新聞社に送ることにした。あまりの大変さに彼は髪が白くなったような気がした。

アメリカから帰ってきて、その年に行われる選挙の準備をした。そして彼女は一九二二年の総選挙に出馬して、プリマスの選挙区で勝利し、再選された。政治の権威者になった以上、アルコールの販売規制に関する法案を推し進めたいと思って、法案が通るまで妥協しようと思わなかった。そして遂に一九二三年に未成年者へのアルコール販売規制法案を通した。それはナンシーの最高の手柄で、この時、初めて女性が議会で法律を制定させたのだ。しかも、一八歳未満の人にはアルコールの販売は禁止するというこの原則は、現在も引き続き英国で守られている。彼女の議論は変わりやすく混乱する傾向があるが、彼女の本当の成功は初めて女性が議会に到達したという事実を世界中に知らしめたことである。彼女は魅力的で優美な人であるが、一方、挑発的で断固とした意志で議会への道を押し開き、長いこと女性に禁じられていた他の分野でも権力への道を開いた。

しかし、議会で行われた女性議員たちのスピーチではナンシーの後に続いた女性たちの方が質が高く、彼女のスピーチとの違いがはっきり示された。議会の女性たちの専門的能力と経験は豊かで、まもなく彼女たちは、しっかりと影響力を与え始めた。ナンシーが多くのことをどんなに心の底から言っても、下院での彼女の議論は移り気で論理的にまとまりがない傾向があったのに対し、他の女性議員たちはしっかりした十分な情報を持ったスピーチをした。皆が議会で待ち望んでいた改革に必要な実務作業をすることに彼女たちは懸命だった。ナンシーは未成年者へのアルコール販売規制法を制定する方向に道案内することは成功したけれど、それを実際に成し遂げることは彼女には向いていなかった。そこで彼女は自分の主義主張から何か案を出すが、その実務的なことは周りの人たちに任せることにした。しかし、彼女が先導してその道筋を示してくれたからこそ、法律として具体化されたのだということは皆が認めていた。

他の女性議員たちの下院での活動が充実し、確立してきたので彼女は議会の外の生活にもっと目を向けることが出来るようになった。というよりも自分のスピーチの評価が下がり始めたと思ったら、戦法を変えて自分のポジションを上げる手段としてパーティなどを開いて人の為に役立つように多種多様な人々の相互の交流を深める役割を担おうと決めた。その場所としてクリヴデンの屋敷とロンドンのセントジェイムズ・スクエアの屋敷を使うようにして、第二次世界大戦の初めまで、その催しは続いた。元々、ナンシーは社交的で自宅でパーティや会合を催し、政治家、作家、画家、文化人たちが集まるサロンにして、意見の交換をするのが好きだった。どちらのパーティも華麗で盛大にされたが、クリヴデンでは多種多様な人々が招かれ、セントジェイムズ・スクエアの方は半数以上政治関係者でフォーマルなパーティが主だった。彼女は催したパーティの目的について「あらゆる種類の人たちに集まってもらい、一緒になって、互いの考えを知ることである」（フォート 二二四）と述べ、世界は色々な人たちが一緒になって相互に働きかけることによって、問題の解決の答えがいくつか見つかると考えていた。ウォルドーフが初めて選挙に出た時、彼の考えを色々な人に伝えたり、国際的な関係のもてなしを彼が催したりした時などにもクリヴデンの屋敷を使った。又、ナンシーの仕事が増えてきて、女性のリーダーたちが意見を持ち寄って来た時に、別々の利害の人たちが集まるステージを用意し、他の所では決して交わらない政治家や女性のグループが協力できるように、それらの場所を用いた。彼女の政治的な催しは一九二四年に脚光を浴びた。ジョージ五世夫妻、そして最初の労働党政権の大臣たちがセントジェイムズ・スクエアに一緒に集まった時である。ウォルドーフとナンシーは公爵や王室の人たちと労働党の人たちを同じ場でもてなすのは有益で良いと思った。しかし、このようにクリヴデンで多くの人々が出入りして集まっていたことから、ナチスが台頭してきた時に、そこでクリヴデン・セットと呼ばれた政治家たちが集まってナチスの陰謀が企てられたという噂を立てられた。世間でその話が広まった時、ナンシーたちはそれを強く否定していた。第一次世界大戦で、ドイツが負けて経済的に苦しかった時にナンシーがドイツに同情的なことを言ったこともあって、その噂が立ったのかもしれない。カズオ・イシグロの『日の名残り』では主人公のスティーブンスが大きなカントリー・ハウスであるダーリントン・ホールの執事を務めていて、その屋敷は以前イギリスの貴族が所有していたが、現在はアメリカ人が買って所有していることになっている。そのホールでは第一次世界大戦と第二次世界大戦の間に国際的な非公式な会談が開かれ、又、著名な政治家や文化人が集まってパーティを催す場面が出てくる。その設定はナンシーとウォルドーフのクレヴデンの屋敷と非常に似ていて、しかも「アスター夫人」なる人物がパーティの客として登場するので興味深く、意味深長な感じがする。

ドイツは第一次世界大戦後、莫大な賠償金の支払いに苦しんで、経済が落ち込む中でナチズムが台頭し、ヒトラーが率いるドイツがポーランドに侵攻してきたので、イギリスがフランスと共にドイツに宣戦を布告して一九三九年、第二次世界大戦の火ぶたが切られた。ナンシー夫妻は、戦争は避けられると信じ、最後まで努力をしてきたが、一度戦争が始まると、祖国の為に協力した。クリヴデンの美しい邸宅や静かな敷地にロンドンからの避難者がなだれ込んできたので、夫妻はその受け入れ態勢を整えるのに必死になり、土地と建物を含む敷地は再び病院として、カナダ政府に提供されることになった。更に大西洋に面しているプリマスには造船所、海軍の基地、軍艦があり、ドイツ軍のターゲットになるのは明らかなので、プリマスに行って危険地帯の真ん中にある自宅の防備態勢を整えなければならなかった。戦争のペースが速くなると、ナンシーはロンドンとプリマスを行ったり来たりした。夫は一九三九年にプリマスの市長になり、ナンシーはプリマス選出の国会議員で、とりわけイギリスの中でプリマスは元々アメリカとの絆が強く、そこでそろって権威ある仕事をすることになった。プリマスの港にはアメリカ海軍の軍艦がひっきりなしに入ってきて、様々な訪問者との交流があったが、特にナンシーとウォルドーフ夫妻の外交的な手腕によって、増々プリマスとアメリカとの絆を深めることになった。又、二人とも伝統にとらわれず、アメリカ式に様々な形で市政に関わり、二人の仕事が高く評価され、ウォルドーフは五年間も市長を務めた。ナンシーの疲れを知らないバイタリティーは戦争のような緊急時にぴったり合っていて、クリヴデンやロンドンからプリマスに戻ってくると、沢山の直面する問題を解決することに没頭し、彼女は、つむじ風のように市のあちらこちらに現れた。

一九四〇年一〇月にロンドンのセントジェイムズ・スクエアに爆弾が落ち、同じ日に息子のボビーもケントで空襲に遭い、負傷した。一九四一年三月、ジョージ六世夫妻がプリマスを訪れ、視察してナンシーの家でお茶を飲んだ後、立ち去ろうとした途端にサイレンが鳴り、国王夫妻が帰ってまもなく爆弾や焼夷弾が落ちてきた。その時の空爆は今までになく激しいもので、ナンシーたちは翌朝、通りを見て回り、その収拾に追われて休む間もなく働いた。夫妻は膨大な仕事を冷静に、しかもてきぱきとこなして本領を発揮し、大勢の人々を助け、その後始末に追われた。警報が鳴った時でさえも、二人は外を歩きナンシーは避難所を次から次と訪ねた。子供を亡くした母親や爆撃で悲惨な目に遭った人たちを慰めたり、勇気づけようとした。風通しの悪い避難所やマットレスが敷かれた教室に、ぎっしり詰め込まれている子供たちを元気づけようと彼女が、とんぼ返りをして、はしゃいでるのを見て、子供たちが拍手をするというびっくりするような光景が見られた。ウォルドーフの冷静さ、秩序だった管理力とナンシーのインスピレーション的な熱意が、ぴったり合って彼らは救済をうまく組織化することが出来た。夫は市長として、ナンシーは国会議員としての権威で何とか混乱を収めていき、夜は夜行列車に飛び乗ってロンドンに行き、その翌日、議会でどんな対策を取るべきかを議論した。一九四一年一二月にはアメリカも参戦することになり、大戦が始まってからイギリスはアメリカを抜きにして戦ってきたが、イギリスとアメリカが協力することによって世界の平和が達成されるとしてアスター夫妻は歓迎した。一九四二年になってからは大規模な空爆は、なくなり、多くのアメリカ人が来ると、ゲストとしてプリマスの自宅に招いたり、彼らを市の中に連れて行き案内したりした。その中にはジャーナリストたちもいて、アスター夫妻が市の再建の為に互いに協力し合っている様子を見て、そのチームワークの良さに感心したらしい。ナンシーが何か問題を発見して、それに対して案を出すとウォルドーフがそれを実行するという息のぴったりした二人だった。

しかし、戦争が長引くにつれて、彼女の無神経さや口やかましい態度が出てきて、今までのインスピレーションや決断力に対する称賛の気持ちも相殺されてしまった。この頃、ナンシーはお菓子のことで、ウォルドーフといさかいを起こした。彼女は同情心を持つ心優しい女性だが、気が変わりやすく、持ち前のわがままな面を見せることもあった。彼は、疲れで体調が悪くなったのでロックという所に休養に行くことになっていた。彼の希望でナンシーも一緒に行くことになっていたが、出発の日の朝、アメリカからプリマスの市民にあげる為のお菓子が届いた時にお菓子の好きなナンシーが自分も少し欲しいと夫にねだると、彼は、これは困っている人たちにあげる物だから駄目だと言った。ナンシーのメイドであるローズによると、彼女はそれを聞いて、客のいる前で猛烈な勢いで夫を非難して、それなら自分は夫には同行しないと言ったという。彼はショックを受けた様子で部屋を出ていったので、その後、ローズが見に行くと、彼はひどく具合が悪そうだった。ローズは、強い調子でナンシーに「いいですか。何をなさったのか知りませんが、おかげで旦那様はひどく具合が、お悪いんです。奥様には何が何でもロックに行っていただきます」（ハリソン　二六三）とナンシーに怒りに任せて言った。するとナンシーは恥じ入ったような神妙な顔をして、夫と一緒に行くことにしたというエピソードがある。ローズはナンシーのメイドであるにも関わらず、お互いに相手を知り尽くしている仲なので、立場を超えて、ずけずけとかなりきついことも言っていたようだ。ナンシーはしっかりした女性だが、その反面、まるでいうことを聞かない駄々子のようなところがあるのだ。

やがてナンシーは自分が下院で孤立しているように感じるようになった。彼女のスピーチや他の問題への干渉などによって、段々と人から好感を持たれなくなり、ある国会議員は高貴なレディは、もっと人の話を聞いて一方的に話すのはやめるべきだと言った。彼女が自分の主張をダラダラとしゃべることによって、論点がぼやけてしまうのだ。しかし、もっと根本的な問題は彼女の価値観や、議会で議論されるトピックをアプローチする方向性が、時代の感覚とずれていることである。後で考えると彼女が主張した考えは根拠があったように思えるが、政治の大勢は動いているのに、彼女がそれに合わせていかなかった。しかも相変わらず、何も恐れずに、ずけずけと言ったので、下院や政府の大臣たちにも疎まれがちだった。空爆に対する消防の態勢の早急な改善を訴えたが、ほとんどの議員たちには、それが特に個人攻撃のように思われた。また、ソ連はアメリカと共に大戦の途中で連合軍に参加したが、彼女は、そのソ連の行動の動機に疑念を示すスピーチをした。つまり、ソ連は連合軍を助ける為でなく、ドイツが独ソ不可侵条約を破ってソ連領内に侵攻してきたので、自分たちを守る為に参戦したのだと言ったのだ。彼女のコメントは正確だったかもしれないが、タイミングが悪かった。その時のイギリスの世論は、ソ連は自分の国と共にイギリスやアメリカの為にも戦っていると思い、ソ連を賛辞していたからである。ウィンストン・チャーチル（一八七四—一九六五）はウォルドーフにそのナンシーの考えに文句を言ったという。しかし、まもなくチャーチルもソ連はイギリスのことなどあまり考えていないとわかり、大戦が終わって冷戦が始まると「鉄のカーテン」という言葉を使ったのはチャーチル自身だった。

チャーチルと言えば、ナンシーとのことで有名な話が幾つもある。ナンシーが女性で初めて議席を持った議員だったので、それが面白くなかったようで、彼女に度々、毒舌を吐いたが、才気煥発な彼女は、それに対して堂々と応酬したそうだ。例えば、いやなことをいつも言うチャーチルに対してナンシーが「ウィンストンさん、もし、私があなたと結婚していたら、あなたのコーヒーに毒を入れるわ」と言うとチャーチルは「ナンシー、私があなたと結婚していたら、それを飲むでしょうな」（サイクス　一四四）と返したという。つまり、それ程、彼女は悪妻だから、彼は死んだほうがましだということなのだろう。しかし、お互いに遠慮なくそこまで言えるということは、もしかしたら、案外、仲良かったのかもしれない。

議員の任務が終わる頃はナンシーの人気も、なくなり始めた。有効な考えを述べる予知能力もあったが、人を説得する力が無くなったように見えた。同じことを繰り返し述べ、強調しすぎたりして脱線し、話が混乱するようになった。彼女がつまずくのは論理的なプレゼンテーションが出来ない為で、聞いている議員たちをイライラさせ、以前持っていた人を惹きつける不思議な魅力を失ってしまい、代わりに敵意を焚きつけるような言動が見られた。それを見ると、ウォルドーフの心は痛み、戦争が終わる頃になると、二人は精神的に互いに反対の方向に向いていた。その原因として、一つは彼らの政治的信条の違いが次第に現れ始めたことだった。ウォルドーフは父が所有していた新聞の『オブザーバー』を受け継いでいて、それまで他の人に編集は任せていたが、事情があって、ジャーナリズムの活動をしていた息子のデイヴィッドにその編集をさせることにした。『オブザーバー』は、それまで保守党寄りの新聞だったが、これからの方向を彼はデイヴィッドと相談した。ウォルドーフは、新聞は党派を超えて新しい思想や概念を自由に促進させるべきで、左派的な思想や無所属的な傾向もあっても良いと思っていた。デイヴィッドのジャーナリトとしての才能を見抜いていたウォルドーフが予想したように、彼の新聞の運営は成功した。しかし、デイヴィッドが編集するようになって、新聞は比較的左派的な傾向になり、それをウォルドーフが許しているのをナンシーは気に入らなかった。ナンシーは、戦争が終わる頃になると労働党に政権が移った新しい時代の大勢に合わず、リベラル的要素を捨てて、右寄りになっていき、デイヴィッドとの関係は疎遠になっていった。

一九四四年までにウォルドーフとナンシーは二人とも六五歳になっていた。それまで、彼らは寄り添ってお互いに助け合い、無いところを補い合ってうまく政治活動をしてきた。彼女は女性の属性ともいえる衝動、直観を、そして彼は冷静さ、機転、折衝的才能を提供し合ってイギリスの政治に多くの貢献を果たしてきたが、戦争が終わると変化の兆しが漂い始めた。戦争の後は選挙があるが、彼女が選挙で戦うのに要求される労力のことを考えると彼は気が挫けてしまう。どんなに彼女を愛していても、政治の舞台で扱うには彼女は、あまりにも彼の手に負えない存在になってしまったと感じた。彼女が殊の外、強い性格であっても彼は家族の長として調停者として自分の気持ちは変えられないと思った。家族や友人たちや議員の関係者たちに聞いても彼女は、もっと前に議員をやめるべきだったと言った。一九四四年にはプリマスの保守党の間でも変化を求める雰囲気が強くなってきて、アスター夫妻が目立った存在になった一九一〇年代とは風向きが変わっていた。ウォルドーフがプリマスの為に第二次世界大戦後の市の改革案を出しても歓迎されず、長期間プリマスを統治した後は二人とも退くべきだと思われていたようだった。ナンシーはプリマスの議員としても立候補は認められないだろうから、立候補をやめるように夫や家族から言われてやめたが、それは彼女の本意ではなかった。彼女としては、政治生活が終わりになることは考えられなく、「自分は死ぬまでプリマスの為に戦い続けたい。……もし、立候補すれば勝つだろう。でも、立候補して負けたとしても、自分からやめるよりも戦い続けて負けた方が良い」（フォート　三〇三）

と思っていた。この政治から自ら手を引いたことは死ぬまで彼女に影響を及ぼすことになった。

（六）第二次世界大戦後の生活とウォルドーフとナンシーの死

第二次世界大戦後、ナンシーもウォルドーフも立候補しなかった。ナンシーは議会での最後の言葉を述べて二十五年の議員生活を終えた。彼女は彼が自分の心を傷つけたと思っていて、お互いに難しい関係の時代に入った。彼女に選挙に出るのをやめるように言った後で、彼は手紙に「私が健康を取り戻せないのはあなたが私に不満を抱いたり、怒ったりしているからだ。……この年になって私に優しくして欲しいと思っている。あなたが活動している時は、私はあなたに寄り添って優しくしてきた。仕事が少なくなってきたら、今度はあなたが私を慰め、元気づける時だ」（フォート　三〇五）と書いた。ナンシーたちは七〇歳近くになり、ウォルドーフの健康も衰えてきたので、一九四六年に一緒にアメリカに行くことにした。旧友に会ったり、彼に静かな時を過ごさせる為に行ったのだが、着いた途端に彼女はインタービューを受けたり、エネルギッシュに動き回っていたので、結局、彼は先にイギリスに帰り、ナンシーは後に残った。そして彼女がその後、再びアメリカに行った時に、彼は寂しくなると言って「私はもう年で、あとわずかしか残っていない時に一人にされるのは耐えられない、過去のことにこだわるよりも現在と未来のことを考えてくれ」（フォート　三〇八）と手紙を書いて、和やかな老年の時を過ごしたいという気持ちを伝えていた。しかし、ナンシーはその後もアメリカに行き、ヴァージニアを訪れたりして、これまで多忙を極めていた仕事から解放されてリフレッシュしていた。それから、彼女はイギリスに帰ってきても、夫のそばにはあまりいなかった。やがて彼女は彼がいたクリヴデンで過ごすようになったが、そばにいたといっても心は離れていた。

しかし、ウォルドーフの亡くなる少し前になってやっと二人の関係は和らいできたようだった。彼は車椅子を使うようになり、物事を諦観する気持ちになっていて、とにかく彼はナンシーがいつもそばにいてくれると感じていたかったのだ。彼らは、やっともう一度互いに安らぎを得たようだった。彼は彼女をあるがままに受け入れてきたし、彼女の怒りを収めたり、彼女が長く留守にしていた時は辛かったが、彼女を愛することはやめなかった。今、彼女は彼に欲しいだけ愛情を示してくれた。息子のビルが丁度クリヴデンにいた時の一九五二年の九月にウォルドーフは亡くなった。彼は最後に「お母さんの面倒を見てくれ」（フォート 三一八）とビルに言った。ウォルドーフは彼女だけを望み、彼女だけを必要としていて、最後の日々は彼女がすぐそばにいたので幸せそうだった。ナンシーは、彼との結婚について「有難いことに私はこんなに長くて、幸せな人生を過ごした。……私たちほど一緒に仕事をして楽しかった二人はいない」（フォート 三一九）と書いている。二人の五〇年近くのパートナーシップは終わった。

一九五九年に彼女はプリマス名誉市民権を授与された時に一部の議員にボイコットをする人がいたが、ナンシーは、それにもひるまず立派に振舞った。七〇代になっても彼女は年の割には元気で子供たちが八〇歳の誕生パーティを催してくれた。しかし、やがて段々と体も衰え、最後は昏睡状態になって静かな最後を迎えた。彼女は「ウォルドーフ、ウォルドーフ、私を起こして！」（フォート 三二九）と叫んで一生を終えた。遠いアメリカのヴァージニアから来て、キャンペーンを繰り広げ、選挙に勝利して、イギリス最初の女性議員になった。彼女よりも以前の女性たちが、これまで苦しんできた思いをしっかりと受け止め、落胆や攻撃を物ともせず、自分の主張を堂々と言って、一歩も引かなかった。彼女は議会にインスピレーションを吹き込み、様々な人を集めてパーティを開くことによって、多くの人たちの交わりを通して多くのアイディアを生み出し、女性たちを先導してきた。そして彼女は一九六四年五月二日の朝に八四歳で亡くなった。

（七）おわりに

ナンシーとウォルドーフは夫婦で第一次世界大戦、第二次世界大戦という激動の時代に国会議員としてイギリスの政治を動かしてきた。彼らは性格が正反対だが、それがうまくかみ合って、イギリスに多くの貢献をしたと言って良い。二人の足跡を考えると、どう見てもナンシーがウォルドーフの一歩前に出て彼を先導してきたように思える。ナンシーは気が強くて、わがままなところがあるが、彼女の心の芯は優しく、人の幸福をいつも願っている女性だ。気の強いナンシーをウォルドーフはいつも優しく支えてきたが、彼女がいなければ、彼は政治家にならなかったかもしれない。二人の生涯を考えると、ウォルドーフはいつもナンシーに振り回されて、ちょっと可哀想な気がするが、それでウォルドーフは幸せだったのだろう。

引用文献

Fort, Adrian. *Nancy: The Story of Lady Astor*, Jonathan Cape, London, 2012.
Sykes, Christopher. *Nancy: The Life of Lady Astor*, Academy Chicago Publishers, 1984.
Harrison, Rosina. *The Lady's Maid: My Life in Service*. Ebury Press, 2011.［『おだまり、ローズ――子爵夫人付きメイドの回想――』新井潤美監修、新井雅代訳、白水社、二〇一四年。］

Column 5

神学者・ダンテ学者にして「ミステリの女王」
――ドロシー・L・セイヤーズ（一八九三―一九五七）

第一次世界大戦後の二〇年間、イギリス推理小説の黄金時代を代表する女性推理小説家は、アガサ・クリスティ（一八九〇―一九七六）とドロシー・L・セイヤーズ、二人の「ミステリの女王」である。クリスティの作品は早い時期から日本で紹介されほぼ全作品が翻訳されていたため、一般的人気はクリスティが圧倒的であるが、セイヤーズは黄金時代にはクリスティと人気を二分し、初版部数でクリスティを抜いたこともあった。作家たちの親交と本格推理小説の発展を目的に設立されたディテクション・クラブ（イギリス推理作家クラブ）では、セイヤーズが第三代会長（一九四九―五七）、クリスティが第四代会長（一九五七―五八）を務めている。

クリスティといえばベルギー人の私立探偵エルキュール・ポアロだが、セイヤーズはピーター・ウィムジイ卿という貴族探偵を登場させた。ウィムジイと召使いバンターの軽妙なやりとりやユーモアは作品の魅力の一つであり、イギリスで人気の高いP・G・ウッドハウス（一八八一―一九七五）の主人公バーティー・ウースターと天才執事ジーヴスのコンビを連想させ、読者の人気をさらに呼ぶことになった。ただしウースターは執事ジーヴスの影の活躍に大いに助けられているのに対し、バンターも有能ながらピーターは多趣味で学芸に秀でた優秀な探偵である。またクリスティとセイヤーズはそれぞれ老婦人ミス・マープルと推理小説家ハリエット・ヴェインという女性探偵を活躍させ、女性を推理小説の主役の地位に押し上げている。

クリスティの特徴は、わかりやすいストーリーと明瞭な文章、誰がどのような方法で犯行に及んだかという謎解きで、読者に推理を働かせる楽しさや驚きを伝えるのに対し、セイヤーズは、推理小説の要素は取り入れながらも、謎解きより人物の性格や心理の働きに重きを置いている。ときに本筋と無関係な描写や情報が加わりペダンティックな印象を与える場合もあるが、小説に文学的な価値を与えようとしたのだ。セイヤーズは自分の作品を「単なる謎解きパズルではなく文学性の高い小説、時代や風俗を扱った普通の小説(novel of manners)」と捉えていた。

現代ミステリの女王と称されるP・D・ジェイムズ（一九二〇―二〇一四）は、クリスティに連なる伝統的な推理小説の形式を取り入れながらも、創作面で最も影響を受けたのはセイヤーズだという。セイヤーズが黄金時代の推理小説に知的要素とユーモアを盛り込み、ミステリの枠を超えてプロットと情景を巧みに構築している点や、社会性と芸術性を統一させたスキルを高く評価している。

セイヤーズはオクスフォードに生まれ、牧師である父親はクライストチャーチ・カレッジ付き聖歌隊学校の校長を務めていた。母親も知識階級の出身である。一九〇九年に私立の女子校であるコドルフィン寄宿学校に入学、成績優秀であったが病気による療養生活のため退学し、大学進学の資格を得たのち、オクスフォードのサマヴィル・カレッジに入学した。女性として初めてオクスフォードの学位を授与された一人としても知られる。卒業後高校教師の職に就き、その後オクスフォードのブラックウェルズ書店に就職、この頃、のちに彼女のミステリの主人公ピーター・ウィムジイのモデルになる男性と出会い、彼とともにフランスに渡るが、破局しイギリスに戻る。ロンドンで臨時教師をしたり、広告代理店でコピーライターとして活躍したりするかたわらミステリ小説を書き、一九二三年に最初の長編『誰の死体？』が出版される。一九二四年に未婚で男児を出産したが、従姉妹に養育を託し、両親には二人が亡くなるまで孫の存在を知らせなかった。一九二六年にジャーナリストのオズワルド・フレミングと結婚。長編ミステリの後、宗教劇や、ダンテの『神曲』の翻訳に取り組み、第三部「天国篇」が未完のまま亡くなる。

エセックスのセイヤーズの住居に掲げられたプラークには「作家、神学者、ダンテ学者のドロシー・L・セイヤーズ」と記されている。神学者としての仕事には、第二次世界大戦中に放送されたラジオドラマのキリスト伝『王になるべく生まれた人』（一九四二）という宗教劇がある。キリストを人間の役者が、それも口語英語で演じることは冒瀆であると放送前から議論を呼んだが、作品はドラマとしても聖書の再現としても大成功を収めた。またセイヤーズは「地獄篇」と「煉獄篇」の翻訳を自身の最高傑作とみなし、後年、学者としての仕事に専心すると、「ミステリはお金のために書いたのであり、もう興味がない」とまで語った。女性に関する著作には『わたしたちは人間なのか？』（一九七一発表）があり、ヒューマニストとしての立場から、女性の教育や仕事に対するナンセンスな考えや偏見を批判している。

ところで、セイヤーズの長編一一作のうち後期の四作品に登場し、やがてウィムジイと結婚することになる推理小説家ハリエット・ヴェインには作者の面影があると指摘されている。ウィムジイとヴェインは『毒を食らわば』（一九三〇）で元恋人の殺人者というヴェインの濡れ衣をウィムジイが晴らすことによって知り合う。ウィムジイはヴェインへの愛を宣言するが、結婚の承諾を得るまでには何年も待たなければならない。ヴェインが最初ウィムジイの求婚を断るのは、彼女が結婚による相手への依存を恐れたためであり、ウィムジイが女性も男性と同等の知的社会的貢献ができることを認識し、ヴェインの自立を受け入れることができると示した後でようやく結婚が可能となるのだ。読者もまたじりじりと待たされるが、この設定が興味深い葛藤と緊張を作品に生み出している。セイヤーズ自身は恋愛も結婚もうまくいかなかったという。ウィムジイとヴェインが理解し合い絆を深めていく過程には、セイヤーズが実現できなかった理想の姿が描かれているのかもしれない。

（小池久恵）

ラドクリフ・ホール（一八八〇―一九四三）
――レズビアニズム認知に向けて戦った一生

林　美里

ラドクリフ・ホール

レズビアニズム認知のために法廷と闘い、同性愛者としての人生を走り抜けた女性作家。ハンプシャー生まれ。ケンブリッジ大学キングス・カレッジ卒業。一九一六年、フランス語翻訳者のウナ・トゥールブリッジと出会い生涯のパートナーとなる。一九二八年に『淋しさの泉』を発表。イギリス文学史上初めてレズビアンの立場よりレズビアニズムを捉えた半自伝的小説だったが、表現内容をめぐる裁判に敗れ国内発禁処分を受けることとなった。この「ラドクリフ裁判事件」は存在すら認知されていなかった女性同士の恋愛がはじめて社会問題として認知された一件であり、法規制改正に向けての大きな一歩となった。ロンドンで逝去。

（一）はじめに

ラドクリフ・ホール（一八八〇―一九四三）著の『淋しさの泉』は、レズビアンを扱ったフィクション作品の原点かつ重要作品の一つとして現代の性的マイノリティー層から高い支持と評価を受け続けている作品である。代表作となったこの半自伝的小説をホールが発表したのは一九二八年であった。生まれながらに自分の性に違和感を持ち、女性を愛することしかできない主人公スティヴン・ゴードン（仮名表記は大久保康雄訳本に準拠した）は、父の死をきっかけに性的倒錯者としての自分なりの使命を意識するようになる。その後作家として自立したスティヴンは、社会における己の生き方やあり方を模索しつつ時代を駆け抜けてゆく。当時数多くの同性愛者の作家や文化人が所属していたロンドンのブルームスベリー・グループのメンバーたちと関わりを持つ中、恋愛を謳歌し自由を尊んだホールの半生や彼女の生きた時代背景を反映させた半自伝的機能を持つ小説である。

主人公スティヴンは上流階級社会の中で生まれ育った。娘を拒絶する母親アンナや、保守的な価値観を守る周囲の人間から見放され孤独を感じて育った幼少期だが、先見性を持った父フィリップ卿の理解や彼女の文学的素質を見出した家庭教師のパドルに助けられた。のちに作家として成長した際はパリのレズビアンたちが集う文芸サロンのカリスマだったヴァレリー・セイムールをはじめとした彼女の理解者たちと出会う。性的倒錯者としてのアイデンティティを確立したスティヴンは表現者としての使命を信じ、彼女のパートナーたちと、ありのままの自身を表現する道を懸命に進もうとする。しかし皮肉なことに彼女の恋人たちは全て最終的には男性に奪われる運命をたどり、物語の最後、生涯の伴侶と信じていたメアリー・レウェリンも結局はスティヴンの男友達だったマーティン・ハラムに奪われてしまう。性的倒錯者であることに対する数多くの偏見や差別に加え、愛してきた恋人たちでさえ最終的には男性が奪い去っていく日陰者としての運命。絶望したスティヴンは教会に駆け込み、自分たちのような性的倒錯者に生きる権利を欲しい、と神に嘆願するところで物語は幕を閉じる。

文学史上初めて女性同士の恋愛そのものについて描写したこの作品は、そのテーマの過激さから当時の保守層から疎んじられ、発禁を巡り「ラドクリフ裁判事件」を引き起こした。しかしこの事件は、それまで存在すら認知されていなかった女性同士の恋愛がようやく社会問題として認知されるようになったということでもあった。

この作品の扇情性を自覚しつつも、当時の世相と向き合い性的倒錯者への理解と認知に向けて戦うことを決意したホールの本作品に対する意気込みは並々ならぬものであったに違いない。それではこの『淋しさの泉』がどのような経緯で生まれ、当時の読者からどのような評価を受けたか。本稿では当時のイギリス社会と法制度の矛盾の中で懸命に駆け抜けたホールの生涯を追っていきたい。

（二）『淋しさの泉』が生まれるまで：ウナ・トゥールブリッジの手記から

ホールは死後、著作版権含む収入以外の全てを、ホールの生涯の伴侶であったウナ・トゥールブリッジ（一八八七―一九六三、以後通称の「ウナ」と表記する）に遺贈した。ホール死去後、遺贈されたホールの邸宅に住みながら、ウナはホールの人生を『ラドクリフ・ホールの生と死』という手記にまとめ、一九四五年に発表した。上流階級の抑圧された家庭環境で育ち、のちに敬虔なカソリック信者となったホール。異端者に対する保守的思想の色濃い時代の中、彼女は科学的側面からアプローチをかけ「性的倒錯者」についての公平な知識と認知に向けた活動をすることになった。そんな彼女が代表作『淋しさの泉』を発表するまでの間、どのような環境で過ごしてきただろうか。

ラドクリフ・ホールは、自身がストラッドフォード・アポン・エイボンにルーツを持つ家系の出身で、その家系を手繰ればケルト系民族に至るまで幅広い。縁戚の中にはシェイクスピアの娘がいたようだ（トゥールブリッジ七―九）。祖父が亡くなったあと莫大な遺産を手に入れたホールは、執筆活動に必要な経済基盤に生涯恵まれたが、その一方で両親からの愛情にひじょうに飢えていた。

ホールの父であるラドクリフ・ラドクリフホールは、妻メアリー・ジェーン・ディールにとって二番目の夫である。彼は通称「ラット」（ならず者）（一二）と呼ばれるような、浮気性で働かずに家の莫大な財産を食いつぶしていく非家庭的な男性だった。一八八〇年八月二日のホール誕生の瞬間も父親はメイドと不貞を働いていたため、その場に立ち会うことはなかった。両親の夫婦愛はすぐに冷め切り、ホールがわずか三歳の時に二人は離婚した。父親とあまり接触することもなかったため、ホール幼少期の頃の両親の思い出はひじょうに乏しい。喘息の既往症があった父は、ホールが一八歳の時にカンヌに向かう旅先で重症化し、帰国後程なく亡くなった。

両親からの愛情を与えられなかった幼少時代のホールは、父方の祖母を慕って過ごした。頭の中で創り出した友人たちとゲームに興じる空想遊びや、拙いながらも韻文を作って遊ぶような子どもだった。そういった複雑な家庭環境から学習障害が生じた。現代で言う難読症になったホールは、社交的スキルが未熟なまま成長することになる。

しかし皮肉なことに、ホールの持つ先天的な素養の多くは父親から受け継いだものだった。作曲や小説の才能は、後述する母の再婚相手の影響もあるが、詩歌や絵画制作を嗜んでいた父の血にも由来するものであろう。人形よりもドラムを好んだホールは幼少期からピアノで詩歌を作曲した。その才能は、義理の父の客で訪問していたドイツの指揮者アルトゥル・ニキシュ（一八五五―一九二二）も舌を巻き、ドイツ留学を熱心に勧めるほどだった。しかし先述した親子の不仲の影響か、せっかくの恵まれた音楽的才能に対しても次第にホールは情熱を失っていった。のちにウナが過去の作曲した詩歌を掘り起こした際も、ホール自身にはその時の記憶がまったくなかったという（一八）。

ホールの母方はアメリカ由来の家系で、母メアリーは、ラドクリフ家に嫁ぐ前に最初の夫とアメリカで結婚をしている。ホールの父の他界後、ホールが九歳の時に再婚した三番目の夫は、王立音楽大学の声楽の教授である著名なアルバート・ヴィセッティ（一八四六―一九二八）だった。ホールは一〇代の時に彼から性的に言い寄られる虐待を受け、生涯彼のことを忌避していた。メアリーは情緒不安定な人間だった。前夫を思い出させる自分の娘の姿にメアリーは苛立ち、彼女を虐待した。ゆえにホール自身は母とこの義理の父の両方ともそりが合わず、成長したのちも頻繁にこの二人と激しい口論となった。これらの背景から、生涯母娘は互いをわかり合うことはなかった。

成長するにつれホールは自身の性的倒錯を自覚するようになる。彼女はそんな自分の性質を隠すことなく男装をし、素直な自己表現を行なったが、そのことはジェンダーに対して保守的な母親の憎悪を集める結果となった。二一歳にホールの敬愛する祖母から生活するに十分な遺産を受け継ぎ独立するまで、彼女は母親の息苦しい支配下にひたすら耐えていた。

自立したホールはカリスマ的な自信に満ち溢れ、女性の目線から見てもひじょうに魅力的だった。二〇代の間に彼女の姉妹二名と恋愛関係を結ぶ。ロンドン大学のキングス・カレッジを卒業後、ドイツに留学したホールは、詩歌の制作活動を本格的に行うようになる。一九〇六年に最初の詩集『ツイスト・アース・アンド・スターズ』を発行、一九〇八年までにそれぞれホールともう一人別の詩人との共著の形で計三巻が自費出版された。ホールの詩は『アシニアム』誌をはじめ、複数の著名雑誌で高評価を受けるなど、ひじょうに大きな成功を収めた、とウナは記している（二八―二九）。最終的にホールの製作した詩歌はその全五巻の詩集に編集され、その中で最も有名な作品群の中の一つの「ザ・ブラインド・プラウマン」にはのちにロバート・コニングスビー・クラーク（一八七九―一九三四）によって曲が添えられた。

その詩歌の制作と並行して、ホールは小説の執筆活動を始めた。いくつかの小説を完成させたホールは、刊行に向けて出版社と交渉を行った。文才を認められたホールの作品はすぐに送付先の編集者から好感触を得たが、先方の編集方針の相違などからそれらの初期の小説は刊行には至らず今も未刊行のままである。

ホールが二七歳の時、彼女にとって最初の重要なパートナーとなるマーベル・バテン（一八五六―一九一六。以下、彼女の通称である「レイダ」と表記する）と出会う。ホールと出会った当時、彼女は五十歳。ホールと二十三も歳が離れていたレイダはホールにのちの彼女を形成する重要な要素を与えた。

一つ目は宗教観の変化。レイダはホールにカソリックを勧め、ホールは生涯敬虔なカソリック信者となった。二つ目はジェンダーを決定づける男性名がホールに与えられたこと。ホールがかつての自分の恋人の面影に似ていることから、レイダはホールにその恋人の名前である「ジョン」(John)という名を与え、ホールは生涯この男性名を大事に保有した。最後は執筆活動を本格的に行うようホールを後押ししたことである。若いホールはそのお返しとして、年老いて人生に退屈していたレイダに活力や人生の目的を与えた。

彫刻家であり、フランス語の翻訳者であったウナがホールと出会ったのは一九一五年、ホールが三〇歳、ウナが二八歳の時だった。ウナは英国海軍大将のアーネスト・トゥールブリッジ(一八六二―一九二六)と結婚し、アンドレアという一人娘も居たが、ホールに会う以前よりすでに夫婦仲は冷めきっていて別居状態であった。ウナはレイダの親戚を通じてホールと知り合い、しばらくレイダとホールとウナとの三角関係が続いた。その後レイダとは一九一六年に死別。傷心のホールの面倒を見る形で同居を始めたウナは、以後一九四三年に腸癌で亡くなる最後までの二八年間、執筆活動においては助手となり、家庭生活においては熱心な伴侶となり、生涯ホールに献身的に付き添った。

その後ホールは新たな小説の執筆に没頭し、一九二四年までに『ザ・フォージ』と『アンリット・ランプ』の二つを完成させる。特に後者の作品は執筆期間に二年を要した力作で、初めて女性の同性愛に触れた作品でもある。執筆当時、ウナは草稿を何度も読み、アドバイスをするなど制作に熱心に協力したという(七二)。その後一九二六年に発表した『アダムズ・ブリード』は、フランスでフェミナ賞(正確にはフェミナ・ヴィ・ユールーズ・プライズという一九二〇年から一九四〇年まで設けられたイギリス文学部門)、一九二七年にはフィクション部門においてジェイムズ・テイト・ブラック記念賞、アメリカではアイケルバーガー・ゴールドメダルを受賞する快挙を遂げる。『アダムズ・ブリード』は発売後三週間で二万七千部を売り上げ、その後ドイツ語、オランダ語、ノルウェー語、スエーデン語、イタリア語、その他諸外国語に翻訳され、一大ベストセラーとなった。

『アダムズ・ブリード』の成功を受けて、ある日ホールはウナに、次の作品では彼女が長い間温めていた、「性的倒錯」を本格的に扱った小説を執筆する、という一大決心を告白する（八一）。ホールはこういった作品は性的倒錯者である彼女自身でなければ生み出すことのできない作品である、と確信していた。またこの作品を彼女にとっての「終止符」の作品としたいと考えていた。これが彼女のターニングポイントとなる代表作『淋しさの泉』の制作の始まりだった。執筆期間中、旅が好きだったホールはより良い執筆環境を求めウナと旅をする。最終的には作品の舞台ともなったパリのホテルに最適な環境を見出し、数か月滞在して作品を書き上げた。しかしこの作品をきっかけに、『アダムズ・ブリード』で獲得した彼女の作家としての名声は一転、人生が大きく変わっていくことになる。

(三) 戦略としての『淋しさの泉』、そして騒動へ

ホールは最初三つの出版社に作品を送付した。全出版社は作品を称賛したが、作品に孕む内容の危険性から発行自体を断った。出版社との契約は難航し、最終的に出版社のジョナサン・ケープと発行の契約をとりかわすことになった。

「性的倒錯者」。科学分野、あるいは医学、精神分野において専門的な研究は進められているものの、それはやはりあくまで専門分野という狭義の話題である。広い世間ではそのトピックを取り扱うことはタブー視されてい

た。そんな時代の中、今まで認識すらされていなかった「女性の性的倒錯者」を真正面から扱った『淋しさの泉』。ホールをはじめ発行サイドの作品にかける情熱は並々ならぬものだった。

ジョナサン・ケープ社は本作品の内容に世間の批判が集まることを懸念しつつも、商業的に成功することを期待して戦略的な広報活動を提案する。ホールにロイヤリティーとして五〇〇ポンドの前金を払い、ハヴェロック・エリスに会って前書きを依頼するように勧めた。エリスは作品の内容、およびホールの『淋しさの泉』に込めた想いに賛同し、まもなく一五〇ワードほどの、ホールにとって「申し分のない」（スーハミ　一六九）前書きを寄稿した。

わたしは大いなる関心を持って本作を読了した。なぜなら小説としての質の高さを抜いて、この作品には注目すべき心理的社会的意義があるからだ。わたしの知る限り今作は、まったく忠実で妥協のない文体で、われわれの間に今日に至るまで存在している、性生活の一側面を提示した最初のイギリス小説である。

（一六九）

ジョナサン・ケープ社が発行部数を一二五〇部という少部数に設定し、代わりに小説本の一般的な値段の四倍に相当する二五シリングという高価格に定めたのは、いわゆる「炎上」を避けるべく、あらかじめ理解ある知識層に購入ターゲットを絞るためであった。当初一九二八年の年末の発売を予定していたが、競合本であるコンプトン・マッケンジー（一八八三―一九七二）著の作品『風変わりな女性たち』の発売が九月の予定であることを知り、これよりも前の七月二七日に発売日を定めた。

広告にも力を入れた。出版社の確保した三〇〇ポンドの予算にホールの自費の一五〇ポンドを足した四五〇ポンドの宣伝費用をかけて、信頼できると見込んだ複数の主要新聞社に広告を出した。装丁は黒の表紙にシンプルなカバーというあえて控えめなデザインにし、その代わりに本のカバーに次の文章を記載した。


英国において、この手の題材は科学専門書以外では今まで率直に取り扱われたことがなかった。しかし本著の社会的結末は、分別のある文化人の世論において（レズビアニズムが）より寛大に、より一般的に扱われるようになりそうだ。（オラム　一八五）

これらは全て『淋しさの泉』の社会的意義を意識した戦略である。

献本先の各社の反応は実にさまざまで、「説教じみた内容」「文章が貧弱」「ずさんな内容」などと批判される一方、作品内容の誠実さや話作りの技量を賞賛する声、ホールの道徳に対する葛藤に共感する声など、多様に評価された。それから約三週間後、彼女の渾身の作品『淋しさの泉』は満を持して発表された。この作品の挑戦をよくとらえなかったメディアによって発禁をめぐる騒動が起こったのはその後間もなくのことだった。

『デイリー・エクスプレス』紙は、保守統一党出身の元政治家で当時も国内外に巨大な影響力を持つマックス・エイトケン（一八七九―一九六四）が買収した、当時英国内の筆頭新聞紙だった。その日曜版である『サンデー・エクスプレス』紙は、一九二八年八月一九日の紙面で『淋しさの泉』を「イギリス小説界の混乱と崩壊を防ぐため、他の小説家にこのような暴挙を繰り返さないようにするのは批評家の義務である。この小説はいかなる書店での販売、図書館での貸し出しにふさわしくないと、慎重に申し上げる。」と激しく批判した。それに対して対抗各紙は様々な反応を示し、この本を巡って様々な論争が繰り広げられた。

その舞台裏でイギリス内務省は、版元のジョナサン・ケープ社に本の販売を中止するよう圧力をかける。ある官公吏はこの本を「本質的にみだらであり、堕落した慣習を支持するものであり、公用の利益を大きく損ねるものである」とみなした（スーハミ　一八一）。これに当時の首相のスタンリー・ボールドウィン（一八六七―一九四七）や財務大臣のウィンストン・チャーチル（一八七四―一九六五）、内務大臣のウィリアム・ジョインソン＝ヒックス卿（一八六五―一九三二）も賛同、加担する。債務状の執務官長でラドクリフ裁判の議長を務めたシャルル・ビロン卿（一八六三―一九四〇）は、発行側の主張する当著の文学界への利点は今回の裁判の擁護には何の意味ももたないとし、在庫全てを破棄するよう命じた。

ジョナサン・ケープ社は表向きにはそれを承諾し本の発行を自粛すると発表したが、裏ではフランス版の版権契約をフランスの出版社であるペガサス・プレスと交わし、本の活版を輸出するなど、海外版を出す準備を着々と進めていた。そうした騒動の中、本はにわかに注目を集め、売り上げを伸ばしてゆく。

発行自粛を承諾したのにも関わらず、未だ書店に本が並んでいる現状を見かねた内務省は十月三日、ヒックス卿の名のもと、本の差し押さえを求めた令状をジョナサン・ケープ社宛てに発付する。一九二八年十月、ついに版元は国内の販売中止を承諾、編集作業中だったフランス版の校正原稿は没収されることになった。ここで、なぜこのような結論が最終的に下されたのか。女性同性愛にまつわる法整備を含めた歴史的経緯や、当時のイギリス社会の文化的背景を次章で確認したい。

（四）二〇世紀前後の同性愛にまつわる精神医学研究、および法整備

ホールは自身含む女性同性愛者たちを「レズビアン」(lesbian) では無く「性的倒錯者」(invert) と定義していた。これには性的マイノリティーに対する広義な言葉が定着するまでの長い歴史が関係している。

古代ギリシアのサッフォー（紀元前前七世紀―六世紀中頃？）にはじまり、旧約聖書や中世の修道院の修道女の記録。そして一九世紀に入ればシャルル・ボードレール（一八二一―一八六七）やオノレ・ド・バルザック（一七九九―一八五〇）などのフランスの文学作品。日本では一三世紀の宮廷文学「我が身にたどる姫君」など、女性の同性愛について紐解けば『淋しさの泉』以前にも、各時代で関連題材を扱ったエピソードや物語を確認することができる。

古代ギリシアのように女性同士の恋愛が尊重された時代は確かにあった。しかし時代が進むにつれ宗教的弾圧などでレズビアニズムは次第に抑制の方向へと進んでいく。二十世紀初頭に世間に認知されるようになる前、抑制の中で息を潜めていた女性の同性愛は「女性同士のロマンチックな友情」という修飾的モチーフで説明され、世間から覆い隠されていた。

イギリスに「新しい女」たちが登場したのは一九世紀から二〇世紀初頭。社会進出を目指す女性を受け入れる職業訓練所や女子大が設立されると、その敷地内で女性は男性に依存する必要がなくなり、互いに助けあうよう

になった。アメリカでは、若い女子大生の間で「ぞっこん」(smashing) と呼ばれるロマンチックな友愛関係を結ぶ中、独立心や主体性を確立する現象が流行する。当初これらの女性同士の友愛は美徳とされ、好意的に世間は受け止めていた。しかしそういった友愛はあくまで助け合いの精神の一環であり、そこにエロスを片鱗もにじませてはいけなかったし、あくまでも「友情」であるがために、ひとたび一方の女性の前に求婚者が現れた場合はそれを拒むことは建前上できなかった。求婚者が現れず生涯独身でいる場合も、同性愛者を口実として公表することはおろか、自立するに必要な社会的特権も女性は獲得することすらできなかった。

そのような状況下でもレズビアンを含めた同性愛文化は静かに成熟し、ヨーロッパでは上流社会を中心にゲイ・ソサエティ文化が芽生えていった。『淋しさの泉』の中でも、作家として成功した主人公スティヴンがゲイの男性作家ジョナサン・ブロケットの勧めで渡仏した際に、パリのレズビアンの作家の集うサロンに入会するエピソードがある（二二八）。実際に当時のヨーロッパ諸国にはレズビアンの集うコミュニティーが複数存在していて、ホール自身もフランスに在住するアメリカ人戯曲作家のナタリー・バーネイ（一八七六―一九七二）がホストを務める文学サロンに所属していた。なお、ナタリーはのちの『淋しさの泉』で登場する、パリの文学サロンのホスト、ヴァレリー・セイムールのモデルとなる。

しかしそうしたゲイ・サロン文化が生まれても、所属するものの多くはバイセクシャルで、純粋なレズビアンはそうしたコミュニティーの中でもまだまだ異端とされていた。またこうしたコミュニティーは内輪で交流することを目的としていたので、外に向けた活動団体ではなかった。そのため、世間は彼女たちの特殊な関係を理解する機会を与えられず、説明できる用語も持ち合わせていないため、ひとまず彼女たちのことを一見変わった

「友情」として捉えていた。その友情の先にあるエロティックな関係については、まったく想像できないわけではなかったはずだが、結局はホールの時代までレズビアニズムは看過されていた。

女性そのものの社会的立場が低く経済的に自立が難しいため、最終的に男性との結婚の道を選ばざるを得なかったレズビアンたちの悲しみなど世間は知る由もない。そうして彼女たちは何の疑いも持たれずに、結婚という強制的儀式を経て「ノーマル」な異性愛者に自動的に分類された。レズビアンたちは、存在自体がそもそも世間の想定外だったのである。この点は、ホモフォビアなどの人間が存在するように、表向きはタブーとされつつも確実に認知されていた男性同士の恋愛の背景とは大きく異なる。

法規制の歴史においても、レズビアンとゲイの認知の差をみることができる。キリスト教では同性愛は犯罪とみなされていたため、イギリスでは一五三三年の男色行為禁止法発足から約四三〇年もの間、男性の同性愛は死刑の対象であった。一八八五年の刑法修正で売春婦の同意年齢が引き上げられたが、それに合わせて男性の同性愛行為が全て不法行為としてみなされるラブシェア修正条項が追加された。このことにより世間は同性愛を敵視するようになり、一九六七年のウルフェンデン報告の法律執行で男色行為が罪に問われなくなるまで同性愛者たちは事実を隠さねばならなかった。

それでもやはりこの法律は男性同士の恋愛のみに対しての措置であり、イギリスでは現在に至るまでこれまで一度もレズビアンに対する法規制は実のところ存在していない。唯一イギリスの法規制の歴史でレズビアニズムそのものを法制度に盛り込む運動があったのは一九二一年だった。当時下院議員だったフレデリック・マキステン（一八七〇―一九四〇）はレズビアンを違法とするよう国会に提議した。しかし当時の貴族院議長だったバーケンヘッド卿（一八七二―一九三〇）は、「女性が千人いたとしても、そのうち九九九人はそのような悪習（同性愛）に手を染めるとは思えぬ」と断じ（ドアン　五五―六〇）、貴族院にて否決された。このようにレズビアンの存在は当時の世間でもあり得ないことと断定され、法制度の上でもまったく認知されていなかったのである。

こうした中、女性の同性愛をいち早く認知したのは医学・科学の世界だった。イギリスに「新しい女」たちが登場した一九世紀末、社会進出をはかろうとする積極的な現代女性のイメージと従来の家庭内の天使のイメージの狭間で悩み苦しむ女性が現れた。また女性運動に取り組む彼女たちの行動を世間は異様と捉えた。当時のパンチの絵には、女性参政権を求めハンガー・ストライキを行うガリガリに痩せた女性に対し強制治療を試みる医者たちが描かれている（武田　八四）。そうした女性たちの様子を世間は病気として捉え、その症状は「ヒステリー」と定義された。

「ヒステリー症」は、子宮を意味する古典ギリシア語の「ヒステリア＝ユーテラス」を語源にとっている。そのため用語が生まれた当初は、骨盤内のうっ血によって起きる女性の欲求不満の病気を指していた。一九世紀に催眠療法で知られるジャン＝マルタン・シャルコー（一八二五―一九四七）によって最終的に心因性のものと認識されるようになる。ヒステリー女性患者との対話による治療を示した講義には多くの群衆が押し寄せるほど、世間はこうした女性の逸脱行為について大いなる関心を寄せた。当時ヒステリーの患者として写真集まで出した有名女性患者まで現れた（武田　九〇）というから、当時のフィーバーぶりがうかがい知れる。

しかしここにも性別による区別があった。男性の罹患する精神病は「神経症」や「神経衰弱」と名付けられた一方、激しい発作を特徴とする女性の精神病は「ヒステリー症」に分類された。のちの世界大戦時に出征した男性兵士の多くがヒステリーと類似の発作を起こす「シェル・ショック」と呼ばれる戦争後遺症に悩まされたが、その時もヒステリーは女性特有の病である、という固定概念が払拭されることはなかった。

こうした背景の中、女性の同性愛に関する研究は心理学・精神医学・性科学などの分野で静かに進められていた。ジークムント・フロイト（一八五六―一九三九）は一九〇五年に「性道徳に関する三つの論文」を発表した。この論文は倒錯者による同性愛（＝女性が女性として女性を愛すること）について、および男性の特徴を持った女性による同性愛（女性が男性として女性を愛すること）について言及したものである。こうした性の不一致の状態をフロイトは「第三の性」と定義した。フロイトの論文は一九二〇年に英語版が出され、イギリスを含む英語圏に知れ渡ることとなる。

精神科医のリヒャルト・フォン・クラフト＝エビング（一八四〇―一九〇二）や性科学者のハヴェロック・エリス（一八五九―一九三九）は、男装をする女性や男性のような振る舞いをする女性を「性倒錯者」という用語で分類した。（この用語の定義は、現代の性的不一致のみを指す「トランスジェンダー」とは異なっていることに注意しなくてはいけない。）クラフト＝エビングとエリスは、同性愛のような性倒錯は「先天性」であり、成長過程で修正ができないものと結論づけた。

エリスが研究書の「性的倒錯者」を発表した年は、ホールが一七歳という悩み多き多感な時期だった。自分のような人間は、近代文明を象徴する科学知識によれば「性的倒錯者」であるという情報は、のちのホールのアイデンティティ形成に強い影響を与えることになる。

レズビアニズムという用語が世間に広く浸透する前の段階の時代において、いかに世間に正しくそのことを認知してもらうか。ホールは世間からの信頼度の高い科学的定義である「性的倒錯者」という専門用語に託した。

この「性的倒錯」という言葉との初めての出会いについて、ホールはのちの『淋しさの泉』で主人公スティヴンに同様の体験をさせている。十八歳で不慮の事故で父を失ったスティヴンは彼の書斎に入り、本棚にある、父によって各所に下線部が引かれた数多くの性科学に関連する書籍を発見する。彼女は父の読書を追体験する形で、性科学者のカール・ハインリッヒ・ユルリクス（一八二五―九五）からクラフト・エビングに至るまでの関連書物に触れ、初めて自分自身が「性的倒錯者」であるという知識を得る（二〇〇七）。先見性のある父のフィリップ卿が逸脱した行為を繰り返す娘をどうにか理解しようと、懸命に科学専門書を紐解いていたことを証明する一場面である。当時の先駆的な知識であった性科学分野の専門用語を使いつつ、ホールは同性愛者に関する公正な知識を一般読者側に与えようとしたのだ。

最後に法規制のその後を象徴する一例として、「チャタレイ裁判」を紹介したい。ラドクリフ・ホールが超えることのできなかった「猥褻出版物禁止法」の壁。ラドクリフ裁判でホールたちが訴えた「作品の高い文学性や作品がもたらす公共の利益は猥褻文書であるかの判断基準になんの影響も持たない」としたこの法案はその後の性道徳の変化により改正の動きが起こる。一九五〇年代、イギリス「作家協会」の活動のもと、「猥褻出版物禁止法」は一九五九年に法改正され、新たに法案の四章に、審査の際にホールたちの訴えた「作品の高い文学性や作品がもたらす公共の利益」が考慮されるようになった。このことが『淋しさの泉』と奇しくも同年の一九二八年に発表されたD・H・ロレンス（一八八五―一九三〇）の『チャタレイ夫人の恋人』を救うことになる。

「ラドクリフ裁判」から三二年後の一九六〇年、当初検閲を懸念して男女間の性描写部分を削除した修正版が発行されていた『チャタレイ夫人の恋人』は、その後一九六〇年にペンギン・ブックスにより当時削除されていた性描写箇所を掲載した完全版が発行された。まもなく猥褻出版物の認定を巡って最高裁で裁判となったが、前年に法改正された「猥褻出版物禁止法」により、「公共の利益となる高い文学性」のある作品という出版側の上告内容が認められ、最終的には無罪の判決が下りた。残念ながらアメリカ、カナダ、オーストラリア、インド、そして日本ではわいせつ文書として発禁処分となったが、イギリス本国での勝利は「新しい性道徳の先駆的存在」として今もなお広く知れ渡る事件となった。

（五）ラドクリフ裁判

「世界で最も誤解された人びとのため、ペンを走らせる」（トゥールブリッジ　一六七）作品を書いたホールは、『淋しさの泉』差し押さえの令状に対し訴訟を起こした。「ラドクリフ裁判」の始まりである。世間の大きな関心が集まる中、一九二八年十一月九日に開廷した裁判で、ホールはレザーのドライビング・コートに身を包み、スペイン製の乗馬用の帽子を被った華やかな出で立ちで傍聴席に登場した。

ジョナサン・ケープ社の事務弁護士であるノーマン・バーケットは証人として証言台に立って弁護してくれる人を探して、一六〇通もの手紙を出して依頼をした。その結果当時イギリス内で最も有名な性科学者だったノーマン・ヘアー（一八九二―一九五二）を筆頭に、その他著名な生物学者、性科学者、王立美術員の芸術家、ヴァージニア・ウルフ（一八八二―一九四一）を含む四〇名が証人として待機した。ノーマンは以下のような見解を示した。

同性愛者は種族的なものであり、梅毒に関する本を読んだ者が梅毒にかかることのないのと同じく、この本を読んだからといって同性愛者になるわけではない。（一九七）

しかしこれらの証人が実際に登壇し意見することを法廷は許さなかった。その理由は当時のイギリスの法律が鍵を握っている。一八五七年に執行された「猥褻刊行物法」のもとでは、最高行政官のシャルトル・ビロン卿は証人からのヒアリング無しに被疑書が猥褻であるかを判決できる権限があった。十一月十六日の判決文の中でビロンは「法廷での判決の一件について、意見できる権限は一人間にはないと考える」との判決を下した。ホール自身はこのことにひじょうに激怒し証言台に立とうとしたが、自身を弁護する権利がなかったこと、またノーマンから証言しないよう説得を受けたため、ホールは渋々彼の説得を受け入れた。

ノーマンはビロンに対し、「今作品の内容は自然界における純粋かつプラトニックな恋愛である」と法廷で主張したが、ビロンはその主張を却下した。弁護のために性的倒錯者を身売りするような行為はしないようノーマンに依頼していたホールは、開廷途中の昼休みにノーマンに「もし本の中の女性同士の同性愛の内容を否定するのであれば、制止される前に自らが法廷に立って真実を行政官に伝える」（二一六、二二五—二二六）と抗議した。そのためノーマンは先に主張した内容を取り下げ、「本の内容は上品で文学的にも高い価値のあるものである」というものに修正した。労働党で政府大臣だったジェームス・メルビル（一八八五—一九三一）も、「本作品は聖職者のような道徳性があり、決して社会に対して淫らな思想を刺激するものではなく問題提議をしているものだ、作品のテーマに対する取り組みは非の打ち所がないものである」（二二六—二二七）とノーマンの主張に賛同した。

一方で裁判期間中、ホールを震撼させたある事件が起きた。匿名の作者により『淋しさの巣窟』（一九二八）という詩がハーミス・プレス社に発表されたのである。これは本来『淋しさの泉』を発禁処分にしようとした『サンデー・エクスプレス』紙の記者であるジェームズ・ダグラスとヒックス卿を標的としたものだったが、ホールは自身が標的であると勘違いしたためこの一件にひじょうに動揺した。十字架に磔になったホールの絵（図参照）が挿絵として添えられたこの詩の衝撃は、敬虔なカソリック信者であった彼女を徹底的に打ちのめすこととなった。ホールは恐怖のあまり、裁判後の数年間はその詩について口にすることができなかったという。

『淋しさの泉』の発禁処分にイギリス文学界は反発し、ホールと親交のあったブルームスベリー・グループを筆頭に数多くの有力作家、学者が抗議のため立ち上がった。同年一一月、週刊誌の『ザ・ネイション・アンド・アシニアム』に『淋しさの泉』の発禁に対する抗議書を掲載した（ウィニング 三七六）。そこにはアーノルド・ベネット（一八六七―一九三一）、T・S・エリオット（一八八八―一九六五）、E・M・フォースター（一八七九―一九七〇）、ジョージ・バーナード・ショー（一八五六―一九五〇）、ウルフなどが名を連ね、表現の自由を求めて文学界を中心に世間の議論は大いに盛り上がった。

ベレスフォード・イーガンによる『淋しさの巣窟』挿絵

しかし同年十一月十六日、ついに『淋しさの泉』に対して正式に発禁処分の判決が下された。ヒックリン判定基準である「そういった種類の不道徳な影響に心を開くものたちを腐敗、堕落させかねないようなものであれば、当該作品は猥褻物と判断する」という基準に倣った判決となった。執務官長のビロンは、同日発行された判決文に以下のことを記している。

よく出来た猥褻な内容の本は、稚拙なものよりもむしろ有害であるため、ノーマンが主張する文学的価値はこの際無関係である。本作品のテーマ自体は必ずしも受け入れがたい訳ではない。しかし本作は「このような悪徳に耽るとかならず影響を受ける道徳と肉体の堕落を描くもの」であり、決して許されるものではない。（ビロン　三九―四九）

最終的な判決内容は、すべての在庫の廃棄、および上告側は裁判にかかる費用をすべて支払うこと、というひじょうに厳しいものとなった。ホールが作品に込めた高い志や小説としての高い質、文学的価値や正当性をもってしてもヒックリン判定基準を覆すことはできなかった。性的倒錯者に対する理解と認知に向けたホールの運動は、法の前に敗北したのである。

『淋しさの泉』発禁を巡る騒動は国外でも起こった。多くの国で発禁扱いとなったが、米国では長い裁判の末ようやく発行を認められた。『淋しさの泉』はここで日の目をみることになる。しかしイギリス国内で発行されたのは一九四九年、ホールの死後からは六年が経過していた。

（六）「ラドクリフ裁判」後のホールの生涯、および後出作品への影響

「淋しさの巣窟」による精神的ダメージも相まって裁判後のホールは疲労困憊だった。そんな中手を差し伸べたのは彼女の一件に共感したノエル・カワード（一八九九―一九七三）である。

カワードはそれまで交流のなかったホールとウナに初めて連絡を取り、ライにある彼の邸宅に二人を招待した。ライの町をすっかり気に入ったホールはロンドンのケンジントンにあった邸宅を引き払い、ウナと共にライに移住する。ライで静養するうちに次第に元気を取り戻していったホールはその後も作家としての活動を続けた。『淋しさの泉』に込めたホールの思いは裁判後も変わることはなく、彼女は更なる自身の表現を模索し続けた。『淋しさの泉』から五年後の一九三二年、宗教的テーマを扱った小説『ザ・マスター・オブ・ハウス』を米国で発行する。発売前はあの「性的倒錯者」を描いたホールの続作ということで注目を集め、事前予約数は好調だった。しかし発売後の各主要新聞紙のレビューは芳しくなく、瞬く間に売り上げが低迷した。その後出版社の倒産により債権者に本が差し押さえられ、販売の機会を奪われるなどの不運に見舞われ、以降の彼女の作品は残念ながら日の光を浴びることがなかった。ホールはその後既往症の肺喘息などからじょじょに体調を損ねはじめ、一九四三年、ロンドンのドルフィン・スクエアのフラットで最後の瞬間もウナに看取られながら結腸癌で死去した。

死後発見された、ウナに宛てて書かれたホールの最後の手紙にはこう書かれている。

わたしたちが再会するまで神のご加護があなたにありますように。わたしの愛は、単なる死などというものよりもはるかに、はるかに強いものだと信じてほしい。（トゥールブリッジ　一九〇）

それに呼応するように、ロンドンのハイゲート墓地に眠るホールの暮石にウナは以下のメッセージを刻んだ。

……そしてもし神がお望みくださるのなら、死後、わたしはなおも貴女を愛すのみでしょう。

（ホール　No. 53080–53081）

ウナは確かに『淋しさの泉』のメアリーのモデルであったが、作品内のメアリーのように、パートナーがなにかに没頭し自分を構わなくなる度にひどく塞ぎ込むような、自身を受け入れてくれる人間なら異性同性構わずにどっぷり寄りかかるような性質の人間ではない。自身が性的倒錯者であることを世間に向け ファッションで視覚的にアピールするホールに迎合し、ホールと同様に紳士仕立ての男装スタイルで付き添った。また献身的にホールに尽くす一面もある一方、フランス語翻訳家として独立して活動するなど自立した人間でもあった。そして何よりも、互いが恋人同士であることを世間に隠すことはしなかった。ウナもまた、ホールとともに性的倒錯者に対する批判や偏見と戦った一人のレズビアンであった。

（七）おわりに――ラドクリフ・ホールが遺した道筋

コラム作家で自身もレズビアンだったジャネット・フラナー（一八九二―一九七八）はラドクリフ裁判後、『ニューヨーカー』誌内に連載していたコラムで『淋しさの泉』を「ナイーヴ」な作品であると述べ「自らが犠牲になり、認識の浅い発展途上の社会に人間の多様性を反映させた、より優れた作品を送り出すための道を作った作品である」（スーハミ 二一四）と評価した。

ホールの生きた時代はヨーロッパでは自由恋愛を謳歌する風潮があり、レズビアン文化もまた暗黙のうちにひっそりと存在していた。しかしイギリスにおける同性愛の認識は男性同士の行為を想定したものであり、レズビアニズムに対しての社会的認識は法整備を含め、きわめて低かった。「ラドクリフ裁判」を引き起こした『淋しさの泉』は、そのような背景で初めてレズビアニズムや性的倒錯者という存在が公で認知され、それらが法規制の対象となるか否かを正式に世に問う怪作となった。

二一世紀現在、「レズ」「おかま」「ホモ」といった差別用語やホモフォビアたちによる性的マイノリティーたちに対する偏見や迫害もいまだ各地で存在しているのは事実である。しかしかつてホールが「性的倒錯者」という狭義で限定して説明しなくてはならなかった女性同士の同性愛は、「ラドクリフ裁判」をきっかけに世間の認知が広まり、長年凝り固まっていた性道徳が裁判以降じわじわと融解してゆくことになった。『淋しさの泉』はこれら性的マイノリティーの社会的認知に向けての第一歩を示す象徴的作品であった。後陣の性的マイノリティーたち、およびそれらを扱ったフィクション作品のための道を作ったラドクリフ・ホールは、当時持てる限りの知識や武器を駆使し、不器用ながらも必死に戦った殉教者だったのである。

引用・参考文献

Cline, Sally. *Radclyffe Hall: A Woman Called John*. London: John Murray, 1997.

Doan, Laura. *Fashioning Sapphism: The Origins of a Modern English Lesbian Culture*. New York: Columbia University Press, 2001.

Faderman, Lillian. *Odd Girls and Twilight Lovers: A History of Lesbian Life in Twentieth-Century America*. London: Penguin Books, 1992.

Hall, Radclyffe. *Delphi Complete Works of Radclyffe Hall (Illustrated)（Series Five Book 3)*, Delphi Classics.2014, Kindle 版.

——. *The Well of Loneliness*. London: Virago Press, 1982.

Oram, Alison. *The Lesbian History Sourcebook: Love and Sex Between Women in Britain, 1780–1970*. London: Routledge, 2001.

Souhami, Diana. *The Trials of Radclyffe Hall*. London: Weidenfeld & Nicolson,1998.

Troubridge, Una. *The Life and Death of Radclyffe Hall*. London: Hammond, 1961.

Winning, Joanne. "Writing by the Light of The Well: Radclyffe Hall and the Lesbian Modernists." *Palatable Poison*. New York: Columbia University Press, 2002.

木村朗子「クィアの日本文学史：女性同性愛の文学を考える」三成美保（編）『同性愛をめぐる歴史と法：尊厳としてのセクシャリティ』明石書店、二〇一五年、一九五—二二六頁。

武田美保子『〈新しい女〉の系譜——ジェンダーの言説と表象』彩流社、二〇〇三年。

中澤はるみ「ラドクリフ・ホールの『淋しさの泉』——レズビアン文学の可能性」二〇世紀英文学研究会（編）『現代イギリス文学と同性愛』金星堂、一九九六年、八八—一〇六頁。

ホール、ラドクリフ（大久保康雄訳）『淋しさの泉』新潮社、一九五二年。

Column 6

自分だけの部屋の片隅で
——ヴァージニア・ウルフ（一八八二—一九四一）

ヴァージニア・ウルフはヴィクトリア朝を代表する文芸批評家レズリー・スティーブンの娘としてロンドンに生まれた。当時のならいとして正規の学校教育は受けなかったもののイギリスの知識階級の家系かつアッパーミドルクラス出身の作家であった。一三歳の時以来、精神の病を患っていたがその原因は母を亡くしたこととともに異父兄ジョージとジェラルド・ダックワースから受けた性的虐待のショックゆえ、と言われている。

一九〇四年に父が他界すると姉ヴァネッサ、弟エイドリアンとともにロンドンのブルームズベリー地区に転居した。兄トウビーのケンブリッジ大学時代の友人たちと、知的かつ芸術的なネットワーク「ブルームズベリー・グループ」を形成して世間の注目を集めた。メンバーの生前には決して公けに語られはしなかったものの、グループ内での人間関係は濃密で性的自由さ、奔放さでも有名であった。ウルフもまた欠くべからざるメンバーではあったが、先述した異父兄から受けた性的トラウマから解放されることはなく、一九一二年にグループのひとりレナード・ウルフと結婚したのちも夫婦生活にはうまくなじめなかった。レナードは身体的にも精神的にも病弱で子どもを産むことのできない妻を支え、ともに出版社ホガース・プレスを立ち上げ妻の作品を出版し、経営に尽力するなど献身的な夫であった。第二次世界大戦時にウルフは再び精神の不調が悪化して自宅近くのウーズ川に身を投げた。

モダニストとしての意思表明をした「近代小説」（一九二五）によって、ウルフはジョイスらと並んで「意識の流れ」や「存在の瞬間」といった言葉で知られる審美主義的で実験的なモダニズム文学を代表する存在とみなされてきた。しかしだからといって社会の問題に背を向けていたわけではない。「女性が小説や詩を書こうとするならば、年に五〇〇ポンドの収入とドアに鍵のかかる部屋を持つ必要がある」という言葉で有名なエッセイ『自分だけの部屋』（一九二九）や「戦争のない世界を実現するためには女性たちへの新しい教育が不可欠」であり、中産階級の女性こそが「国民国家でなくコスモポリタンの世界」をよりどころに真に自由な文化創造の担い手になれる—と説く『三ギニー』（一九三八）などの著作は好例だろう。同時代のフェミニズムへの関心や、ファシズムを憂い平和を求めるウルフの主張を知ることができるのだ。

ウルフの初期の小説である『船出』（一九一五）『夜と昼』（一九一九）は、ヴィクトリア朝の小説の手法——主としてリアリズム——を用いながら自立を目指す新しい女性像を描いていた。その後一九二〇年代の盛期モダニズム以降には『ジェイコブの部屋』（一九二二）、『ダロウェイ夫人』（一九二五）、『灯台へ』（一九二七）『波』（一九二九）と立て続けに革新的な小説を著した。

中でも上流階級のヒロイン、クラリッサ・ダロウェイがパーティを催す一日を彼女の過去の回想を織り交ぜて描く『ダロウェイ夫人』はマイケル・カニンガムによって新たな命が吹きこまれ、小説『めぐりあう時間たち』（一九九八）として示されることになった。カニンガムは一九二〇年代のロンドン近郊で『ダロウェイ夫人』を執筆する作家ヴァージニア、一九五〇年代のロサンゼルスで同作品を読む主婦ローラ、一九九〇年代のニューヨークで「ダロウェイ夫人」と呼ばれる編集者クラリッサを、時空間を超えて結んでいる。この作品は二〇〇二年に映画化されメリル・ストリープやニコール・キッドマン、ジュリアン・ムーアらの出演という話題性もありヒットした。

『ジェイコブの部屋』は戦死した兄トウビーが主人公のモデルでモンタージュ手法を使って書かれ、『灯台へ』は両親への愛憎を描いたウルフの自伝的な作品となり、『波』はストーリーらしいストーリーが語られないまま六人の登場人物の独白によって小説が進行してゆく。しかしこれらの作品には審美性や実験性ばかりではなく、帝国主義や歴史性、イングランドの文化に対する批評性をも読みとることができ、近年は後者の観点からウルフ作品は再評価されているといえる。

『オーランドー』（一九二八）はウルフの作品の中ではユニークなものだ。この作品で彼女は、エリザベス朝に男性として生まれるものの一七世紀のトルコで突如として女性に変身し、その後一九二八年まで生きて子どもまでもうけるという主人公を描き、ジェンダーとセクシュアリティの問題に喜劇的なファンタジーをとおして迫っている。サリー・ポッター監督により映画化され、その主人公役の女優ティルダ・スウィントンのコミカルで中性的なイメージも話題となっていた。

後期モダニズム期に書かれ、ウルフの死後に出版された『幕間』（一九四一）は第二次世界大戦を兆す不穏な空気の中、イングランドのカントリーハウスで上演される野外劇を中心に共同体の問題を提起している。帝国主義路線をひた走り外へ向かった結果、巨大化した大英帝国は第一次世界大戦をきっかけに一転、内向きで縮小傾向に転じ自らの内部イングランドに国民文化再生の鍵を見出そうとした。野外劇を通して階級を超え、人々が結束し再生に歩みだそうとする希望を描く作品であった。

ウルフの作品は芸術性と社会性（歴史と文化批評）の両方を兼ね備え、今もなおさまざまな読みを一般読者たる私たちに試みさせてくれているといえるだろう。

（丸山協子）

ヴィタ・サックヴィル＝ウェスト（一八九二―一九六二）
――英国貴族社会を生きた型破りな貴婦人

溝上　優子

ヴィタ・サックヴィル＝ウェスト

詩人・作家。サックヴィル男爵家の令嬢として、ケント州にあるノールの館で生まれ育つ。女性であるという理由でノールを受け継ぐことができなかった。一九一三年外交官のハロルド・ニコルソンと結婚し、二人の息子をもうける。生涯を通し、婚姻外に同性の恋人も持った。その中には、二〇世紀を代表する作家ヴァージニア・ウルフもいた。ウルフの小説『オーランドー』の主人公はヴィタがモデルとされている。詩人・作家としてものを書くほか、庭づくりにも情熱を注ぎ、イングリッシュガーデンの聖地シシングハースト・カッスル・ガーデンを作り出した。

（一）はじめに

二〇世紀の英国を代表する作家ヴァージニア・ウルフ（一八八二―一九四一）の恋人として知られるヴィタ・サックヴィル＝ウェスト（一八九二―一九六二）。ウルフの小説『オーランドー』（一九二八）に登場する主人公のモデルといわれている。自身も詩人・作家として数多くの作品を世に送り出している。また、イングリッシュガーデンの聖地として人気のシシングハースト・カッスル・ガーデンを生み出した人物としても有名である。長い歴史をもつ名門サックヴィル家に生まれたヴィタが二〇世紀の英国をどのように生き抜いたのだろうか。その生涯を辿ってみると、英国社会の規範にとらわれず、自らの感性に従って奔放に生きた情熱的なヴィタの姿が見えてくる。

（二）ヴィタとノールの館

イングランド南東部に広がる森林丘陵地帯、ケント州の西部にノールの館がある。邸宅としては英国内で随一の広さを誇るこの館は、現在ではナショナル・トラストの管理のもとにあり、一般に公開されている。ナショナル・トラストの手に渡る以前は、英国貴族のサックヴィル家に四〇〇年以上にわたって代々受け継がれてきたものであった。名門サックヴィル男爵家に生まれたヴィタは、このノールの館で幼少期を過ごした。ヴィタは生まれ育ったこのノールの館に深い愛着を持っていたものの、女性であるという理由だけで、ノールを相続することができなかった。このことは、生涯にわたってヴィタを苦しめた。しかし、彼女はただ悲しみに打ちひしがれているだけではなかった。ノールの館の歴史について、『ノールとサックヴィル家』（一九二二）に記したのだ。サックヴィル家の人びととノールの歴史を書き上げることで、叶わなかった想いを昇華させたと考えられる。

ノールの館は、一年間の日数と同じ三六五の部屋、一年間の週数と同じ五二の階段、一週間の日数と同じ七つの中庭を有しているとされ、「カレンダーハウス」と呼ばれている。ヴィタはその数が正確なものであるかは定かではないとしているが、そのような伝説を持つノールの規模がどれほど大きいかがわかる。

もともとノールは、一四五六年、カンタベリー大主教のトマス・バウチャーが、カンタベリーとロンドンのちょうど中間地点という好立地であったため、ウィリアム・ファインズから不動産を買い取ったのがはじまりであった。バウチャーは一四八六年在位中に亡くなるまで、ノールの建設を進め、ノールの館の原型を形作った。現在でもバウチャーの時代につくられた中世建築の名残をみることができる。

その後、ノールはカンタベリー管区となり、代々の大主教によって所有された。一五六六年、当時の大主教トマス・クランマーがヘンリー八世に献上してからは、王室の所有財産となった。一五五六年、エリザベス女王が寵愛していた重臣のトマス・サックヴィル（一五三六―一六〇八）にノールの館と土地を贈った。トマス・サックヴィルはエリザベス一世といとこの関係でもあった。女王は彼に輝かしいキャリアを用意した。彼はメアリ女王の時代から庶民院の議員を務めていたが、一五六七年にバックハースト男爵の爵位を与えられると、貴族院の議員となった。その後も、フランスやオランダに特任大使として派遣され、ガーター勲爵士を与えられ、オックスフォード大学の総長を歴任し、大蔵卿にも任命された。さらには、メアリー・ステュワートの裁判で、死刑の判決を言い渡す役割も果たした。エリザベス一世が崩御し、ジェイムズ一世が即位した後も重用され、初代ドーセット伯爵となった。

若かりし頃のトマス・サックヴィルは、文学に傾倒していた。短い期間オックスフォード大学で学んだことがあり、詩人として彼の書いたソネットが注目されることもあった。しかし、天賦の才がありながら、忘れ去られてしまった詩人について、ヴィタは、彼には「英国文学において、どこか先駆者的なところがあった」（サックヴィル＝ウェスト『ノール』五二）と記している。彼のほとんどの作品は現存していないが、トマス・ノートンと共作で悲劇『ゴーボダック』（一五六一）を書いた。そのほかの著作の多くは、人生の前半のうちに書かれた。父のリチャード・サックヴィルが亡くなり、責任のある立場になると、彼は「一流の文学者としてのキャリアを二流の政治家としてのキャリアのために捨てた」（同　四四）とされている。その後、彼より後に生まれたシェイクスピアと顔を合わせる機会があったということは、とても興味深いことである。

第三代ドーセット伯爵のリチャード・サックヴィル（一五八九―一六二四）は、ひじょうに浪費家で、贅沢な暮らしをしていたといわれている。『ノールとサックヴィル家』にあるノールへの発送品の一覧表をみると、巨額のお金をつぎ込んで、ノールの改装を行ったことがうかがえる。また、リチャードは、ベン・ジョンソンやジョン・フレッチャーなどの劇作家や詩人のパトロンとなった。また、ジョン・ダンとはひじょうに親しい間柄で、ダンがノールの教会でしばしば説教をすることもあった。

王政復古の頃は、第六代ドーセット伯爵のチャールズ・サックヴィル（一六四三―一七〇六）がノールを所有していた。彼は、王の寝室と呼ばれる部屋の家具やテーブルから、鏡、燭台、薔薇水のスプレー、ヘアブラシにいたるまでありとあらゆるものを銀製品で統一した。その部屋は「銀の部屋」ともいわれるようになった。またチャールズは、文学サークルにも寄与した。彼は自らも詩を書きながら、文学者たちと交流をし、彼らのパトロンとなった。チャールズは、聡明なマシュー・プライアーのために、費用を負担して、彼を学校へ送りこんだ。ジョン・ドライデンのパトロンにもなり、『劇詩論』を献呈されたり、アレクサンダー・ポープには、サックヴィル家の礼拝堂の墓碑銘を書いてもらったりもしている。

一八一五年にまだ二一歳だった第四代ドーセット公爵のジョージ・ジョン・フレデリック・サックヴィル（一七九四―一八一五）が狩猟中に落馬して急死すると、ドーセット公爵の称号は遠縁へ引き継がれてしまった。そして、二〇〇年以上にわたってサックヴィル家に受け継がれてきたノールも継承の危機を迎えることとなった。ジョージの妹のエリザベスが嫁ぎ先のウェスト家にサックヴィルの名を付け加えて、サックヴィル＝ウェストとし、ノールを継承したことで、この危機は回避された。こうして彼女の子どもたちが法的にノールを相続することが可能になった。エリザベスが亡くなると、息子のモーティマー（一八二〇―八八）がノールの主となり、サックヴィル男爵の称号も得た。一八八八年にモーティマーの後を弟の第二代サックヴィル男爵のライオネル（一八二七―一九〇八）が継承した。このライオネルがヴィタの祖父にあたる。

第二代サックヴィル男爵のライオネル・サックヴィル＝ウェストは、英国の外交官であった。ヴィタはノールで祖父のライオネルと二人で過ごすこともたびたびあった。彼は無口で人嫌いで、変わり者であったが、子ども好きで孫のヴィタのこともかわいがった。ヴィタは、祖父の正体は捉えどころがなく、どれだけ一緒に過ごしてもわからないだろうというが、どこか彼と通じ合うところもあり、親密な時間を過ごすこともあった。

ライオネルは若い頃に休暇に訪れたパリで、スペイン出身のジプシーの踊り子と恋に落ち、七人の子どもをもうけた。この踊り子がヴィタの祖母のペピータ（一八三〇―七一）である。ペピータは「アンダルシアの星」と呼ばれる人気の美人ダンサーだった。ライオネルと出会った頃、彼女は既婚者で、夫との婚姻関係はすでに破綻していたものの、婚姻記録は残ったままであった。そのためライオネルとはずっと内縁関係であった。

ペピータが生んだ子どもの一人がヴィタの母のヴィクトリア（一八六二―一九三六）であった。一八六二年のヴィクトリアの出生証明書には「父親不詳の娘」とあったが、ライオネルは幼くして死んだ二人の子どもも含めペピータが生んだ子ども全員を自分の子と認めている。ペピータはヴィクトリアが九歳のときに亡くなった。ライオネルには娘三人と息子二人が残された。その頃彼はブエノスアイレス駐在公使に任ぜられ、ヴィクトリアとその妹たちをパリの女子修道院学校に送りこんだ。ヴィクトリアは一七歳までその修道院学校で過ごし、その後ロンドンの学校へ送られたが、一八歳で大きな転機が訪れた。ライオネルがワシントン在住の英国公使に任命されると、ヴィクトリアにワシントンに来て公使館の女主人役を務めるよう要請した。当時ライオネルは独身でありながら五人の子どもがいることがゴシップとなり、外交官としての立場が危うくなっていた。そこで公的に子どもたちの存在を世間に認知させようと娘たちをワシントンへ呼び寄せたのであった。フランス語なまりの英語しか話せず世間慣れもしていないヴィクトリアにそんな大役を果たせるのかと思われたが、彼女はみごとに女主人役を務め、ワシントンの人びとを魅了し、アメリカ社会で大いに受け入れられた。

ライオネルが不祥事から外交官を辞職すると同時にノールを継承することになると、ヴィクトリアは英国へ帰国し、今度はノールの女主人となった。父のライオネルはノールの館にも財政にも興味がなかったため、ヴィクトリアが実質的にノールの管理を一手に引き受けた。

ヴィクトリアは、一八九〇年に従兄弟のライオネル・サックヴィル＝ウェスト（一八六七—一九二八）と結婚した。彼は父ライオネルと同名で、後にノールの継承者となる人物であった。そして、一八九二年三月九日、ヴィタが誕生した。母親と同名のヴィクトリア・メアリと名付けられたが、区別するためにヴィタという名前で呼ばれた。幼少期のヴィタは、活発で男の子のような振る舞いをして遊んだ。ほかの子どもたちにしばしばいたずらをすることもあった。広大なノールは格好の遊び場で、自然に囲まれて過ごしながら、植物の知識も得た。母ヴィクトリアは幼いヴィタにあまり関心がなく、ヴィタは母から愛情を注がれた記憶がないと振り返っている。ヴィタにとって、母は「抑圧の対象だった」（ニコルソン　一九）と述べている。ヴィタは通っていたロンドンの学校で、よい成績をおさめることに腐心し、実際に猛勉強をして、常にほとんどの科目でトップを取った。また、自ら選び取った孤独の中で、彼女はものを書くことに夢中になった。一一、二歳の頃から詩や小説を書くようになり、生涯にわたってものを書き続けた。一四歳から一八歳までの間に、ヴィタは八本の長編小説と五本の劇を書いた。そのほとんどの作品で、場面設定をノールにしていることからも、ヴィタのノールへの強い想いが感じられる。一九〇七年には、自作の詩が『オンルッカー』誌に掲載されて、一ポンドの謝礼を受け取り、初めて自らの稼ぎを得た。

一九〇八年に第二代サックヴィル男爵のライオネル・サックヴィル＝ウェストが亡くなると、彼の甥でヴィクトリアの夫のライオネルが男爵の爵位とノールを継承した。しかし、この継承に異議を唱えるものがあった。ヴィクトリアの弟ヘンリー（一八六九—一九一四）が父ライオネルと母ペピータは婚姻関係にあったとし、自分は嫡出子で、ノールの正当な相続人であると主張して裁判を起こしたのだ。英国でも有数の貴族のサックヴィル家の訴訟とあって、各紙がこの事件を逐一報道した。遺産をめぐって論争が繰り広げられたが、結局は証拠不十分でヘンリーは申し立てを取り下げ、サックヴィル家側の勝訴となった。ヴィクトリアはこうして、父が当主の時代も、夫が当主の時代も、ノールの女主人として館の支配をすることとなった。彼女は長い年月をかけてノールの近代化を進めた。電気を引いたり、セントラル・ヒーティングをいれたり、浴室を増設したり、馬車に代わって自動車を導入したりした。また、実務能力にも長け、株式投資をするなど財政管理も行った。

こうしてサックヴィル家に三〇〇年以上にわたって受け継がれてきたノールをヴィクトリアとライオネルの唯一の子どもであったヴィタは女性であるがゆえに、引き継ぐことができなかった。一九二八年、父ライオネルが死去すると、ヴィタの叔父にあたるチャールズ・サックヴィル＝ウェスト（一八七〇―一九六二）がノールの館と爵位を継承した。

（三）ハロルド・ニコルソンとの結婚と同性愛

ヴィタは一九一〇年に社交界にデビューをした。ヴィタがハロルド・ニコルソン（一八八六―一九六八）に初めて出会ったのは、その年の七月、観劇の前に催された少人数の晩餐会でのことだった。当時、ヴィタは一八歳、ハロルドは二三歳だった。ハロルドはこの前年に、最難関であった外交官試験に合格し、外交官になったところであった。ヴィタは初対面のときから、ハロルドに好感を抱いたが、すぐに親しくなることはなかった。

その夏、ヴィタは突然肺炎にかかり、一一月から翌年の四月まで南仏のモンテカルロの別荘で療養生活を送った。ヴィタが「幸福の絶頂だった」（ニコルソン　三二）と振り返るこの六か月間は、さまざまなことが動いた時期であった。ハロルドは、当時マドリードにいたが、モンテカルロのヴィタを訪ねた。彼のきらめく才気にヴィタは魅了され、彼のことを「陽気な案内人」（同　三二）と名づけ、自分を陽光の中へ引き出してくれる存在であると感じていた。

その一方で、同じ頃、また別の出来事が進行していた。ヴィタが強く心を惹かれていた女友だちのロザモンド・グローヴナー（一八八八—一九四四）がモンテカルロにやってきたのであった。彼女が滞在する間、一日の大部分を一緒に過ごすうちに、二人は離れられないくらい親密な関係になった。その関係は英国に戻ったあとも続いた。ロザモンドにすっかり夢中になったヴィタであったが、知的な面に関してはどこか退屈で物足りないとも感じていた。

その点、ハロルドはヴィタを満足させた。そのときの感情をヴィタは回想録に記述している。この回想録は、ニコルソン夫妻の死後に、次男ナイジェル（一九一七—二〇〇四）が『ある結婚の肖像』（一九七三）と題して出版した。

彼は前にもまして活力と才気にあふれ、わたしは彼の頭脳と若さを愛した。また彼に好かれたことが得意だった。その年の秋と冬、ハロルドはノールを頻繁に訪れた。あなたが好きなんじゃない、と周囲の人間がいいはじめたが、わたしは自信がなかった。だが信じたいと思っていた。わたしは当時彼に恋していたわけではない。恋の相手ならロザモンドがいた。しかし他の誰よりも、話し相手として、ハロルドが好きだった。

その明晰さと穏やかな性格を愛していた。彼がコンスタンティノープルに行ってしまう前に、プロポーズしてくれればいいと願っていた。だが自信がなく、まさかと思っていた。（三二）

一九一二年一月、ある舞踏会の場でハロルドはヴィタにプロポーズした。ヴィタはイエスと答え、二人は婚約をした。その数日後には、ハロルドは任地コンスタンティノープルへ赴いた。ハロルドの不在の間、ヴィタとロザモンドの仲はより深まった。ヴィタはハロルドへの至上の愛を感じながらも、一方でロザモンドへの抑えきれない情熱を燃やし、彼女を心から熱愛した。ヴィタは、この二つの愛を包み隠さずに正直に明かしている。

ロザモンドへの愛は以前にもまして激しく燃えあがった。本来なら、ハロルドの不在を寂しく思わなければならないはずなのに。恥をしのんで、すべてを認めよう。だがわたしはけっして自分のさもしく卑しい本性を偽ったことはない。わたしはどうやら、貞節を守れない人間のようだ。当時も今もそれは変わらない。だがその埋めあわせとして、わたしは自分の愛情をふたつに分けている。ハロルドへの気持ちは、不変の、永遠の、そして至上の愛だ。ハロルドの精神が完璧な純粋なものであるように、わたしの彼への愛にも不純物は微塵もない。その反対側に、わたしの歪んだ性向が存在する。ロザモンドを愛し翻弄し、最後にはボロきれのように彼女を捨ててもまったく痛痒を感じなかったわたしの心。（ニコルソン　三六）

一九一三年一〇月一日に、ヴィタとハロルドの結婚式がノールの礼拝堂で行われた。ヴィタは二一歳だった。

この結婚にロザモンドは大いに悲しみに打ちひしがれたが、挙式では気持ちを押し殺して、花嫁の付き添い役をみごとに成し遂げた。こうしてヴィタはロザモンドとの関係に終止符を打った。ヴィタとハロルドは約一か月、ハネムーンでイタリアとエジプトを旅した。その後は、ハロルドの赴任先であったコンスタンティノープルで新婚生活をスタートさせた。翌年六月に、帰国の途につき、ロンドンに屋敷を借りて住んだ。その年の八月に英国は第一次世界大戦に参戦した。同じ月、長男ベネディクト（一九一四―七八）が誕生した。一九一五年、ノールの近くにロング・バーンという屋敷を購入した。夏はロング・バーンで過ごし、冬はロンドンで生活をした。この頃のヴィタは、執筆に勤しんだり、庭づくりに精を出したりして、平穏に過ごしていた。

結婚してからの数年、ハロルドとヴィタの夫婦関係は良好だった。ヴィタはハロルドと二人で過ごす時間を何ものにもかえがたい喜びであったと回想し、ハロルドを自分にとっての「穏やかな港、いつでも錨をおろせる、安全で確実な港」（ニコルソン　四〇）というほど、彼に心の安らぎを感じていた。邪悪さや猛々しい感情からは無縁になった気がして、ロザモンドに感じたような肉欲はもう二度とめざめないだろうと思っていた。

それゆえに、夫婦にとってひじょうに悲しい出来事が起きたときも、二人で乗り越え、より絆を深めることができた。ロング・バーンを購入した年には、二人目の子どもが生まれる予定であったが、予定日をとうに過ぎて生まれてきた子どもが死産であったのだ。当時、ハロルドは外務省勤務で多忙をきわめ、ロンドンに滞在していた。ヴィタは、なぜこんな目にあったのかと苦しみ、気が狂いそうになる思いを手紙にしてハロルドに書いている。ハロルドは二週間の休暇をもらって、家へ帰ってきて、ヴィタに寄り添った。ヴィタがこのショックから立ち直るまでには長い時間がかかったが、次第にハロルドと長男ベネディクトとの穏やかな生活を取り戻していった。

一九一六年には、ロンドンのイーベリ・ストリートに家を購入した。翌年一月には、ロンドンの自宅でナイジェルが誕生した。その年の夏も例年どおり、ロング・バーンで過ごした。ヴィタは、ハロルドと二人の息子ベンとナイジェルに囲まれて、静かで穏やかな生活を送り、これ以上ないくらい幸福を感じていた。しかし、そんな静かな夏もその年が最後となった。その後に起きる出来事など想像つくはずもなく、まさに嵐の前の静けさであった。

一九一八年四月、ロング・バーンにヴィタの女友だちのヴァイオレット・ケッペル（一八九四―一九七二）が泊まりにやってきた。そこからすべてははじまり、世間を騒がす一大スキャンダルへと発展したのであった。ヴァイオレットからロング・バーンに滞在したいという手紙を受け取ったヴィタは、あまり気乗りはしなかったものの断るわけにもいかず、彼女の申し出を受け入れた。最初の一週間はお互いそれほど干渉することもなく、退屈なうちに過ぎていった。一週間ほどしたある日、ヴィタとヴァイオレットは幼い子どものように屋外を走り回ったり、木に登ったりして一緒に過ごした。その晩、ヴィタは自分の心のすべてを彼女に語って聞かせたのだ。このときから、二人はとどまることを知らず、恋愛関係へと溺れていった。

ヴィタが初めてヴァイオレットに会ったのは一三歳のときだった。ヴァイオレットは二歳年下であったが、ヴィタは精神的には彼女のほうが年上であるように感じていた。友だちがいなかったヴィタは、ヴァイオレットに出会い、友だちができたと喜んだ。聡明なヴァイオレットをヴィタは心から崇拝した。ヴィタは出会った当初から、ヴァイオレットが自分に好意を抱いていると確信していた。どんなことがあってもヴァイオレットはわたしのものだと信じているところがあった。子どものころから、二人はお互いにどこか特別な存在であるという感覚があった。しかし、その後はつかず離れずの友人関係が続いた。

ヴィタがヴァイオレットとの関係にのめり込んでいったちょうど同じ頃、ヴィタはハロルドから思いもよらない告白を受けていた。ハロルドにも結婚前から同性愛の性向があり、性病にかかっているというものであった。ヴィタはこのことに少なからずショックを受けたが、夫婦はそれぞれ婚外に同性の恋人を持つオープンな結婚生活を送った。

ヴァイオレットとロング・バーンで再会してから、ヴィタの中に眠っていたある種の情熱が再燃した。二人だけでどこか遠くへ行きたいという強い衝動に駆られて、心配するハロルドをよそに、コーンウォールへ旅行することを決めてしまった。ヴィタはヴァイオレットとロンドンで落ち合い、汽車に乗りこんだ。コーンンウォールでの日々は、ヴィタにとって夢のような輝かしいものであった。何も隠し立てすることがない解放感に満たされ、自分がまるで別人になったかのようであった。それからというもの、夏の間も頻繁に二人で会うようになった。だがその頃のヴィタには、この関係はほんの一時的なもので、長く続くものではないとどこかで思っていたところがあった。

その思いとは裏腹に、ヴィタとヴァイオレットの関係は、離れられないほどに深くなっていった。二人の愛は日に日に強くなり、激しく愛し合うようになっていった。二人きりでどこか海外へ行こうと計画し、ヴィタの母が反対するのを押し切って、一九一八年一一月末に、パリへ旅立った。パリにアパルトマンを借りて、二人で暮らした。ヴィタはときどき自らをジュリアンと名乗って男装をしてパリの街を闊歩して楽しんだ。

わたしは男装をしたのだ。カーキ色の布で頭部をすっぽり覆ってしまうと、たやすく男に見えた。当時は終戦直後だったからそんな格好をした男は町にあふれていて、誰の注意も引かなかった。それに加えて顔と手を茶色く塗った。きっとわたしの男装はうまくいったのだろう。誰も好奇心に満ちた目や、疑わしい目を向ける人はいなかった。何度も男装をしたのに、一度だって変な目で見られたことはなかったのだ。わたしの背丈も幸いしたと思う。どうやらだらしない青年、一九歳くらいの学生に、見られていたようだ。そんな格好をするのは、ひどく楽しかった。ばれるのではないかとヒヤヒヤしたからこそ、よけい楽しかったのだ。

（ニコルソン　一〇五）

ヴィタは、パリでのみならず、ロンドンでも男装をして、ヴァイオレットを連れ立って出かけることもあった。ヴィタとヴァイオレットがパリから帰国したのは、翌年の三月末のことだった。当時は同性愛がまだ認められていない時代であり、パリにいた四か月の間に、本国では二人の関係は一大スキャンダルとなっていた。

ヴァイオレットに思いを寄せる男性も何人かいたが、その中の一人にデニス・トレフュシス（一八九五―一九二九）という人物がいた。ヴァイオレットの母は娘をデニスと結婚させることに躍起になっていた。恋多きヴァイオレットはすでにいくつもの婚約破棄を繰り返し、デニスを断ったらあとはないと思われるほどだった。それに、結婚をしたほうがむしろより多くの自由が得られるという考えもあり、二人は婚約をした。しかし、その婚約はうわべだけものもで、ヴァイオレットにはヴィタと一緒に暮らしたいという強い想いがあった。ヴィタとヴァイオレットは、二人で駆け落ちをしようと計画をした。決行日は結婚式の前日だった。ところが、何か不穏な動きを察知したハロルドから切迫した手紙を受け取ったヴィタは、ヴァイオレットを連れて逃げてしまいたいという衝動に引き裂かれながらも、直前になってかろうじて思いとどまった。ヴァイオレットは取り乱して、最後の瞬間まで待つと言ったが、ヴィタは一人でパリへ向かい、ハロルドと落ち合った。一九一九年六月一六日、結婚式は執り行われた。

デニスと結婚をして、ヴァイオレット・トレフュシスとなった後も、ヴィタとの関係は続いた。彼女は依然としてヴィタと逃げたいと願っていたが、ヴィタのほうがハロルドを捨てることにためらいを感じて、すぐに応じることはなかった。秋になって、ついに二人で旅へ出ることにした。ヴィタは当時ギリシャを題材にした小説を書いていたことを口実に、ギリシャへと行く予定にした。実際には、経済的な理由から、二人はモンテカルロで暮らし、素晴らしく楽しいときを過ごした。

二か月ほどが経った頃、ハロルドの強い説得もあって、ヴィタとヴァイオレットは帰国した。デニスとヴァイオレットとヴィタの三人での話し合いの場は、ひじょうに重苦しい空気が漂っていた。デニスはヴァイオレットに、本当にすべてを捨てるつもりなのかと問いただし、ヴィタと自分のどちらを選ぶのかと詰め寄った。ヴァイオレットは考える時間が欲しいと言い、デニスとヴィタは最終的にはヴァイオレットの決定に従うことにした。ヴァイオレットの決断はヴィタと逃避行することだった。彼女は周囲の意見も聞かず、何がなんでも実行しようと躍起となり、二人はアミアンへ駆け落ちの旅に出発した。道中、ヴィタは何度となくデニスの元に戻ることを提案したが、ヴァイオレットの決心は固かった。アミアンに滞在する二人の元に、それぞれの夫が飛んでやってきた。そこからこの駆け落ち事件は、壮絶な修羅場を迎えた。四人での話し合いが進む中、ヴィタはヴァイオレットの不貞に疑念を抱くこととなった。デニスとの結婚の条件であった肉体的な夫婦関係は持たないという約束が破られたのではないか。ひどいショックを受けたヴィタは、狂ったように取り乱し、ヴァイオレットとは一緒にいられないと伝えた。ヴァイオレットは泣き叫び、すがりついた。こうして、ヴィタとヴァイオレットの関係はじょじょに収束に向かった。

ヴィタの小説『挑戦』（一九二三）は、ヴァイオレットとの関係を描いたものであったが、駆け落ちスキャンダルにより英国本国では一九七四年まで出版は差し止められることとなった。

ヴィタとハロルドは、結婚における最大の危機的な局面を乗り越え、二人の理解はより深まった。お互いに束縛せず、それぞれに婚外に恋人を持つことに寛容でありながら、夫への妻への愛をもって、夫婦として添い遂げた。それは、まさにこの二人にしかない独特の夫婦の愛の形であった。英国貴族の婦人として、またベストセラー作家として、世間の注目を浴びる存在でありながらも、自分の感性に従って時代を生き抜いたヴィタの姿がみてとれる。

（四）ヴァージニア・ウルフとの関係

ヴィタが関係を持った女性の中には、二〇世紀初頭を代表する作家のヴァージニア・ウルフもいた。ヴィタが初めてヴァージニアに会ったのは、一九二二年一二月一四日にヴァージニアの義兄で美術評論家のクライブ・ベルが催した晩餐会でのことだった。数日後、ヴィタはクライブ・ベルやデズモンド・マッカーシーとともにヴァージニアをロンドンのイーベリ・ストリートの自宅での晩餐に招待した。彼女は、ヴァージニアに対する印象をハロルドへの手紙に書いている。

ヴァージニア・ウルフはほんとうにすごいひとです。あなたも彼女に会えば、私と同様の崇拝の念を抱くに違いないわ。あのひとの魅力と個性の前に、ひれ伏してしまうでしょう。（中略）あのひとは超然としているると同時に人間味があり、何も言うことがないときは黙っているのだけれど、いったん口を開くとびしっと的を射る言葉を吐くのです。あのひとはそう若くはありません。こんなに誰かを好きになるなんてめったにないことだし、あのひともわたしに好感を持ってくれていると思います。少なくとも、住まいのリッチモンドに招待してくれました。愛しいあなた、わたしはすっかり夢中になってしまったわ。（ニコルソン　一八五）

ヴァージニアは、ヴィタが有名なレズビアンであると事前に聞かされていたが、気にとめることはなかった。彼女はヴィタの貴族的な雰囲気、育ちのよさ、自立心に惹かれると同時に、ヴィタの美しい体にも魅了されていた。

ヴィタとヴァージニアは出会った当初からお互いに好感を持っていたが、二人の恋愛はゆっくりと進展していった。ヴァージニアが精神的に不安定であることは周知のこととなっており、ヴィタは彼女の心身のもろさを常に気にかけて、性急な行動をとることはなかった。二人は手紙のやり取りをしたり、ときどき会ったりするうちに、じょじょに親密になっていった。

ヴァージニアは、当時すでに作家として売れていたヴィタに対し、ウルフ夫妻が経営する出版社ホガース・プレスのために小説を書いてほしいと依頼した。これに対して、ヴィタは『エクアドルの誘惑者たち』（一九二四）を執筆し、ヴァージニアへ献呈した。この小説を読んだヴァージニアは、「この物語をとても気に入りました」「うれしくて、あなたへの愛で子どものようにわくわくしています」（デサルボとリースカ　五九）とヴィタへ手紙を送った。この小説には「芸術の輝きのようなもの」（『日記』二：三一三）があると日記に書き記し、「彼女の技術と感受性には驚かされる。彼女は母親であり、妻であり、貴婦人であり、女主人であり、そのうえ文章を書いているなんて」（『日記』二：三一三）と感心している。

二人の距離が一段と近くなったのは、一九二五年のことだった。まもなくハロルドの任地であったテヘランへ旅立つことになっていたヴィタをヴァージニアが誘惑したのだ。ほどなくして、ヴィタはハロルドに会うために出発し、四か月の間二人は離れ離れになった。しかし、その間お互いを求める気持ちは強まる一方で、愛をしたためては手紙を送りあった。ヴィタがようやく帰国すると、互いの住まいであったロング・バーンとモンクスハウスを行き来して、ともに過ごした。ヴィタとヴァージニアの交際は約一〇年に及んだが、この頃から一九二八年が最も激しい期間であった。

ハロルドとヴィタはお互い婚外に恋人がいようと、二人の夫婦としての結びつきは強固で揺るぎないものとなっていた。それゆえ、ヴァージニアにのめり込んでいくヴィタにハロルドが心配していたことは、ヴァージニアと夫レナード（一八八〇―一九六九）の関係を壊してしまうのではないかということだった。ハロルドはその心配を手紙にしてヴィタに送っている。

ぼくが心配しているのは、われわれのことより、ヴァージニアやレナードのことだ。ぼくらは、お互いに相手が磁極北であり、磁針がちらちら動いたり、別のポイントを指すことすらあるかもしれないけれど、遅かれ早かれ磁極に戻ってくることがわかっている。だが、彼らにはどれほど危険なことだろう。もちろんきみの賢明さはじゅうじゅう承知しているが、この種のことに関しては不安が残る。（ニコルソン　一八九）

ハロルドは常日頃から、ヴァージニアがいつか爆発するのではないかと危惧していた。ヴィタは、ヴァージニアの抱える精神的な弱さも包み込んで、彼女を愛した。この愛はヴィタがこれまでに経験してきた恋愛とは性質の異なるところがあった。ヴァージニアとは肉体的な関係があったとヴィタは告白してはいるが、二人の恋愛はおもに精神的な結びつきによるところが大きかった。その点についてもヴィタはハロルドに明かしている。

たしかにわたしはヴァージニアを愛している――そうしない人がいて？　でも、ほんとうに、ヴァージニアに対する愛は違ったものなの。精神的なもの、霊的なもの、いえ知的なものだといっていいわ。それに彼女といると、いつもわたしに優しさが芽生えてくるの。たぶん彼女が、かたくなさと柔らかさという相反する面を、奇妙なふうに併せ持っているためだと思うわ。それに彼女はいつまた狂うのではないかとおびえている。そんな面を見ると、わたしが守ってあげなくてはと思ってしまうのよ。それに彼女はわたしを愛している。わたしはそれが得意だし、うれしいの。（ニコルソン　一八八）

ヴァージニアの方もヴィタに保護してもらいたいという欲求があった。ヴァージニアは、ヴィタの中に母性を感じとり、ヴィタは官能的な魅力のある「真の女性」だという（『日記』三：五二）。さらにヴィタについて、「惜しみないほど母親のようにわたしを保護してくれる、それこそが他人に最も切望することだ」（『日記』三：五二）と日記にも書いている。

ヴィタとヴァージニアは、互いにどのような子ども時代を過ごしたか話し合うことでさらに理解を深めた。裕福な貴族階級の令嬢として育ったヴィタと、中産階級のヴァージニアは、階級の違いはあったものの、二人の子ども時代は似かよっているところがあった。ヴィタもヴァージニアも幼少期に両親からの十分な愛情を受けることがなかった。ヴァージニアの母ジュリア（一八四六—九五）は病気がちで自室にこもることが多く、ふさぎこんでいた。そしてヴァージニアが一三歳のときに亡くなった。『英国人名辞典』の編者でもあった父レズリー・スティーブン（一八三二—一九〇四）は堅物で気難しかった。ヴィタも、母からあまり関心を向けられなかった。また、同じ年頃の友だちがなく、一人で遊ぶことが多かった点も共通していた。ヴァージニアは体が弱かったこともあり、学校へも行かず、父の書物に囲まれて過ごしていた子供時代を振り返り、普通の子どもが経験するような遊びをすることはできなかったという。ヴィタは幼い頃、男の子のような振る舞いで、ほかの子どもたちを追いかけまわしては、いたずらをしてひどいことをしているうちに、友だちがいなくなってしまったと自ら述べている。さらに、二人は子供時代に性的迫害を受けたことがあった。ヴァージニアは義兄ジェラルドとジョージ・ダックワースから性的ないたずらの対象とされていた。ヴィタは、一〇代の頃にノールに頻繁に出入りしていた家族ぐるみの付き合いであったケネス・ハリバートン・キャンベル閣下に幾度となく関係を迫られた。だが、両親には何も言うことができず、彼がそばにいるときは常にびくびくしていた。このような二人の似通った境遇もまたお互いを引きつけるものであった。

ヴィタとヴァージニアが交際していた約一〇年間は、二人はともに多産の時代であった。ヴァージニア・ウルフはモダニズムの作品の多くをこの時期に執筆し、出版した。『ダロウェイ夫人』（一九二五）『灯台へ』（一九二七）『オーランドー』（一九二八）『自分だけの部屋』（一九二九）『波』（一九三一）『フラッシュ』（一九三三）などが挙げられる。まさに作家として最も充実した時期であり、批評や小説による収入も増えていった。ヴィタのほうは、ホガース・プレスに書いた『エクアドルの誘惑者』（一九二四）のほかに、『テヘランの旅人』（一九二六）『大地』（一九二六）『アフラ・ベーン』（一九二七）『一二日間』（一九二八）『国王の娘』（一九二九）『アンドリュー・マーヴェル』（一九二九）『エドワード朝の人びと』（一九三〇）『情熱はすべて尽き』（一九三一）「シシングハースト」（一九三一）『家族の歴史』（一九三二）『三〇の時計がときを打つ』（一九三二）『詩集』（一九三三）『ダーク・アイランド』（一九三四）などを執筆した。ヴィタはすでに詩人・作家として人気を博していたが、ヴァージニアの影響もあり、文体や表現により意識を向け、技術を磨いた。ヴィタの長編の詩『大地』（一九二六）は一九二七年にホーソーンデン賞を受賞した。しかし、ヴァージニアはヴィタの作家としての能力に疑問を持っていた。ヴィタの中にどこか響かない沈黙した「空虚な核」があることを指摘していた。お互いの存在が刺激となって、執筆にはげみ、数々の作品が出来上がったのであった。

中でも、ヴァージニアの『オーランドー』は、ヴィタなくしては生まれなかった作品である。主人公オーランドーは、ヴィタをモデルにして描かれている。『オーランドー』では、主人公がエリザベス朝から現代に至るまで三〇〇年以上にわたって生き続け、途中七日間の昏睡から目覚めるといつの間にか男性から女性になっているというファンタスティックな物語が展開する。しかし、この現実にはありえないような壮大な設定の中に、ヴァージニアはヴィタの人生、さらには、サックヴィル家の歴史や代々の当主に関する事実をも織り込んだ。オーランドーという一人の人物の中に、ヴィタの姿とそれに重なるようにヴィタの祖先のサックヴィル家の人びとが反映されている。ナレーターである伝記作家は、「心の中で（仮に）七六種もの時間が同時に時を刻んでいるとすれば、人間精神にはあれやこれや――やれやれ――一体どれほどさまざまな人間が宿っていることになるのだろう?」（二一二）といい、オーランドーの心の中にも数え切れないくらいの自我があるという。数百年という長い年月をくぐり抜け、重層的に何十種類もの時を内包して生きる主人公を通して、ヴィタにもサックヴィル家の長い歴史の時間が流れていることが示されている。『オーランドー』では、ヴィタが直面した理不尽な事実とは異なり、主人公は愛する自分の家へと戻ってきたところで終わる。ヴィタの息子ナイジェルは、「女に生まれたため家督を継げず、しかもその年の初めに父を亡くしたヴィタを、ヴァージニアはその天賦の才を駆使し彼女にしかできない方法で慰めたのだ」（一九〇）という。そして、彼はウルフのこの小説を「文学の形式をとった、歴史上最も長く、最も魅力的なラブレター」（一八六）と評している。

（五）園芸家としてのヴィタ

ヴィタがものを書くことのほかに情熱を注いだのが、庭づくりであった。ハロルドと結婚して二年後に購入したロング・バーンの屋敷で庭づくりに精を出した。ひじょうに古い家で、庭のあるべきところも瓦礫とイバラで覆われていたが、ヴィタはここにどのような種類の花をどのように配置するか計画を立てた。斜面を生かして設計し、芝生と石を敷き詰めたテラスをつくった。一〇年以上かけて魅力的な庭園を作りあげていた。しかし、近隣の牧草地が養鶏業者に売られる計画が持ち上がり、ロング・バーンの庭園の景観が鶏小屋で損なわれてしまいかねない事態に陥った。ヴィタとハロルドは新たに庭づくりができて落ち着いて暮らせる場所を探すことにした。一九三〇年、夫妻はロング・バーンから二〇マイルほど離れたところにシシングハースト・カッスルを購入した。当時は廃墟同然で、一三歳だったヴィタの息子のナイジェルには「とても住むことなど不可能な場所」（ニコルソン　二〇〇二）に見えた。彼は、初めて家族でこの場所を訪れたときのことを振り返る。

荒れ果てたエリザベス朝の屋敷の残骸、居住可能な部屋はひとつとしてない。のちに庭園をつくることになる場所はゴミ捨て場。その日は雨が降っていた。わたしは母のあとについて、ゴミの山——鉄くずだったり、正体不明だったりする——瓦礫の山の間を通って、煉瓦で出来た建物の遺構をひとつひとつ見てまわったが、どこもみな荒廃しきっていた。（ニコルソン　二〇〇二）

しかし、ヴィタにはここがノールに代わる自分の理想の城になることを見通せたのだろう。「ここならきっと、幸せに暮らせるわ」（同　二〇〇二）と躊躇することなく、計画を推し進めた。

シシングハースト・カッスルは中世に建てられ、ベーカー家という富裕な一族が所有していた。実はこのベーカー家はサックヴィル家とゆかりがあった。ヘンリー八世の時代に枢密院議員だったジョン・ベイカーの娘シシリーがトマス・サックヴィルと結婚していたのである。偶然のことではあったが、ヴィタにとってはロマンティックな出来事であった。ベーカー家が居住していた頃は、メアリー一世やエリザベス一世なども滞在するほどの屋敷であったが、一家の没落後はほとんど使われなくなっていた。七年戦争の頃には捕虜収容所として、その後には農場労働者用の宿舎として使われていたこともあった。

シシングハーストの庭づくりはまさにハロルドとヴィタの共同作業であった。庭の設計はハロルドが担当し、植栽はおもにヴィタが行った。「設計は最も厳格に、植栽においては最大限に自由であるべきだ」（サックヴィル＝ウェストとレイヴン　四〇）というのが二人の庭づくりの考えであった。ハロルドは直線を生かした古典的な設計により伝統的な厳格さを好み、一方ヴィタは自分の感覚を頼りに植栽をし、色彩豊かな花をあふれんばかりに生い茂らせ、あるがままの自然を大切にするロマンティックなところがあった。二人の正反対の好みがみごとな形で融合し、後世まで人びとを惹きつけてやまない魅力溢れる庭園となった。お互いを尊重し、強い信頼関係で結ばれたヴィタとハロルドだからこそつくりだすことができた空間であった。

シシングハーストの庭園は煉瓦の塀や生け垣で仕切られ、小部屋が連なるように配置されている。それぞれの部屋は異なる特色やテーマで特徴づけられている。正面を入ったところには、「フロント・コートヤード」があり、青々とした芝が一面に広がっている。その北側に位置する「パープルボーダー」には、ヴィタによって紫色を中心としたピンクや青みがかった色合いの花々が植えられている。「ローズ・ガーデン」にはヴィタがこよなく愛したオールド・ローズをメインに華やかな色彩と香りに溢れている。ほかにも、赤や黄色、オレンジ色などで彩られた「コテージ・ガーデン」、ハーブが茂る「ハーブ・ガーデン」、ライムの木が立ち並ぶ「ライム・ウォーク」、直線的に刈り込まれた「イチイの小道」などがある。中でも、最も人びとを惹きつけているのが「ホワイト・ガーデン」。中央にパラソルのように広がるランブラローズがシンボル的に配されている。その周りにはクレマチス、アネモネ、デルフィニウムなどの白い花々と銀葉植物が咲き誇っている。

シシングハーストには庭全体を見渡すことができる塔がある。ここにヴィタが仕事場として使っていた書斎があった。ヴィタの部屋には息子たちも立ち入らないことが暗黙の了解となっていたという。シシングハーストの南側に位置するサウス・コテージにヴィタとハロルドのそれぞれの寝室がつくられ、北側にあるプリーストハウスに二人の息子たちベンとナイジェルの寝室が設けられた。それぞれの建物が独立していて、家族それぞれが一日の大半を一人で過ごし、食事のときだけ一堂に会するという生活だった。晩年のヴィタは若いころのように刺激を求めて精力的に活動することも少なくなり、静かな暮らしを好むようになっていった。

一九四六年から、ヴィタは『オブザーバー』紙に毎週ガーデン・コラムを執筆した。シシングハーストの庭づくりの経験をもとに、実践的なアイディアを提示し、草花に対するヴィタの想いを書いている。読者から寄せられる質問にも丁寧に対応した。彼女のコラムは読者にひじょうに人気となり、亡くなる前年まで一六年にわたって連載は続いた。それはのちに『あなたの愛する庭に』（一九五一）という一冊の本にまとめられた。

シシングハーストの庭づくりを初めた当初、ヴィタは園芸に関してどこかで指導を受けたわけではなかった。独学で自分の庭づくりに励むアマチュアであったが、ヴィタとハロルドの手によるみごとな庭園が世に知られるようになると、ヴィタの園芸関係の仕事も増えていった。王立園芸協会のフェローとして講演活動を行った。ハロルドと二人でアメリカに講演旅行に出かけたこともあった。また、ナショナル・トラストの庭園委員会の創立委員にもなった。

一九五四年に息子のナイジェルがヴィタにシシングハーストの将来についてナショナル・トラストに所有権を移して管理を委ねてはどうかと訊ねたことがあった。しかし、ヴィタはこれを頑なに拒絶した。

ダメ、ダメ、ダメ、絶対にダメ。わたしの部屋のドアにあの硬くて小さな金属のプレートなんてダメよ！わたしが死んだら、ナイジェルが好きなようにしたらいいわ。でも、わたしが生きている間は、ナショナル・トラストだろうが、ほかの外部の団体だろうがわたしの大事なものを渡さない。わたしの亡骸、遺灰を乗り越えてやるほかない。わたしにはノールを失っただけでもうたくさん。わたしからシシングハーストを取り上げるなんてさせないわ。（サックヴィル＝ウェストとレイヴン　三五四）

晩年には、ヴィタの頑なな態度も和らぎ、ナイジェルがシシングハーストを管理していくのは難しいだろうと、ナショナル・トラストに任せることにも理解を示すようになった。

一九六二年ヴィタは七〇歳で亡くなった。莫大な相続税が課せられたナイジェルには、シシングハーストの庭や周辺の農地を売るか、ナショナル・トラストにすべてを譲るかという選択しか残されていなかった。ナイジェルはヴィタとハロルドがつくりあげた素晴らしい庭園を、周辺の景色とともに守っていくようナショナル・トラストを説得し、一九六七年四月に地所を寄贈した。こうして、ヴィタの魂は彼女が愛した庭園とともに今なお生き続けている。

(六) おわりに

ヴィタが生きた二〇世紀前半の英国は、女性にとって、また同性愛者にとって、さまざまな権利が認められていない時代であった。社会的な制約が多い中でも、ヴィタは強い精神力を持ち合わせ、常に自分の心に正直に生きた。生涯を通じて、ヴィタの行動の基準は「愛」であったといえるであろう。彼女は自分が愛するものにまっすぐに向き合い、惜しみない情熱を注いだ。それは、時にサックヴィル家への愛であり、ノールへの愛、ものを書くことへの愛、夫ハロルドへの愛、同性の恋人たちへの愛、シシングハーストの庭づくりへの愛でもあった。当時の英国では、個性的で型破りな貴婦人であったが、情熱的に時代を生き抜いたヴィタの力強さを感じずにはいられない。

引用文献

Desalvo, Louise and Mitchel A. Leaska, editors. *The letters of Vita Sackville-West to Virginia Woolf*. London: Papermac, 1985.
Nicolson, Nigel. *Portrait of a Marriage*. London: Phoenix, 1997.『ある結婚の肖像　ヴィタ・サックヴィル=ウェストの告白』栗原知代・八木谷涼子訳、平凡社、一九九二年。
Sackville-West, Vita. *Knole and the Sackvilles*. London: Earnest Benn, 1958.

Sackville-West, Vita and Sarah Raven. *Sissinghurst; Vita Sackville-West and the Creation of a Garden*. New York: St. Martins Press, 2014.

Woolf, Virginia. *The Diary of Virginia Woolf: Volume Two 1920–24*. Edited by Anne Oliver Bell. London: Penguin, 1981.

——. *The Diary of Virginia Woolf: Volume Three 1925–30*. Edited by Anne Oliver Bell. London: Penguin, 1982.

——. *Orlando: A Biography*. London: Penguin Books, 1993.『オーランドー』杉山洋子訳、国書刊行会、一九九六年。

ドーラ・キャリントン（一八九三―一九三二）

――自分の心に正直であることを求め続けた芸術家

佐藤　牧子

ドーラ・キャリントン

画家。家族や友人を描いた人物画や、自分の家や近隣の風景を描いた絵など、自分の生活に根ざした絵を中心に描いた。一九一五年にブルームズベリー・グループのメンバーの一人、ヴァネッサ・ベルを介して一三歳年上の同性愛者、リットン・ストレイチーと出会い、一九一七年に二人はユニークな共同生活を始める。キャリントンは生涯を通して彼を愛するが、リットンの死の七週間後に三八歳の若さで自殺した。

（一）はじめに

ドーラ・キャリントン（一八九三―一九三二）は、一九三二年、三九歳の誕生日を迎える直前に自ら命を絶った画家である。その後、彼女の存在はほとんど忘れ去られてしまったようにみえた。しかし、約三〇年の時を経た一九六七年、マイケル・ホルロイドのリットン・ストレイチーの伝記が世に出ると、リットンと風変りな共同生活を送ったキャリントンに人々の注目が少しずつ集まるようになった。そしてその後、彼女の作品展は、一九七〇年、一九七八年、そして、一九九五年と、計三回開かれた。二回目の作品展に合わせて、彼女の弟、ノエル・キャリントン（一八九五―一九八九）の手によって彼女の画集が出版された。その「前書き」を依頼されたジョン・ローゼンスタイン卿（一九三八年から一九六四年にかけてテートギャラリーのディレクターを務めた）は、この時初めてキャリントンの絵を見せられて、キャリントンが生前「見逃されてしまった画家の中で、最も重要な人物」であったことを認めた（九―一三）。このようにして、キャリントンは画家としても、存在を認められるようになっていった。特に最後の作品展は、映画『キャリントン』の上映にともなって開かれ、彼女の存在を世界中に知らしめる結果となった。

キャリントンは社会における行動規範にとらわれず、自分自身の思考や考え方を大切にして、自分が良いと考える生き方を実践しようとした人物である。この生き方は、彼女が多くの交友関係を持っていたブルームズベリー・グループのメンバーが共有していた生き方でもあった。ブルームズベリー・グループというのは二〇世紀の初頭に、ロンドンのゴードン・スクエアを中心に自然発生的に生まれた私的な集まりで、主なメンバーにヴァージニア・ウルフ（一八八二―一九四一）、リットン・ストレイチー（一八八〇―一九三二）、ダンカン・グラント（一八八五―一九七八）、ロジャー・フライ（一八六六―一九三四）、ジョン・メイナード・ケインズ（一八八三―一九四六）などがいる。主にケンブリッジ大学で学んだほぼ同年代の人たちの集まりで、後に文学者、画家、外交官、美術評論家など様々な分野で活躍した人々から成っていた。グループのメンバーは、主に知識階級に属し、友情、同性愛を含む恋愛関係、夫婦関係、親戚関係によって結びついていた。「ブルームズベリーは朝の霧のように消えてしまった」（八三）とヴァージニア・ウルフが一九一六年三月に友人に宛てた手紙に記しているように、キャリントンがブルームズベリー・グループの人々と関わるようになった一九〇〇年代前半には、グループの盛りの時期はほぼ終わっていた。しかし、その自由な精神はキャリントンとユニークな共同生活を送ったリットンや、彼女と親しく交わった他のメンバーを通してキャリントンの中に豊かに注ぎ込まれたといえる。ブルームズベリー・グループの精神を受け継ぎ、その生き方を体現したキャリントンとはどのような人物なのか、彼女の人生を簡潔にたどりながら、彼女の魅力の源に迫ってみたい。

（二）スレード美術学校に入学するまで

一八九三年の三月二九日、キャリントンはイギリスのヘレフォードにて、中産階級の家庭に生まれた。父のサミュエル・キャリントン（一八三二―一九一九）は東インド会社で鉄道技師として働いていたが、五十代で故郷のイギリスに帰国して、家庭教師のシャーロット・ホートン（一八五四―一九四一）と結婚した。キャリントンは

「わたしはひどい子供時代を送ってきたの」と後年（一九二八年一一月一八日）アリックス・ストレイチー（一八九二―一九七三）に語ったが、自分の母親を「因習的で家庭的で抑圧的なイギリス女性」とみなし、嫌っていた。そして、「あんな風に父を飼いならし、父の独立心や野性味を『奇癖』としか見ない母が許せない」と友人のマーク・ガートラー（一八九一―一九三九）に打ち明けている（一九一九年一月）。このように家庭教師のように家のことを仕切っていた母のことをキャリントンは憎み、母の操り人形にはならないと決意した。キャリントンには姉のロティーと兄のサムとテディ、そして弟のノエルがいたが、姉よりも、兄や弟により親しみを感じ、交流をもった。このように、男兄弟に囲まれて育つ中で、独立心と共に、自分も男に生まれたかったという願望を持つようになった。

家では、因習的な母の支配下で窮屈な思いをしていたが、通っていたベッドフォード高等学校では、彼女の芸術的才能が先生方の目に留まるようになっていた。彼女の伝記作家グレッチェン・ガーズィーナによれば、彼女の学校での成績は「自然史と美術以外は大したことはなかった」が、「素描と絵を描く才能は誰の目から見ても明らかであった」（一六）。彼女のベッドフォード高等学校での芸術面での成功は輝かしいものであった。グレートブリテン・アイルランド王立絵画協会では、学校で描かれた最も優れた絵画に対して、毎年賞を授与し、ロンドンで展示していたが、学校に入って二年後には、彼女はこの賞の常連になっていた。ベッドフォードには芸術学校は無かったので、高校の先生は、ロンドンにあるスレード美術学校への進学を勧め、彼女の才能を誇りにしていた家族はそれに同意した。

（三）スレード美術学校時代

キャリントンは一九一〇年の秋にスレード美術学校に入学した。スレード美術学校は一八一七年に発足したロンドン大学の人文学部に属する美術学校である。キャリントンが入学した当時のスレード美術学校は、絶頂期にあり、芸術的な卓越性に加えて社会的な評判もよく、上流と中流階級の子女への人気が高かった。三人の女学生に対して一人の男性教員がつき、教育の焦点は、製図の技術や古典を学ぶことにあったが、そのスタイルは王立芸術院よりも砕けていて、堅苦しいものではなかった。

キャリントンは入学してすぐに新しい友達を作り、金髪の長い髪をバッサリ切り、ずっと嫌っていたファーストネームの使用を止めた。その後、彼女はドーラというファーストネームを生涯使うことなく、キャリントンで通した。これらは、当時の学生が用いた時代の風潮に逆らおうという意思表示の一つであった。キャリントンが初めに住んだのは、ゴードン・スクエアのはずれにあった学生寮であった。そこで、キャリントンは二人のスレードの新入生と出会う。一人はパリに住んでいるビジネスマンの娘のバーバラ・ハイルズ、もう一人はロイヤルファミリーの宮廷人の娘のドロシー・ブレットであった。彼らとキャリントンは親友となり、その関係は生涯続くこととなる。二人ともキャリントンと同じように髪をバッサリ切り、ファーストネームの使用をやめた。そして、すぐに彼らは「いがぐり頭」というあだ名をつけられた。キャリントンは美人顔ではなかったが、厚みのあるブロンドのボブスタイルに、サクランボ色の頬に、深い青色の目をした魅力的な女性であった。そのような魅力に加えて、三人兄弟の中で育ち、若い男性と抵抗なくつきあうことができた彼女は、すぐ数人の男子学生をとりこにしてしまった。彼女は彼らとの付き合いを楽しみ、特に芸術に対する興奮を共有できることを喜んだ、しかし、恋愛関係をもつことは望まなかった。

自然に、男子学生は彼女に惹かれ、彼女はそれに喜んで応じて友達になるけれども、さらに求められると引くというパターンが繰り返され、彼らとの間に緊張と複雑な関係が生まれた。同年代で最も才能のあった男子学生のうちの三人が彼女に恋をした。それは、ジョン・ナッシュ（一八九三―一九七七）、リチャード・ネヴィンソン（一八八九―一九四六）、そしてマーク・ガートラーである。ポール・ナッシュ（一八八九―一九四六）はジョン・ナッシュの兄で、キャリントンと同時にスレード美術学校に入学し、アンティーク・ルームで制作中の彼女を見かけて、その古代彫刻のような姿に惹きつけられた。彼にとって彼女は「他の人とは比べ物にならないくらい聡明で、容姿の整った」人物にみえた。その時、ネヴィンソン（一九〇九年に入学）もガートラー（一九〇八年に入学）もすでにそこにいて、仲の良い関係を築いていた。ナッシュは弟のジョンに彼女を紹介し、兄と同様に弟も彼女にメロメロになってしまった。若干中性的な顔立ちと服装そして、因習やしきたりを気にかけずに、美術に没頭する彼女の姿に彼らは夢中になった。彼女がシャイで、なかなか捕らえられないことがわかると、さらに彼女を追いかけた。彼女が生涯陥ることとなる男女間の三角関係がここ、スレード美術学校にて始まったのである。ナッシュ兄弟はこのような関係から抜け出して、芸術への興味を分かち合う同志としてキャリントンとの友人関係を保ったが、ガートラーとネヴィンソンはそのようにはできなかった。

スレード美術学校で出会った学友たちの中で、キャリントンが芸術家となる上で最も重要な役割を果たしたのは、マーク・ガートラーであった。彼は貧しいイーストエンド出身の青年で、ハンサムで機知に富んでおり、ガートラーのパトロン、エドワード・マーシュ（一八七二―一九五三）が語ったように「今、最も才能がある人物」であった（エドワード・マーシュからルパート・ブルック（一八八七―一九一五）への手紙　一九一三年八月二六日）。ガートラーはキャリントンに夢中になり「君と出会ってから、君のことを思いながら一筆一筆絵を描いています。いつも僕の描く絵を全て君に見てもらいたいと思っている自分がいるし、いつも君はこの作品を見てどう思うだろうと考えているのです」（ノエル・キャリントン『キャリントン』二三）。ガートラーはこのような手紙を何度もキャリントンに送った。そしてキャリントンも彼に夢中になった。

一二年もの間、ガートラーはキャリントンのもっとも親密な友人となった。彼らは一緒に美術館へ行き、本を交換し合い、絵を共に模写し、ジョン・ダン（一五七二―一六三一）、ドストエフスキー（一八二一―八一）やニーチェ（一八四四―一九〇〇）などの作家たちの本を読んだ。「僕の周りに、君ほど敬意を感じられる人はいません。君のそばにいると元気が出るし、いつも刺激を受けるのです。君といる時はいつも、芸術作品の前にいる時と同じ気持ちになれるし、心が動いた瞬間や啓示を受けた瞬間に感じるのと同じ感覚を持つことができるのです。」とガートラーはキャリントンに書き送っている（一九一九年一二月一四日）。

キャリントンはガートラーを愛していたが、それはキャリントンの心の自由を脅かすものでもあり、彼女が経験することとなる厄介な人間関係の最初のものとなった。ガートラーは芸術家に恋をしたのだが、その芸術家に求めたのは妻となることであった。ガートラーはキャリントンに料理をすることを強要し、彼女が常に自分の視界にいることを求め、完全に占有しようとした。苦しくなったキャリントンは二四歳の春、ガートラーに次のように正直に訴えている。「確かに、わたしの仕事が私たちの関係を隔てているのは事実です。ですが、わたしにとって仕事はわたしの生活のほぼ全てであって、それを投げ捨ててしまうことはできません。絵を描くことへの愛情を失くしたら、わたしは別人になってしまいます。とにかく毎日あなたといると、わたしは仕事が全くできなくなってしまいます」(『マーク・ガートラー』一四四)。

二人は喧嘩をして、その後仲直りするという関係を繰り返したが、彼らの関係を隔てるもう一つの障害は、お互いに対する性的欲求の違いにあった。キャリントンはセックスに対する恐怖を生まれながらにして持っていたようである。そして、その傾向は彼女の育った環境の中で強められた。彼女の母親は、自分の前で男女間の性的関係に対して見聞きすることを極端に嫌ったので、そのようなものが一切排除された環境の中で彼女は育つこととなる。さらには、男兄弟の中で育つ中で自分が女であることに対して嫌悪感も持つようになった。彼女は自分が結婚し、子供を生むと思うたびに、うんざりし、恐ろしくなったと後に認めている。そのような彼女が男女間の友情の理想として求めたのは魂の触れ合いといったプラトニックなものであり、結婚に興味はなかった。対して、ガートラーは、精神的な関係だけでは満足できなかった。このように、二人の関係はいつも円満だったわけではないが、二人は互いに刺激を与えあい、実り多い関係を維持した。

(四) ポスト印象派からの影響

キャリントンがスレード美術学校に入学した一九一〇年に、ロジャー・フライが企画した革新的な展覧会、「マネとポスト印象派展」が開かれた。この展覧会には、多くの観衆が殺到し、会場には嘲笑と怒りが渦巻いた。

不思議なことに、この展覧会で、絵はよく売れた。しかし、一般大衆の支持を得ることは無かったし、権威ある芸術家たちからも反感を買った。スレード美術学校でフライと共に教鞭をとっていたフレデリック・ブラウン教授と教授のアシスタントのヘンリー・トンクスとフィリップ・ウィルソン・スティールですら、悪影響が出ないように、その展覧会へ学生たちが行くことを阻止したほどだった。このような教授陣の努力にもかかわらず、この展覧会は、若い芸術家たちに大きな影響をおよぼした。キャリントンと共にスレード美術学校で学んでいたマーク・ガートラーは、この展覧会で受けた衝撃を「アイザック・ニュートン卿しか知らない学生が現代の科学者と出会った時の衝撃」になぞらえている（ホルロイド「前書き」九）。この展覧会を通してキャリントンはセザンヌとマティスを知ることとなるが、その後、特にセザンヌはキャリントンにとって特別な存在となった。キャリントンとガートラーはセザンヌの絵のポストカードを何枚か大英博物館の店で購入し、詳細にそれらの絵を調べて、模写することを通して、セザンヌの絵がどのようにして単なる技巧に陥ることから救われているのか、そして、彼の絵がもつ美しさの秘密を探った。

しかし、キャリントンはこのような新しい流れに飲み込まれてしまうことはなかった。芸術的には第一次世界大戦までの数年は、様々なグループが国際的な交流をした時期であり、また様々な意味で「マネとポスト印象派展」（英国の芸術も展示された一九一二年のものも含めて）は芸術分野における最新の動向に光を当てたものであった。キャリントンは若くして、洞察力のある芸術家であり、たとえ芸術的に新しい概念が、大陸から次々と入ってきても、イギリス芸術が持つ感性を持ち続けることを忘れなかった。このような立場を保持する際に、支えとなったのは同じ道を進もうとする仲間の存在であった。スレード美術学校の先輩で彼女より四年年上のリチャード・ネヴィンソンは、一九一二年三月二八日に彼女に宛てた手紙の中で、次のようなアドバイスをしている。「君が自分の道を見つけ出し、他の人によって道をそらされることさえなければ、君の中には何かがあるという確信が僕にはある。今、芸術界は無秩序で、自己中心的な状態にあり、美を鑑賞する際に、二つとして絶対的に同じ基準はなく、少し経つと君はすっかり道に迷ってしまったと感じるかもしれない。ガートラーと僕はいつも僕たちが混乱状態にあることはは分かっている［略］何をおいても自分の身の丈を超えてポスト印象派の巧みさに足を突っ込むことのないように。自分の時間や生活を描きなさい」。キャリントンはその後、フライの属したブルームズベリー・グループの人たちと大きな関わりを持つこととなるが、グループに属していた画家、ヴァネッサ・ベル（一八七九―一九六一）やダンカン・グラントの絵に色濃く反映しているポスト印象派の影響が、キャリントンの絵にはそれほど見られない。これは、キャリントンが仲間のアドバイスにしたがい、時代の潮流に流されずに、自分の道を進んだ結果であるといえる。

（五）リットン・ストレイチーとの出会い

キャリントンのその後の人生に大きな影響を及ぼし、彼女とブルームズベリー・グループのメンバーとの関わりを深めるきっかけとなる人物、リットン・ストレイチーと彼女が出会ったのは、一九一五年の秋のことであった。その時、キャリントンはまだ美学生であったが、その頃から交流のあったヴァネッサ・ベルからアシュハム（当時ウルフ夫妻から借りていた）へ招待され、そこで一三歳年上のリットンと出会ったのである。実は、キャリントンのリットンに対する最初の印象はあまり良いものではなかった。アシュハムに泊まっていた人々と共に、近くの丘陵を歩いていた時のことである。隣を歩いていたリットンが突然彼女を抱きしめ、キスをしたのである。憤慨したキャリントンは、復讐するために、翌日の早朝、リットンの寝室にハサミを持って忍び込み、彼が寝ているうちに顎髭を切り落とそうとした、しかし、切り落とそうとリットンの方へ屈みこんだちょうどその時、リットンが目を覚まし、キャリントンと目が合った。その瞬間、キャリントンはリットンに恋をしてしまったのである。

リットンは(サー)リチャード・ストレイチー(一八一七—一九〇八)とジェイン・マリア・グラント(一八四〇—一九二八)との間に生まれた一三人中一一番目の子供であった。リットンはリヴァプール大学で一年道草を食った後、一八九九年にケンブリッジ大学のトリニティ・カレッジへと進み、ここで、一九世紀初頭に創設された伝統ある秘密会、「使徒会」のメンバーに選ばれる。「使徒会」はケンブリッジ大学の学生の中でも特に優秀な学生だけが選ばれるエリート中のエリートを集めた会であった。「使徒会」には在学生だけでなく教師や卒業生も会員として出席しており、リットンが会員となった時、大きな影響力を持っている教師として、哲学者のG・E・ムーア(一八七三—一九五八)がいた。ムーアの『倫理学原理』(一九〇三)は、道徳の教えを説いた教訓の書ではなく、倫理学の根本問題を論理的に追求した哲学書である。この本が若者に愛読された理由の一つとして『ブルームズベリー・グループ』を記した橋口稔は「人間の交わりの快楽」と「美しいものの享受」が強調されていた点を挙げているが(四七)、リットンもこの二点に惹きつけられたようである。彼はこの本から個人の関係に審美的経験を加えたものが善良な生活になるという等式を導き出し、この考えは、その後の彼の生活の基盤となった。

リットンがキャリントンと出会うこととなる一九一五年の秋、彼が取り組んでいたのは後に『ヴィクトリア朝名士伝』として名声を博することとなる伝記であった。この本は、第一次世界大戦が終わろうとしている一九一八年五月に出版されるが、彼がこの本に着手したのは一九一四年の春であった。つまり、この本はほぼ第一次世界大戦中に執筆されたことになる。当初、この本のタイトルは『ヴィクトリア朝のシルエット』であったが、大戦中にコンセプトが変わり、『ヴィクトリア朝名士伝』という皮肉の効いたタイトルとなった。彼はこの伝記の中で四人の人物、マニング枢機卿、フローレンス・ナイチンゲール、トーマス・アーノルド、ゴードン将軍を取り上げ、短くまとめた。その中でリットンは、彼らの立派さを褒めたたえるのではなく、彼らの本質にある偽善的な姿を露わにしてみせた。この偶像破壊的な伝記は若い世代の人たちからは喝さいをもって迎えられたが、当然、ヴィクトリア朝の中で育った古い世代の人々からは激しく批判されることとなった。この作品を通して、リットンは古い価値観に迎合するのではなく、自分で感じ、考えたことを忠実に表現するという姿勢を貫いた。これはブルームズベリー・グループのメンバーが共有してもっていた姿勢であり、芸術家として生きようとしたキャリントンが生涯求め続けた生き方でもあった。

この大戦中に、リットンが打ち込んだもう一つの活動は、徴兵制忌避である。大戦を前にして、イギリスでは初めて徴兵制が施行されることになったのだが、ブルームズベリー・グループの人たちはこれに、良心的徴兵忌避という形で反対したのである。イギリスが参戦したのは軍国主義に対抗するためであるのに、徴兵制を施行するのはこの目的に矛盾している、また「国家といえども個人に対して戦うことを強制する権利はない」というわけである。リットンも徴兵制に反対するための組織、「徴兵反対国民会議」や「徴兵阻止の仲間」に参加し、徴兵制の施行を阻止しようとつとめた。結局、徴兵制は一九一六年の一月に施行されてしまうのだが、リットンは良心的徴兵忌避者として正式に登録し、自分の意思を表明して戦った。最終的に、医学的に見て軍務に不適当と判定され、戦地へと送られることは無かったのだが、リットンが貫いた平和主義はキャリントンにも受け継がれ、キャリントンが戦争を主題にした絵を描くことは無かった。マーク・ガートラーを除いて、スレード美術学校時代の交友関係は途絶えてしまったが、その理由としてキャリントンの手紙を編集したアン・チショルムはリットンの影響で彼女が強い平和主義者となったことを挙げている。ナッシュ兄弟やスタンリー・スペンサー（一八九一―一九五九）といったスレード美術学校時代の友人たちのほとんどは戦地に赴いており、そこでの経験を描くようになった。しかし、キャリントンは平和主義を貫き、彼らに送る手紙の中でも、彼らの戦争画について、一切触れようとはしなかった。

(六) ティッドマーシュのミル・ハウスとハム・スプレイ・ハウスでの共同生活

戦争の最中、もう一つ進行していたのは、キャリントンとリットン・ストレイチーの関係である。キャリントンはマーク・ガートラーとの関係を続けながら、その合間をすり抜けるように、リットンとの関係を深めていった。キャリントンはリットンとの愛をさらに堅固にするために、二人のために田舎のコテッジを見つける事を決意した。一九一七年の秋、キャリントンは母親からある不動産物件を紹介される。それが、後に彼らが住むこととなるミル・ハウス（水車小屋）であった。それは、バークシャーのパンボーンから一マイル南の、ティッドマーシュという小さな村にあり、二人はすぐにそこが気に入って、そこへ移り住むことに決めた。

キャリントンは友人バーバラ・ハイルズと地元の女性郵便局長の手を借りて、家の壁にペンキを塗り、絨毯を作り、家具を取り付け、内装を整えて、ミル・ハウスを住み心地の良い場所にすべく奮闘した。一方、リットンはロンドンで『ヴィクトリア朝名士伝』の推敲を行っていた。しかしロンドンでは、戦争がますます進行し、ロンドン市街もドイツ軍の空襲を受けて、非常に住みにくい場所となっていた。そこで、戦争色が強くなりつつあるロンドンでの生活に嫌気がさしていたリットンも、ロンドンでの生活に終止符を打ち、キャリントンが着々と準備を進めるミル・ハウスでの生活へと思い切って飛び込んだ。

一九一八年の夏、二人のミル・ハウスでの生活に、ある若者が加わることとなった。それが、キャリントンよりも一歳年下のレジナルド・シェリング・パートリッジ（一八九四—一九六〇）（後にリットンにより、レイフと改名される）であった。キャリントンは弟のノエルの紹介で、彼と出会い、ハンサムでエネルギッシュで明るいこの若者をすぐに気に入った。レイフはキャリントンと出会った時は若く勇敢な将校としてイタリアで展開中の戦争の前線に戻るところであった。彼は、優れた頭脳と高い教養を持った活発な若者であったが、芸術や文学には全く興味がなかった。そこで、キャリントンはレイフとリットンは合わないのではないかと気をもんだが、レイフがキャリントンに恋をして、法学の勉強を続けるために戻ったオックスフォードから週末ごとにパンボーンまで二〇マイルの距離を自転車で通ううちに、リットンも彼に好意をもつようになった。そして、キャリントンとリットンによって、レイフはリベラルな若者へと変えられていった。

レイフは次第にキャリントンと結婚したいと願うようになり、キャリントンが再三拒絶したにもかかわらず、結婚を強くせまった。結局、キャリントンが渋々同意をし、二人は一九二一年の五月に結婚した。しかし、キャリントンが結婚したのは、レイフに恋をしているリットンをつなぎとめておくためであった。無理やり結婚させたレイフに対する腹いせとして、キャリントンはレイフの親友、ジェラルド・ブレナン（一八九四—一九八七）と恋仲になり、関係を続けた。ジェラルドは自由奔放な性格で、文学的な野心に燃える向上心の高い作家であり、彼らは出会ってすぐ、愛、人生、そして芸術に関して長く情熱的な手紙を交わすようになった。レイフは一九二二年の春に、ようやく二人の関係に気付くこととなる。騙されていたことを知ったレイフは深く傷つき、二人の結婚生活は修復不可能なほどに破綻した。しかし、ここでリットンが二人の間に入り、あらゆる手立てをつくして働きかけ、同年末に何とか二人を和解させることに成功した。しかし、一九二三年になる頃には、ティッドマーシュ初期に見られた幸せな生活は影を潜めてしまった。テムズ川流域からくる湿気がリットンの健康に及ぼす悪影響と、リットンの文学的な成功とが組み合わさった結果、リットンはティッドマーシュを離れて過ごすことが多くなった。また、レイフは公然とロンドンで情事にふけるようになった。キャリントンはというと、彼女が隠し持っていた性的傾向（同性愛的傾向）に気付きかけているところであった。ブルームズベリー・グループの中では、性は流動的なものとして捉えられており、異性を愛していた者が、突然、同性に惹かれたりすることは当然の事として認識されていた。そのような環境の中で、キャリントンの中に秘められていた同性愛的傾向も次第に解放されていくこととなる。

またその頃には、リットンとレイフは、いくらかの資産の蓄えを持つようになっており、家の購入を検討するようになっていた。結果、翌年の一九二四年には、ティッドマーシュでの生活は終わりを迎え、ハム・スプレイでの生活へと移行することとなった。

ハム・スプレイ・ハウスと呼ばれる家は、ハンガーフォードにほど近い丘陵の裾野にある南向きの家で、寝室が八つあり、ティッドマーシュの家よりも大きく堂々とした家であった。この家には下水設備も電灯もなく、全体的な修理も必要だったが、キャリントンもレイフもすぐさまその家に夢中になった。そして一九二四年の早春から、建築業者の作業が始まった。キャリントンはほぼ毎日、出かけて行き、内装や庭の設計を考え、壁に絵を描いたり、床やドアに色を塗ったりし、飾りつけを進めていった。同年七月中旬、ハム・スプレイはまだ完全に住める状態とはいえなかったが、三人はティッドマーシュからハム・スプレイに移り住んだ。

しかし、ハム・スプレイでの三人の生活は不安定なものとなった。レイフは一九二三年にタヴィトン街のブルームズベリー・グループの書店で出会ったフランシス・マーシャル（一九〇〇―二〇〇四）（デイヴィッド・ガーネット（一八九二―一九八一）の義理の妹）を本気で愛するようになっていた。キャリントンの本命は常にリットンであった。しかし、彼女はジェラルドとの関係を続けながら、これはすぐに終わりを迎える関係ではあったが、アメリカ人のバイセクシャルの女性、ヘンリエッタ・ビンガム（一九〇一―六八）との関係も楽しみ始めた。リットンはというと、若い男の恋人を次々と作り、ハム・スプレイに時々連れてくるようになっていた。

（七）リットンの死

キャリントンは一九二〇年代の終わりごろから、断続的に備忘録兼日記（思考や感情、出来事などを何の脈絡もなく走り書きで書き留めたもの）をつけ始めた。その表紙には『D・C・パートリッド、その本』（以後『本』と記載）と名前の綴りを間違えた題名がインクで記されている。そこに、一九三一年三月二〇日付けで次のような文章が書きこまれている。

「お茶の時間にリットンが言った。『いいかね、鳥の本と花の本はすべて君のものだよ』と。わたしは『どうして？』と言った。『つまり、わたしが死んだあとで重要になるからね』。そこで、今度はわたしが『じゃ、わたしの絵と持ち物全部、あなたのものよ』と言った。すると、彼は『本当かね？』と、まるで信じられないといった口調。『でも、あなたが先に死んだら――』と言ったところで、急にわたしは真剣になり、憂鬱になって、その変化に気づいたリットンは、月桂樹のあいだから芝生に吹き寄せる風のように、話題を変えた」。（ホルロイド『リットン・ストレイチー』一〇三〇）

この会話が交わされた時、リットンは五一歳になったばかりであった。彼の家族はみな長命だったこともあり、彼は自分の死を予想してはいなかったとホルロイドは記している。しかし、彼はこの年はほとんどいつも体調を崩していた。そのため、その年のほとんどをハム・スプレイで過ごすこととなる。彼の体調が悪化したのは、その年の冬だった。腹に来るインフルエンザとおぼしきものにかかって寝込んでから、彼の健康状態は悪化の一途をたどり、体重も体力も激減した。そして、翌年の一月二一日に息をひきとった。検死解剖の結果、胃癌であったことが判明した。亡くなる前日の午後、キャリントンがリットンの顔を拭いている時、彼は小さく囁いた。「キャリントン、どうしてここにいないんだ？　彼女にいてほしい。愛しいキャリントン。彼女を愛している。いつもキャリントンと結婚したいと思っていたが、でも、できなかった」と（ガーネット『キャリントン』四九一）。最後にこの言葉を聞いてキャリントンは慰められたが、リットンの死によって生きる望みを完全に失ってしまった。

キャリントンは『本』の中で「あなたがいない人生なんて無意味です」（ホルロイド『リットン・ストレイチー』一〇七三）と記している通り、リットンが存在しない世界に生き続けることは、キャリントンにとって不可能だった。最終的に、念入りに準備を整えて（自分の気に入っていた敷物に血が飛び散らないように、代わりに古い敷物を自分が倒れていきそうな場所に敷き、リットンの黄色いシルクの部屋着を着て）自分の脇腹に銃口を押し当てて、自殺を計った。そして、その日の午後に息をひきとった。三九歳の誕生日を迎える一八日前のことであった。

（八）なぜキャリントンはリットンを愛したのか？

キャリントンは、様々な男女と交わり、恋愛関係を築いた自由奔放な女性である。しかし、その身も心も捧げるまでに愛したのは、リットンだけだった。なぜ、彼女はそれほどまでに、リットンを求めたのであろうか。その疑問を解く鍵はキャリントンが、リットンに関して最晩年に記した言葉の中にあるといえるであろう。彼女は『本』の中で自分の気持ちを次のように記している。

「この一六年間、リットンと一緒でなければ幸せと思ったことは一度もない……その意味でもわたしにとって彼は全てだったし、嘘をつく必要のないたった一人の人間だった。彼はわたしという人間をあるがままに受け入れてくれたし、わたしに何か秘密があっても決して詮索はしなかった……二人がともに過ごした至福の時間は、誰にも分からない」。（ガーネット『キャリントン』四九一）

この言葉から伝わってくるのは、リットンという人物の懐の深さである。彼のみが彼女の存在をあるがままに、受け入れることができたのである。彼女を心から愛した男性は何人もいたが、彼らは彼女を肉体的に、そして精神的に占有し、束縛しようとした。これは、リットンが同性愛者であったことが大いに関係しているといえるが、彼のみが彼女を束縛しない形で愛し、包み込むことができたのである。しかし、リットンが最初からこのように愛情深い人物であったかというと、そうではない。「彼女（キャリントン）のおかげで彼（リットン）は優しくなった」とヴァージニア・ウルフが一九一九年一月二二日の日記に記しているように、リットンもキャリントンとの交流の中で優しく温かみのある人物へと成長したのである。

キャリントンは才能のある野心的な芸術家で、独創性に富み、行動力があり、我が道を行くことにこだわった。一方、リットンも我が道を行く野心家であった。一九二九年一月六日の恋人、ロジャー・センハウス（一八九九―一九七〇）宛の手紙にリットンは次のように書いている。「わたしがどれほどの野心家か、わかるかい？　このことは誰にも言わないでほしいが、わたしは世の中のためになることを何かしたいんだ――人々を幸福にしたい――われわれの上に垂れ込め、息を詰まらせ、命を脅かす、この迷信という恐ろしい霧を晴らす手助けをしたい。ただし、これは一朝一夕にできることではないがね」（ホルロイド『リットン・ストレイチー』九九二）。

リットンにとって、「個人の自由を脅かす最大の脅威は、個人の私生活を干渉しようとする侵略的な戦後の風潮」であった。これは戦争中から始まり、それ以降も「この他人を管理しようという欲望が根強く続いた」（ホルロイド　九九三）。イギリスでは一九一四年に国土防衛法が制定された。これは、第一次世界大戦時に、「公共の福祉と国土の防衛」のために、行政府に対して枢密院令（Order in Council）を制定する権限を付与する法律であった。戦後もこの法律は効力を持ち続けており、個人の生活に対する行政府の無遠慮な干渉は続いた。このような行政府の干渉にリットンはいらだっていたのである。

また、一九二〇年代はイタリア、ドイツ、ロシアで独裁政権が成立し、独裁主義による支配が流行し、個人の自由は危機に直面していた。ホルロイドは次のように記している。「ファシズム、ボルシェヴィキ思想、ピューリタニズム、呼び方はどうあれ、独裁政治とは、個人の猥褻な欲望を共同体の奉仕に従属させようとするものだ。実際、独裁とは、途方もない活力はあるものの精神的能力は皆無の、ごく少数の感情不適応者の権力欲に、こうした個人の欲望を従属させることだ、とリットンは考えた。彼は軍国主義に反対したが、それと同じ理由で独裁にも反対した。当初の理想がどれほど高邁であろうとも、必ずや独裁は戦争へと突き進むからだ。戦争とは権力の最も単純な表現であり、また、共通の外敵がいなければ市民の抑圧をいつまでも続けられはしないからである」（九九五―九六）。

英国で最も驚異的な独裁形式の一つとしてピューリタニズムを挙げることができるが、文学と芸術において、このピューリタニズムは、検閲という形で猛威をふるった。文芸批評家として、リットンはこの検閲による原文削除に一貫して攻撃姿勢を示したとホルロイドは記している。

このように、リットンの生き方は公的生活においても、私的生活においても、革新的だったといえるであろう。そのようなリットンの存在は、慣習にとらわれた生き方を嫌い、自分の心に正直に生きたいと願っていたキャリントンの支えとなったことであろう。また、リットンはキャリントンにとって最良の教師でもあった。彼はキャリントンに英文学やフランス文学の喜びを教え、彼女はそれを貪欲に吸収した。リットンの死後、キャリントンは『本』の中でリットンにあてて次のように書いている。

「わたしたちが好きだった詩を何度も何度も読み返していますが、その美しさを語り合える相手がいません。あなたを喜ばせたくて奇抜なことを考えても、もう何にもなりません。あなたは年ごとに、わたしにとって大切な人になっていました。話して聞かせたいあなたがいないのに、『冒険』なんかしてもつまりません……あなたがいない人生なんて無意味です」。リットンこそ「この世の中で考えられるどんな人よりも、わたしの人生そのものでした」。（ホルロイド　一〇七三）

この言葉から、二人が最後まで共に文学を楽しんだこと、そして、キャリントンがリットンを通して、豊かな教養を身につけていったことが容易に窺える。

一見すると、キャリントンはリットンにかしずいていたように見えたかもしれないが、キャリントンとリットンは従属関係にあったわけではなかった。ほとんど要求というものをせず、彼女の自由を決して妨げることのないリットンの保護下で、キャリントンは豊かな教養を育み、心を自由にはばたかせることができたのである。彼女にとっては、この状態でいられることが、幸せだった。そのことに気がついた彼女は、レイフ・パートリッジと不本意ながら結婚までし、リットンとの関係を保とうとしたのである。しかし、それを保つのは容易ではなかった。リットンとの関係を保つことにエネルギーを注ぐことによって、マーク・ガートラーやレイフをはじめ、彼女を愛した人々の心を踏みにじり、傷つけることとなり、結果、彼女自身も深く傷ついた。リットンの死による自殺によって、画家として大成することもかなわなかった。しかし、彼女の死に顔は「とても誇らしげ」だったとデイヴィッド・ガーネットは記している（ホルロイド『キャリントン』六四八）。このキャリントンの最後の表情が物語っているように、周りの人たちからは理解されなかったかもしれないが、彼女が彼女なりに芯の通った、堂々とした生涯を送ったことがわかるであろう。

（九）画家として

キャリントンは絵を描くことを生涯止めなかった。しかし、自分の絵に対する要求が高すぎたために、自分の絵を展覧会に出品することには消極的で、自分の絵を売ることもほとんどしなかった。そのため、画家として、彼女が世に知られるようになったのは、最初に記したように、死後四十年近くたってからのことであった。彼女は画家として生きることには失敗してしまったと誰もが思うのではないであろうか。しかし、ガーズィーナも記しているように、このような考え方は、画家としての成功が、その作家の作品が展覧会などを通して周囲の人々から認められることにあることを前提としている。真に画家として生きるとは、自分が描きたいと思う像を自分の中に持ち、それを形にしていくことである。そのように考えるのであれば、真に表現したいと思うものを持っていたがゆえに、自分の絵に落胆し続けた彼女の姿勢そのものに、生涯画家として生き抜いた彼女の生き様が表れているといえるであろう。

ノエル・キャリントンから、キャリントンの画集の序文を依頼されたローゼンスタイン卿は、キャリントンの絵画を見て驚かされる。彼が驚いたのは彼女がほとんど画家たちとの交流をもたずに絵画を描き続けたという点である。彼がその序文に記しているように、確かにオーガスタス・ジョン（一八七八―一九六一）やヘンリー・ラム（一八八三―一九六〇）といった画家と彼女は交流を持ち続けたが、残された手紙を見ても、彼らと画家として交わっていたという痕跡は見当たらない。

ローゼンスタイン卿は二つ、画家としての彼女の強みを挙げている。一つ目は、彼女が明確な線で物を捉える能力を備えていたことである。この能力は、彼女がスレード美術学校に通った三年間に育んだ交友関係（主にリチャード・ネヴィンソンやマーク・ガートラー）を通して磨きをかけられた。彼が挙げた二つ目の強みは、「早熟」である。彼女はスレード美術学校に通い始めた一九一〇年に自画像を、そして一九一〇年と一九一一年に弟ノエルと兄テディの素描画を描いているが、それらの素描は、粗削りではなく、すでに伝統的な手法に則って描かれており、その後、彼女が自分の視点で対象を捉え、描く際の理想的な基盤となった。もしも、この基盤が無ければ、彼女は時代の波に流され、独自の道を掴み損ねていたかもしれないとローゼンスタイン卿は指摘している。キャリントンはエル・グレコとマティスの絵画を心から賞賛していたが、彼女の画風は彼らの絵とは違い、見たままの風景を忠実に描いている、とローゼンスタイン卿は指摘している。同世代の画家たちがこぞって当時入ってきたポスト印象派の波に飲み込まれていく中、確かに彼女の絵画にもセザンヌの絵画から学んだ概念は反映されてはいるが、彼女は断固として「自然主義画家」であり続けた。このような点にも、彼女の画家としての勇敢さが表れているといえるであろう。

彼女が死ぬまでの最後の七年間、一九二五年から三一年までの間を覗いてみれば、彼女が最後まで画家として生き続けたことがわかるであろう。彼女は、確かに少ない収入の足しになるようにと、ガラスやタイルに絵を描く装飾芸術品の製作も行った。しかし同時に、多くの時間を画業にも費やし、最も優れた作品の何点かがこの時期に生み出されている。

彼女が作品を発表することに消極的になった要因として、同居人、リットンが制限を加えたのではないかと考えてしまう人も多いかもしれない。しかし、リットンは常にキャリントンの絵画を高く評価し、個展を開くことを勧め、家の中に彼女のスタジオを作る手配をし、彼の収入が安定してからは画業に専念できるように年一〇〇ポンドを提供しようと申し出た。これは、その当時の年収の相場として悪いものではなかった。また、彼女の夫のレイフ・パートリッジも彼女の才能を認め、部外者が彼女の絵を批判することを赦さなかった。

（一〇）おわりに

ヴァージニア・ウルフがキャリントンの死の直前に送った手紙（一九三二年三月二日）がキャリントンとリットンの関係を、そしてキャリントンの本質を要約しているといえるであろう。

「キャリントン、私たちは生きて、私たち自身で在るべきなのだと思います——あなたが、他の誰かのためよりも、あなたのために生きてほしいと思っています。彼はあなたをあんなに愛していたし、あなたの奇矯なところも、あなたという自分を持っている生き方を愛していたはずです。言葉が見つかりませんが、あなたがこの世にいてくれるかぎり、私たちがリットンの中に見つけ、愛したものが、つまり、彼の人生の最良の部分が生き続けている、と思えますから」。（二八）

ヴァージニアの言葉にあるように、キャリントンは「自分を持っている生き方」を貫いた女《ひと》であり、それはリットンが貫いた生き方でもあり、ブルームズベリー・グループの人たちが追求した生き方でもあった。そのような生き方を共有する人々との交わりの中でキャリントンは芸術家として我が道を歩むことができたといえる。なかでも、何でも正直に話すことができ、その全てを受け入れてくれるリットンという存在がいたことは、キャリントンにとって、最も幸せな事であった。リットンさえいれば、彼女は、自分自身で在り続けることができた。そしてそれは、芸術家として、自らの目で見て感じたものを表現する上での基盤となった。キャリントンの描いた絵は今でも人々の心に訴えかける力をもっている。それは、主にリットンとの交わりの中で保たれ育まれた彼女の魂が、そこに息づいているからだといえるかもしれない。

参考文献

Carrington, Dora. *Carrington's Letters*. Ed. Anne Chisholm. London: Chatto & Windus, 2017.

Carrington, Dora. *Carrington: Letters and Extracts from her Diaries*, chosen and with an Introduction by David Garnett. London: Jonathan Cape, 1970.

Carrington, Noel. *Carrington: Paintings, Drawings and Decorations*. 1978. Rev. ed. London: Thames and Hudson, 1980.

Caws, Mary Ann. *Women of Bloomsbury: Virginia, Vanessa and Carrington*. New York: Routledge, 1990.

Curtis, Vanessa. *Virginia Woolf's Women*. Wisconsin: U of Wisconsin, 2002.

Gertler, Mark. *Mark Gertler: Selected Letters*. Ed. Noel Carrington. 1965. London: Rupert Hart-Davis, 1965.

Gerzina, Gretchen Holbrook. *Carrington: A Life*. 1989. New York: Norton, 1995.

Hill, Jane. *The Art of Dora Carrington*. 1994: London: Herbert, 1995.

Holroyd, Michael. Foreword. *The Art of Dora Carrington*. 7–9.

——. *Lytton Strachey: A Biography*. 1967. New York: Holt, Rinehart and Winston, 1980.『キャリントン』中井京子訳、新潮文庫、一九九六年。（マイケル・ホルロイド著 *Lytton Strachey* の縮訳版）

Partridge, Frances. *Julia: A Portrait of Julia Strachey*. 1983: London: Phoenix, 2000.

Rothenstein, John. Foreword. *Carrington: Paintings, Drawings and Decorations*. 9–13.

Woolf, Virginia. *The Diary of Virginia Woolf*. 1977. Ed. Anne Olivier Bell. Vol.1. London: Penguin, 1979.

——. *The Letters of Virginia Woolf*. Ed. Nigel Nicolson. 6 vols. New York: Harcourt Brace Jovanovich, 1975–1980.

橋口稔『ブルームズベリー・グループ』中公新書、一九八九年。

あとがき

本書は、日本女子大学で三〇年の長きにわたり教鞭をとってこられた三神和子教授が、二〇二〇年三月をもってご定年退職なさるのを記念して、教え子や親しい同輩、後輩たちが感謝の気持ちを形にしたい、と申し出たことにその端を発する。学内を飛び回る三神先生のお姿を拝見したり、小説や劇中のキャラクターに応じて使い分けられる声色や笑い声を拝聴しているうちに、教え子や後輩である私たちは「その時」がひたひたと近づいていたことをすっかり失念しそうになっていた。先生にご相談すると、「論文集ではなくて、特に二〇世紀に生きた女性、それも功なり名なりを遂げて万人に知られた存在というよりも、マイナーだけれどもそれでいて『自分らしく生きた』力強くておもしろい女性、もっとスポットライトが当てられても良さそうな女性の評伝を書いて集めてみましょうよ」と、先生がご提案下さり本プロジェクトは始動した。

現在は人生一〇〇歳時代と言われ、女性は特に長命といわれる。九五歳の長寿であったシャーロット・デスパードを筆頭に、本書の女性たちの人生を振り返ってみるならば、確かに彼女たちの人生にはいくつかのターニングポイントと呼べる出来事があった。私たちは「その出来事からあと五年後にこんな人に出会うことになるのか」とか「新たな人生の展開があるのは人生の三分の一のタイミングであったのか」などの発見に驚きながら、彼女たちの人生をたどりなおすことになった。それはさながら彼女たちの人生の伴走者となって、ともに泣いたり笑ったりする楽しい時間でもあった。このような機会を与えてくださった三神先生にあらためて心から感謝を申し上げる。

執筆者の大半は、先生からじかに、講義に演習、読書会、研究会の場を通じてご指導いただいた者ばかりである。先生とともに読んだたくさんの小説や評論、読後に温かいお茶とケーキをいただきながら問題点や面白さを話し合った幸福な時間のことを私たちはいつまでも覚えていることだろう。

「恥ずかしいから退職記念という銘は打たないでほしいのよね」と、念を押された三神先生のお気持ちを尊重して、タイトルは『わたくしを生きた女性たち――二〇世紀のイギリス女性評伝集』と付けさせていただくことになった。この評伝集の出版は三神先生が牽引してくださったが、ともに編集のお手伝いをさせていただいたのは、小池久恵、丸山協子である。

最後になったが、とりわけお世話になり親身になって編集作業にご尽力くださった音羽書房鶴見書店の山口隆史氏に心からのお礼を申し上げたい。企画の最初の段階から発刊にいたるまで、いつも的確な助言と励ましをいただいた。どうもありがとうございました。

令和二年四月

丸山　協子

ハ行

カ行

索　引

執筆者一覧

三神 和子（みかみ やすこ）　日本女子大学名誉教授

小池 久恵（こいけ ひさえ）　医療創生大学教養学部地域教養学科教授

丸山 協子（まるやま きょうこ）　日本女子大学人間社会学部文化学科非常勤講師

中村 麻衣子（なかむら まいこ）　東京都立大学大学教育センター准教授

加藤 彩雪（かとう あゆ）　日本女子大学文学部英文学科助教

吉田 尚子（よしだ なおこ）　元城西大学語学教育センター教授

林　 美里（はやし みさと）　日本女子大学文学部英文学科非常勤講師

溝上 優子（みぞがみ ゆうこ）　元日本女子大学文学部英文学科非常勤講師

佐藤 牧子（さとう まきこ）　東京都立大学教育センター非常勤講師

わたくしを生きた女性たち
二〇世紀のイギリス女性評伝集

2020年7月15日　初版発行

編著者　三神和子
　　　　小池久恵
　　　　丸山協子
発行者　山口隆史
印　刷　シナノ印刷株式会社

発行所　株式会社 音羽書房鶴見書店
〒113–0033 東京都文京区本郷4–1–14
TEL 03–3814–0491
FAX 03–3814–9250
URL: http://www.otowatsurumi.com
email: info@otowatsurumi.com

Copyright© 2020 by MIKAMI Yasuko, KOIKE Hisae and
MAE-MARUYAMA Kyoko

Printed in Japan
ISBN978–4–7553–0421–7 C3098
組版　ほんのしろ
装幀　吉成美佐（オセロ）
製本　シナノ印刷株式会社